大型新诗丛刊

2019冬季卷
总第四十辑
约定

星河

骆寒超 黄纪云 ○主编

人民文学出版社

图书在版编目(CIP)数据

约定/骆寒超,黄纪云主编.—北京:人民文学出版社,2020
(星河)
ISBN 978-7-02-014642-0

Ⅰ.①约… Ⅱ.①骆…②黄… Ⅲ.①诗集—中国—当代②诗歌评论—中国—当代—文集 Ⅳ.①I227②I207.22-53

中国版本图书馆 CIP 数据核字(2020)第 011964 号

责任编辑　周方舟

出版发行　人民文学出版社
社　　址　北京市朝内大街 166 号
邮政编码　100705
网　　址　http://www.rw-cn.com

印　　刷　浙江广育爱多印务有限公司
经　　销　全国新华书店等

字　　数　295 千字
开　　本　787 毫米×1092 毫米　1/16
印　　张　13.25　插页 1
版　　次　2020 年 1 月北京第 1 版
印　　次　2020 年 1 月第 1 次印刷

书　　号　978-7-02-014642-0
定　　价　49.00 元

如有印装质量问题,请与本社图书销售中心调换。电话:01065233595

目录 MULU

XINGHE 星河

主　编
骆寒超　黄纪云

执行主编
骆苡

诗歌编辑
菡萏　刘翔
袁丹丹　周小波

理论编辑
安操

责任校对：菡萏
封面题签：黄纪云
封面设计：王　辰
篆　刻：姚伟荣
内文插图：麦浪　等
责任印制：洛　依
印制助理：李春芝

约定
YUEDING
【冬季卷】
DONGJIJUAN

001 XINGHE　　星光灿烂

- 1　李琦的诗
- 5　李琦诗歌印象 ················· 陈爱中
- 9　娜夜的诗
- 13　这里的风不是那里的风
   ——娜夜诗歌艺术散论 ·········· 沈　奇
- 16　傅天琳的诗
- 20　天赋、大爱、超越性成就了她的诗歌
   ——傅天琳诗歌的一种读法 ······ 蒋登科
- 23　荣荣的诗
- 27　红肿之处，艳若桃花 ············ 刘立云
- 29　杜涯的诗
- 33　杜涯还乡 ···················· 王东东

037 XINGHE　　繁星满天

- 37　风啊,风——致我的儿子 ·········· 赵林中
- 38　温宿大峡谷(外五首) ············ 吕　煊
- 39　收到一本毛边诗集(外四首) ······· 李　皓
- 40　微醺(外五首) ················· 天　界
- 43　插曲(外七首) ················· 冷眉语
- 45　我说:诗歌(外四首) ············ 郁　雯
- 47　梅雨(外四首) ················· 乌　有
- 49　磨刀石(外二首) ················ 燕南飞
- 50　重时光(外五首) ················ 王景云

52	周末(外三首)	塔山野佬
53	寻(外八首)	陈统魁
55	漏风之躯(外八首)	李利忠
57	晚安(外三首)	王 毓
58	簕杜鹃(外四首)	丁卫华
59	逃离时光(外四首)	王利锋
61	空屋子(外四首)	苏小青
63	在地铁上看书的少女(外四首)	伏枥斋
64	故乡泥(外二首)	刘心莲
66	回望群山(外三首)	吴巧玲
67	平地诗(外四首)	王子俊
69	前世那颗星(外一首)	阳 光
70	风(外四首)	芬 芳
71	幽暗一种(外三首)	黄挺松
72	燃(外四首)	荆丽娜
74	一个盲点(外四首)	程亚军
75	失落的花开(外五首)	高 菲
77	骑楼老街(外二首)	瞿 炜
78	夜始丰(外九首)	陈雨珂
79	在百丈漈,想起白沙河(外三首)	倪宇春
81	点一盏灯(外四首)	陈东升
82	莫斯科一日(外四首)	蔡启发
84	告别(外六首)	朱碧璐
86	蓝星花(外二首)	艾 菲
87	天光与自证(外二首)	一 宁
88	一株狗尾草反复指认我的籍贯(外四首)	李统繁
90	花好月圆床(外三首)	谢健健
91	在易县(外三首)	西 卢
92	替身(外四首)	王爱秋
93	旧面孔(外二首)	李庭武

约定
YUEDING
【冬季卷】
DONGJIJUAN

目录 MULU

XINGHE 星河

095 | XINGHE 星天交响

- 95   在科尔沁草原驰骋（组诗）……………………… 汪剑钊
- 98   情思的流云（组诗）……………………………… 陈蕊英
- 101 眺望八月之河（组诗）…………………………… 吴　霖
- 104 失眠者（组诗）…………………………………… 冰　水
- 107 一乡之望（组诗）………………………………… 王学芯
- 109 天空被远山一点点举起（组诗）………………… 王文军
- 111 每个人都有柔软的部分（组诗）………………… 陈嘉奖
- 113 行吟科尔沁（组诗）……………………………… 宫白云
- 115 中年书（组诗）…………………………………… 肖　今
- 117 恰卜恰的星空（组诗）…………………………… 孔占伟
- 119 蜻蜓拖着尖锐的火焰（组诗）…………………… 李建军
- 121 熟悉的风吹在脸上（组诗）……………………… 费一飞
- 125 给写旧了的爱情重新着色（组诗）……………… 东方惠
- 127 在低处收纳落日（组诗）………………………… 周西西
- 130 穿过田野（组诗）………………………………… 若　水
- 132 穿越时间的一束光（组诗）……………………… 周天红

134 | XINGHE 星系探奇

- 134 撒玛尔罕诗十四首
- 138 闽北阿秀诗十二首
- 141 冯玥瑛诗十二首
- 144 风舞诗七首
- 147 李佳妮诗十一首
- 150 望秦诗十一首
- 153 铎木诗十三首

约定 YUEDING 【冬季卷】 DONGJIJUAN

157 金华"八婺清风"诗歌会大奖赛

157 金华"八婺清风"诗歌会大奖赛

165 理论批评

165 师古人之心，不师古人之法
　　——谈汉诗基型的承继和创新 ………… 邱景华
174 诗性正义与时代景观
　　——兼论诗歌的现实话语与当代经验 ………… 霍俊明
182 论闻一多的抒情境界探求 ………… 骆寒超
202 浅谈董培伦爱情诗几种形象表现技巧 ………… 陈虚炎
207 灵魂的门，虚掩着
　　——法籍华裔诗人张如凌诗歌分享会后记 ………… 张云兰

李琦的诗

丁　香

五月，哈尔滨丁香满城开放
浓郁的芳香，可以称之为奢侈
整座城市，呈现一种晕眩的状态
好像迷人的事情就要发生

北国之春，来之不易
漫长的冬日，集聚了三个省的寒冷
雪压枝头，树木掉尽了叶子
它们紧缩身体，咬牙切齿等待着春光

良辰美景，丁香开始不管不顾
要千金散尽，要今朝有酒今朝醉
淡紫色的花瓣，是最小的酒杯
它要自斟自饮，它要痛快淋漓
天空，大地，奔腾不息的江水
来，看我的，看丁香的手笔！

花香里包裹一层淡淡的苦
像药材的味道，像雪花的凉
有阅历的人，会有一种心领神会
那是寒冷与伤痛蓄积之后的释放
看上去是热烈，是缤纷和喜悦
其实是大难过后，最隆重的致谢
是再生，是宣告，是脱胎换骨

山顶之风

没人看见过它，它却如此真实地
存在。像一种思想

这无形之物，此刻
正温柔如丝绸的手帕
但它到底是风啊，能量无边
只要它想，就会把那些
被形容为坚不可摧的事物
瞬间变得岌岌可危

山顶之风，此时
正俯身在一朵最小的花上
不知道它们交流了什么
只见那朵花心醉神迷
它要竭尽全力地盛开
直至粉碎

茶卡盐湖

从雪山到盐湖，霜雪满目
这虚空之地，旷远庄重
就像是世界的一部分底细
尤其此刻，这是恍惚的梵高画出的夜晚
满天群星，千万朵金黄的雏菊
铺张地开满黛蓝色的天空

空气透明，神圣感冉冉上升
没有任何动静，你却分明感知到
万物都在轻轻地颤栗
凉风携带细针，先是掠过肌肤
而后一下一下，遍扎思绪
有种感觉，类似于万念俱灰
同时又心神开阔，如获千钧之力

曾经的大海，抬身变为高原

是谁说了一声:收起
风暴与波澜消隐。水滴成盐
一切,都可以消失
再以另外的形式出现
巨大的沉寂中,万物守序
岁月轰隆,古往而今来

想起那些圣贤和诗人
其中某位,就曾经生活在此地
他们心事孤绝,才华出尘
许多人一生寂静,与眼前
多么相配。他们把自己渐渐地
从波涛变成盐湖

这样想着,竟恍然觉得
那些从世上消逝的身影
此刻又重返了回来。茶卡盐湖
最后的退守之地。苍茫处
有高人隐身独坐
而那在星光下如纯银闪烁的
正是他们的智慧与命运——
璀璨如盐花,咸涩如泪水

在敦煌看壁画

你看那些神仙,不只端方持重
有时,还那么调皮,生动好玩儿
那些飞天,彩裙飘带,鼓瑟吹笙
披挂绫罗绸缎,云霞迤逦
风神之美,神秘,深邃
一片烂漫,让人心醉神迷

真是漂亮!遥想当年
作画的人百般辛苦
却也会有隐秘的欣慰或欢喜
唇如花瓣的某张面庞,极有可能
就是某位画师的心上之人

各位在墙壁上,绚烂而肃穆
依旧带着纷繁密集的信息
岂止呼之欲出,那种能量

简直就像要把我们吸入到
那画面之中。作为生者,我们
手持相机、手机、自拍杆及各种神器
却形神简陋,各种缺斤短两
面对墙上诸位,倒像是尚未完成

诗　人

大雪如银,月光如银
想起一个词,白银时代
多么精准,纯粹。那些诗人
为数并不众多,却撑起了一个时代
举止文雅,手无寸铁
却让权势者显出了慌乱

身边经常有关于大师的
高谈阔论。有人长于此道
熟稔的话题,时而使用昵称
我常会在这时不安,偶尔感到滑稽
而此刻,想起"大师"这两个字
竟奇异地从窗上的霜花上
一一地,认出了你们

安静的夜,特别适合
默读安静的诗句。那些能量
蓄积在巨大的安静中
如同大地,默不作声
却把雪花变成雪野

逝者复活,这就是诗歌的魅力
一群深怀忧伤,为人类掌灯的人
他们是普通人,有各种弱点
却随身携带精神的殿堂
彼此欣赏、心神默契
也有婚姻之外的相互钟情

而当事关要义,他们就会
以肉身成就雕像,具足白银的属性
竖起衣领,向寒冷、苦役或者死亡走去
别无选择,他们是诗人,是良心和尊严
可以有瑕疵,可以偏执,甚至放浪形骸

也有胆怯,也经常不寒而栗
却天性贵重,无法谄媚或者卑微

拾拣昌耀诗文集

某次会议
你的书被当作礼物
分送给这些来开会的人
(从未有过如此隆重的礼遇
如果你活着
肯定为此吃惊)

散会了,我在几个房间看到
那些书像你生前一样
落寞在角落里
人们嫌太沉
他们总是更喜欢
那些轻的东西

因陋就简的世风
到处浮光掠影
一个诗人的名字多么轻
轻如蝴蝶的翅膀
轻如翅膀上的空气

昌耀,苦命的诗人
"一只柔情的白蜡"
你真像你自己的诗句
你的寂寞你的苍凉你幽静的光亮
你这样的人
怎能不变成一种远

其实早在变成遗体之前
那清瘦的身影
已跟随一种召唤
渐渐地,从人群中消失
只是这种消失静谧而缓慢
因此我们并未察觉

我默默拾拣诗人的文集
想到那次,和他握手

他那种羞涩、安静
羊一般的样子

想到这个被称为盛会的大会
想到我刚在会上听到的发言
发言者抑扬顿挫
正在说
我们为什么丢失

皇山送别

零下二十五度,手中的黄菊花
几秒钟便被冻住,瞬间定型
露出冷这个字凛然的语义

皇山墓地,银坊区
我朋友最后的栖居之地

去国多年,经历坎坷
像一部悬念迭出的电影
这次,主角变成了骨灰
被儿子携带回来

儿子真像你啊,高大、魁梧
脸庞的轮廓,显示着基因
他抱着父亲的骨灰,让我想起
他小时候,你抱着他的样子

孩子一一拥抱了我们
他忽然哽咽:我知道了
爸爸为什么要回来

破碎的婚姻,异国他乡
各种猝然的打击,经历跌宕
一个被命运驱赶、不断搬家的人
每一处住址都暗藏伤痕

这一次,你的地址再不变动了
爱恨情仇,都烟消云散
你说过,除了生死,都是小事
如今,两件大事,你都业已完成

想起三十年前,也是冬天
哈尔滨的雪地里,你张开手臂
自行车上大炫车技
满头霜花,那神采飞扬的样子

至此,一切将转化为静止
那些吃过的苦,那些咬碎的日子
都变成雪花了,优美而舒缓地
飘落在故乡的冬天

你在遗像上看着我们,鹏仁
这一群人里,只有你,在微笑

风雪之夜看窗外

看车子像各种昆虫经过
看一对不怕冷的情侣经过
他们依偎着,像是彼此的部首偏旁
看一个醉汉摇晃着经过
三心二意,像一个正在拆开的汉字
看一张纸片瑟瑟地经过
看一顶破帽子擅离职守地经过

看北风经过
看月光经过
看二〇一四年最后的时光
就这样悄然经过

再过些年,也有风雪之夜
我此时站着的这个位置
谁会在怅望。他或者她
能否想到,从前,一个平凡的诗人
心事重重,曾从这世上经过
想到这一幕,我举起手
算是提前,给后人打个招呼

香水的味道

母亲年迈
已不再忌讳谈论死亡
她越来越糊涂

却常有奇异之想
比如,她知道
她如果去世,我会在清明节
去墓地看她
哎呀,那一天人会很多
她开始焦虑:我眼神不好
会不会认不出你呢

我逗她,你鼻子好使啊
你可以记住我香水的味道
她恍然大悟,一下子有了把握
而后,她会经常
拿起我的衣服或者围巾
用力地,闻上一阵

和母亲下跳棋

双方端坐,棋局开始
就像是演出小品
母亲扮演运筹帷幄的将军
而我,须表现出焦虑和苦思
曲意逢迎,还要不露声色

她随心所欲,想走哪走哪
却并不急于直插敌营
似乎很善于围追堵截
仿佛胜利还真是,来之不易
结局当然是我屡战屡败
作为赢家,她还大度地宽慰两句
胜败乃兵家常事
而脸上的得意,则无法掩饰

夕阳西下,母女对弈
这样的情景,还会有多少时日
我无法不难过——
妈妈,看上去正兴致勃勃
认知障碍却日渐严重
她尚不知道,大局已定
棋盘上,她走一步,少一步
生命正在渐渐消失

李琦诗歌印象

● 陈爱中

自从1977年有诗篇见诸报刊,几十年来,女诗人李琦的写作是勤奋并卓有成效的。出版有诗集《帆·桅杆》《守在你梦的边缘》《李琦近作选》等近十部,获得鲁迅文学奖在内的多项专业性荣誉。新时期以来汉语诗歌诗群林立,诗人代序更迭,更新和反叛成为常态,诗歌的乱世江湖搅乱了宏观的诗学秩序,但这些似乎和她都没有关系。她所居住的黑龙江居于塞外,白山黑水的边疆风景给了诗人无上的灵感,构筑了她的诗歌园地,地域的边缘意味着文化的边缘,也正是这种边缘,使得她的诗歌比较不为外来思想所俘获,也没有那么厚重的来自传统的压力,可以远离中原的喧嚣,秉承诗意的召唤,独成一格。从青春激情的诗意歌唱到中年诗学的哲思醇厚,李琦以其一贯的诗学坚持和不落俗套的小众审美,装点出别样的诗歌景致。

一、桑麻书香:传统伦理情感的构筑

从20世纪80年代的《帆·桅杆》到《最初的天空》《李琦近作选》,家庭题材在李琦的诗歌中一直占据重要的位置,家庭及其延伸出来的人性情感是其情感投注的重心,写伦理亲情,讲少男少女的青春爱情,在价值和情感选择上多是正面和积极的,偏于传统和保守。第一,以温情的姿态描画家庭人物的静态肖像。如写"一生喜欢读书/常年蓝色的布衫","把自己变成了一本书"的祖母(《我一百零三岁的祖母》),写"内心澎湃,外表平静/逃跑的根基,流人的天性/喜欢走路,向往异乡/肌体里藏着大风和波浪"的祖父(《我喜欢在世间散步》),亦有难以抵抗流年感伤的母亲(《看母亲走路》)。这些诗歌都能以寥寥数语,寄托时光易逝的生命感悟,在静态的日常琐事中,彰显亲情的温馨与醇厚,从细微处着笔的白描,莫不充盈着丰沛的情感。第二,以柔情的笔法写和谐富足的家庭关系。既描画恩爱夫妻的琴瑟和谐,又浓墨重彩写母女之间的浓重亲情(《妈妈》),写恋人的两地相思、缠绵悱恻(《春夜》),写亲人间的离愁别绪,"临别前,我把掉落的扣子,/轻轻给你缝上。/离分手的时间很短、很短了,/我,仍把线穿得很长、很长……"(《缝》),等等。第三,在处理男女两性关系上,当众多诗人努力争取与男权文化相抗争的对等权力,以对立的姿态和罪感的观念来看待男性文化时,李琦在诗歌中却培育出一枝美丽的"攀援的凌霄花",坚持而甘愿为爱情付出,愿意"为一个属于祖国的男子/做一个永恒的支点",并因之而自傲,"这是只有白云一般纯洁的女人/才配占有的向往"(《她》)。东汉班昭在《女诫》中说:"阴阳殊性,男女异行……男以强为贵,女以弱为美。"在剥脱男强女弱的封建化含义后,李琦的诗接续了这种基于男女生理差别和性格特征而生发的两性和谐格局。近代以来,传统农耕家庭在域外"娜拉"们的控诉声中渐渐演变成与自由、人权、民主等现代社会相对立的概念,在丧失审慎理性分析的情境下,"家庭"成为社会变革的焦点。两者结合在一起的时候,如何摆脱家庭的牵累,洗脱父权文化厘定的女性身份就成为女性诗歌不变的话题。甚至,当女权的概念提出时,如何塑造一个没有男性文化或者弱化男性文化的极端世界,也成为女权文化追求的境界。半个世纪之后,20世纪80年代以来的女性诗歌依然高擎对立的大旗,舒婷在《致橡树》中栽下的"木棉树",翟永明装饰的"独身女人的卧室",伊蕾所扮演的"独舞者",等等。汹涌的女性诗歌中男性一直是缺席者,这导致女性诗歌在"自顾自恋"的私语化路途上愈走愈远,甚至产生虚无缥缈的厌世情结。当"欲望写作""身体写作""私人话语"成为汉语新诗趋之如鹜的时代题材时,基于审美意义上的诗情画意的缺失不禁让人扼腕。"我觉得男人和女人物质构造就不同,这是先天因素决定的,否认这种差别几乎是不可能的。这种差别不仅仅表现在女人很柔弱、男人很刚强等一般的层面上,还体现在他们的思维方式很不同,处理事物的方式上也不同,也就是说,很多想法很不一样。他们之间确实有一种难以沟通的沟壑,完全填平这种沟壑比较困难。"既然如此,如何在新的时空背景和价值观念上重建新型的男女关系和重建符合情感现实的家庭模式,也就是包括诗歌在内的文学关注的重要内容。如果从这个角度来重新看待李琦一贯的诗学选择的话,说是传统的坚守,不如说是对未来的昭示。或者说,在新的文化环境中,李琦的诗歌在处理男女两性关系和重新厘定家庭在女性的自我认同上提供了值得深思的范本。

可以说,在时代诗歌纷纷离开描述家庭的两性和谐,而去追求所谓解构的快感,强调对立的尖锐、深刻之时,李琦对传统家庭田园的重新构建就是具有个性和价值的,也就有了特别的时代意义。当舒婷在《神女峰》中说"与其在悬崖上展览千年/不如在爱人肩头痛哭一晚"的时候,同样时空的石头在李琦的笔下却呈现出另一番景象,"与其变为石头/不如用石头的意志/去追寻我们的亲人/或者,走进他们的功勋/或者,用我们柔软的手臂/搭一座凯旋的大门"(《望夫石》)。这是一种主动积极而富有创造性的处理两性关系的心态,以颇富成就感的姿态表现出男女之间的伟大之爱。弗罗姆在《爱的艺术》中说:"爱可以使人克服孤寂和疏离感,但同时又能使人保持个性,保持自身的完整性。在爱中会出现这样的悖论形态:两个生命合为一体,又仍然保留着个人的尊严和个性。"李琦诗歌中对家庭颇为"另类"的正面书写,是在重新唤醒潜藏在男女意识深处的忘我与付出的渴望,揭开了被现代人视为"束缚"的家庭意象的另一种面纱。世纪流转,当现代的娜拉们以迅疾的姿态一股脑的将家庭弃置,但却迷茫于前途何方时,李琦的书写如一盏灯,始终在温情地呼唤迷途的路人。

二、敞开与明丽:拒绝黑夜的美学风格

记得才女张爱玲是善于写各种姿态的月亮的,她善于此,多源于那个遗老遗少的家庭文化,以及略微自闭的性格。如果说喜欢月亮还是因为对黑暗的抗拒,并因之饱含希冀的话,那么时间如流水之后的80年代,没有月亮的黑夜却成为诗歌疯狂追逐的象征,这多少有点让人猝不及防。自80年代中期翟永明的《女人》组诗、唐亚平的《黑色沙漠》系列发表后,"黑夜意识"成为女性诗歌集中抒发的内容,可以说,"黑夜意识"提供了一个供女性沉思默察自我命运的历史、现状和将来的切入点。"渴望一个冬天,一个巨大的黑夜"(翟永明《独白》),"两个白昼夹着一个夜晚/在它们之间/你黑色眼圈保持欣喜,我在何处形成/夕阳落下敲打黑暗/我仍是痛苦的中心"(翟永明《憧憬》),在黑夜中发现潜藏的被压抑的欲望,在黑夜中舔舐男权文化带来的创伤,等等。但因之而来的消极避世、审

丑与过于自恋的非正常状态也是纷至沓来。

对于绚丽多姿的诗歌人生来说，只有黑夜是不完整的。与诗歌的主流走向相比，李琦诗歌的格调是明朗的，从容的，恍如黎明初显时的缕缕阳光。当诗人整体哀叹诗歌境遇步入黑夜的深渊，哀悼诗歌盛世不再时，她可以理性而乐观地看待诗歌与时代的关系，因之是从容和乐观的。诗歌和诗人注定是孤独的、寂寞的。时代不再提供一个如多年前那么一个特定的、需要诗歌的背景了，所以，诗人们从曾有过的喧哗与奔腾中定格，变成了一眼井。这是坏事么？我看不是。经历了一些骚动、分化，尤其是经过了商业大潮的冲刷、各种时髦主义的过滤，诗人的队伍提纯了、精干了、更具有创造力了。高谈阔论变成了潜心思索。集团式的冲击变成了个人的写作。流派不那么众多了，旗号也不那么招摇了，诗人们撤出了江湖。他们安静地折回斗室，守住一盏寂静的孤灯，老老实实地写自己的诗。也许，恰是在这被忽略被忘记被伤害的时候，诗人反倒隐约听到了那来自诗歌王国的神圣的召唤。尽管也是一盏"黑夜"的寂静孤灯，但李琦营造的却是明媚、流丽的味道，这和"诗歌是贵族的""诗人天生是孤独的"等诗学理念相契合。我总觉得，她是为数不多的能够正视诗歌现状的诗人之一。也正是这样的雍容心态，同样的题材在她的笔下焕发出了另一种悠然生命，没有过度感伤和消极的意绪。当人们痛诉空间阻隔对婚姻的创伤时，在她的《两种难过》里却显得哀而不伤，能够坦然而从容地接受这种距离带来的美感，或者说，恰恰是时空的阻隔成就了相知相守的情感厚度和深度，这一点不亚于耳鬓厮磨、长相厮守的缠绵悱恻的情感，耐得住时间的积淀。

诗人创造语言，从原初的经验赋予语言以新的生命。李琦诗歌的语言是敞开的，意境柔韧而春意盎然的，喜欢在日常琐事的叙述中，见证一番哲思的美丽。以小见大的宏大叙述模式在这里焕发出了新的生命，以一斑窥豹的技法，能够通过细节和微小处书写宏大的社会文化的壮阔画卷。比如《石头道》，时空穿梭间将石头道街这样一条位于哈尔滨中央大街的，浸染着厚重历史的街道跃现纸上，将沧桑的岁月写得轻倩而有跃动的活力。在《丁香》中，戴望舒笔下缠绵而幽怨的意象被赋予另一种韵味，浓浓的亲情下，不复有"丁香空结雨中愁"的千愁万绪，这种借物言志的方法也许显得有点俗套，但在这种"古旧"形式的背后，映现出的却是情真意切。她可以将母女亲情和复杂的人生况味糅合在一起，在日常生活的细节处见人世真理，相对于抽象的说教，这是颇富情趣的。甚至，一只花瓶也能够映现出世界的瑰丽来（《我最喜欢的这支花瓶》）。也许有人说，这种写法稍显陈旧，但谁能否认这类诗歌能够让我们从单纯着眼于一己情欢的狭隘视角挪移开，看看周围的风景，唤起了这个社会久违了的美好情愫呢？应该承认，李琦的书写是唯美的，有着沁人心脾的智性雨露，温润而开朗，李琦诗歌所造的诗境，既有人淡如菊，亦有奢华如梦。

三、关外流年：边地书写的魅力

法国艺术学家丹纳用几十万字的篇幅来论证"艺术品的产生取决于时代精神和周围的风俗"的因果论点，这对于因《冰雕》这样的地域色彩浓厚的诗歌闻名文坛的诗人来说，尤为恰当。"给我诗情的大北方啊！多少次当我怅惘、迷茫时，我总是愿意走进那苍莽的雪野里，一片静穆中，我仿佛听到一个雄浑却低沉的声音——'孩子，你向前走吧！'奇怪，我总能在北方的天空与土地之间听到这声音，我又总是受这声音的感召，真的向前走去了……"于是，我们阅读到曾经的"哈尔滨"，诗情画意，鸟语花香(《我童年的哈尔滨》),也品尝到塞外边民酒香的醇厚(《冰城大曲》),以及黑水冰雪的地域赋予的刚烈性格(《陈酿》)。由之,她写北方的天寒和人的热情如火,饱含深情的颂读"北方","北方,像亲爱的妈妈/每一片雪花/都是她的爱和叮咛//呵,我们也羡慕/江南/莺啼婉转/柳绿花红/可是,如果可以交换/我们仍不肯交出/我们凛冽而迷人的寒冬"(《我们的冬天》)。曼妙的雪花在她诗中,"身姿轻盈/无与伦比/这梨花的前世/千万只白鸟的羽毛/琴弦上最微妙的颤音/一瓣一瓣飘落/它是另一个世界里的歌声"。在《野花谷》中则谈及了这片土地的沉重历史,写海拉尔河的深邃(《海拉尔河》),写酒醉赫哲族小饭馆,"酒杯泪流满面/佳酿生出双脚/带领我们随波逐流/一条乌苏里江/在杯盏之中,宽袍大袖,两肋生风"(《酒醉赫哲族小饭馆》),写斑斑驳驳的白桦林,"大片的白桦/像一群从天而降的仙子/脚步刚刚站稳/就急于广袖飞扬,舞姿翩跹//满树变黄的叶片,像满树淡金色的小鸟/如同刚刚栖息,又像正欲飞离/兴安岭逶迤的山谷里/这超凡脱俗的树种/风流倜傥,传递清洁的气息"(《我见过最美的白桦林》)。在李琦的诗歌里,甚至可以描绘出一幅完整的龙江风俗画。她的成名作《冰雕》一诗被认为是20世纪80年代中期汉语诗歌的代表性作品,其词清丽,意境清纯,哲思深邃,地域色彩浓厚,很好地将那个年代素朴、沉思的精神以地域性的象征符号彰显出来。

李琦的地域书写又不仅仅局限于养育她的黑龙江,而是上升为具有宏大象征意义的边缘符号。她从对北方边地的地域情结出发,扩展开去,将对边地情愫的展望和书写辐射到另外的边缘,于是,边缘也就有了多样和辽阔的含义。比如写南方边寨女子的淳朴,和相思的爱情,那颗汁液饱满的心。写西南边疆的神秘而又和谐的"古镇",写彩云之南的瑰丽,写从缮写湘西边寨的沈从文,"把这条江的故事讲得最好的人/收起心底的波澜/不再说话/他变成了岸"(《谒沈从文墓地》)。她的长篇叙事诗《死羽》又是对大西北人与情的宏大叙述,"我""小麻雀""苦爷"的生死之恋,"铜奔马蹄下的飞燕""世纪缄默的烽燧",无不浸透出西北高原的苍凉恢宏意味。"诗是一种创建,这种创建通过词语并在词语中实现",而"诗人命名诸神,命名一切在其所是中的事物。这种命名并不在于,仅仅给一个事先已经熟知的东西装配上一个名字,而是由于诗人说出本质性的词语,存在者才通过这种命名而被指说为它所是的东西。"李琦诗歌对边地风景的描述和沉思恰恰是给这种地域另一种诗意的命名和创建,丰富着人们对此方土地的温婉想象。

娜夜的诗

说谎者

他在说谎
用缓慢深情的语调

他的语言湿了　眼镜湿了　衬衣和领带也湿
　了
他感动了自己
——说谎者
在流泪

他手上的刀叉桌上的西餐地上的影子都湿了
谎言
在继续

女人的眼睛看着别处：
让一根鱼刺卡住他的喉咙吧

母　亲

黄昏。雨点变小
我和母亲在小摊小贩的叫卖声中
相遇
还能源于什么——
母亲将手中最鲜嫩的青菜
放进我的菜篮

母亲！

雨水中最亲密的两滴
在各自飘回自己的生活之前

在白发更白的暮色里
母亲站下来
目送我

像大路目送着她的小路

母亲——

半个月亮

上来　从一支古老情歌的
低声部
一只倾听的
耳朵

——半个月亮　从现实的麦草垛　日子的低
　洼处
从收秋人弯向大地的脊梁
内心的篝火堆
爬　上来——

被摘下的秋天它的果实依然挂在枝头

剩下的半个夜晚——
我的右脸被麦芒划伤　等一下
让我把我的左脸
朝向你

生　活

我珍爱过你
像小时候珍爱一颗黑糖球

舔一口
马上用糖纸包上
再舔一口
舔得越来越慢
包得越来越快
现在　只剩下我和糖纸了
我必须忍住:忧伤

合　影

不是你！是你身体里消失的少年在搂着我

是他白衬衫下那颗骄傲而纯洁的心
写在日记里的爱情
掉在图书馆阶梯上的书

在搂着我！是波罗的海弥漫的蔚蓝和波涛
被雨淋湿的落日　无顶教堂
隐秘的钟声

和祈祷……是我日渐衰竭的想象力所能企
　　及的
那些美好事物的神圣之光

当我叹息　甚至是你身体里拒绝来到这个
　　世界的婴儿
他的哭声
——对生和死的双重蔑视
在搂着我

——这里　这叫做人世间的地方
孤独的人类
相互买卖
彼此忏悔

肉体的亲密并未使他们的精神相爱
这就是你写诗的理由？

一切艺术的源头……仿佛时间恢复了它的
　　记忆
我看见我闭上的眼睛里

有一滴大海
在流淌

是它的波澜在搂着我！不是你
我拒绝的是这个时代
不是你和我

"无论我们谁先离开这个世界
对方都要写一首悼亡诗"

听我说:我来到这个世界就是为了向自己
　　道歉的!

这里……

没弄丢过我的小人书
没补过我的自行车胎
没给过我一张青春期的小纸条
没缝合过我熟得开裂的身体……这里
我对着灰蒙蒙的天空发呆　那上面
什么都没有　什么都没有的天空
鹰会突然害怕起来　低下头
有时我想哭　我想念高原之上
搬动着巨石般大块云朵的天空　强烈的紫
　　外光
烘烤着敦煌的太阳　也烘烤着辽阔的贫瘠
　　与荒凉
我想念它的贫瘠！
我想念它的荒凉！
我又梦见了那只鹰　当我梦见它
它就低下翅膀　驮起我坠入深渊的噩梦
向上飞翔　它就驮着我颤抖的尖叫
飞在平坦的天上——当我
梦见他！
这个城市不是我的呓语　冷汗　乳腺增生

镜片上的雾也不是　它不是我渴望的:
同一条河流　一个诗人床前的
地上霜　我抬头想什么
它永远不知道　这渐渐发白的黎明
从未看见我将手中沉默的烟灰弹进一张说

谎的
嘴——它有着麦克风的形状
我更愿意想起：爬满喇叭花的山岗
和怀抱小羊的卓玛　神的微笑
在继续……那一天
我醉得江山动摇　那一天的草原
心中只有牛羊　躺在它怀里
我伸出舌头舔着天上的星星：
在愿望还可以成为现实的古代……
黎明的视网膜上
一块又似烙铁的疤
当它开始愈合　多么痒
它反复提醒着一个现场：人生如梦！
你又能和谁相拥而泣
汉娜·阿伦特将一场道德审判变成了一堂
　哲学课
将她自己遗忘成一把倾听的椅子
失去故乡的拐杖……
那颤抖的
已经停下
永不再来
人类忘记疼痛只需九秒钟
比一只企鹅更短
只有遗忘的人生才能继续……这里
我栽种骆驼刺　芨芨草　栽种故乡这个词

抓起弥漫的雨雾
一把给阳关
一把被大风吹向河西走廊
而此刻　我疲倦于这漫长的
永无休止的热浪　和每天被它白白消耗掉
　的身体的激情

抑　郁

她给患抑郁症的丈夫带来了童话
她用童声朗读着它
她带来雪花的笑声
魔术师的手臂
在消毒水气味的春天里
她用身体里的母性温暖着他

在他抑郁的身体上
造了一百个欢悦的句子
花落了又开
春去了又来
泪水漫过她的腰
在消毒水气味的春天里
在一棵香椿树下
她像知识分子那样
低声抽泣——
而这一切
并不能缓解他的抑郁

安居古镇

穿长衫的说书人
说着光绪年间的风

说到戊戌变法时声音低了下去
抬起头他问：今夕何年？

一滴冷汗
几只无所谓江山只想多活一日的蝉鸣

几个糖人儿
青石板上布鞋永远跟在皮鞋后面的回声
　远了

旧木窗　他望着生活的脸多么委屈
黝黑的意志像发青的眼窝塌陷

强硬的生活又善待过谁呢！
它拆开我们　并不负责装上

诗可以停在这里　也可以继续
解读四千年前安居的本意：

几棵野菜　一篓小鱼
哗啦啦　滚铁环的孩子把落日推到了天边

阁楼或客栈　或者茶肆　笑盈盈的娘子身
　子一斜

星光灿烂

月亮就从大安溪打捞起自己

挂上波仑寺的飞檐

浅水洼

除了他们　还有我
享受着朴素的命运带来的
一心一意

如果这时雨停了
瓦楞上还滴着几滴
他们就会独自走出来
修伞人
磨刀人
扎花人
——一些简单的人
幸福　来自每一下
所用的力

雨点很大
落得很重
流水载着落花

如果雨停了
我们一起绕过一个浅水洼
他们一望便知
我的心
离他们有多近

手　语

两个哑孩子
在交谈　在正午的山坡上

多么美　太阳下他们已经开始发育的脸
空气中舞蹈的:手
缠绕在指间的阳光　风　山涧溪水的回声
突然的

停顿
和
跳动
多么美

——如果　没有脸上一直流淌着的泪水
……

确　认

那是月光
那是草丛
那是我的身体　我喜欢它和自然在一起

鸟儿在山谷交换着歌声
我们交换了手心里的野草莓

那是湿漉漉的狗尾巴草　和它一抖一抖的
小绒毛　童年的火柴盒
等来了童年的萤火虫?

哦那就是风　它来了
树上的叶子你挨挨我　我碰碰你
只要还有树
鸟儿就有家

那是大雾中的你
你中有我?

那是我们复杂的人类相互确认时的惊恐和
　　迟疑
漫长的叹息……就是生活

生活是很多东西！

而此刻　生活是一只惊魂未定的蜘蛛
慌不择路
它对爱说了谎?

这里的风不是那里的风
——娜夜诗歌艺术散论①

● 沈 奇

20世纪80年代中期开始诗歌写作的女诗人娜夜,在跨入新世纪以来的当代中国诗歌界,以其持续上升的创作态势,和佳作名篇迭出的骄人成就,成为"60年代"出生的诗人,或所谓"中生代"诗人群体中,一个日渐突出的标高所在。

娜夜不是一个可以做简单归类和简单认知的诗人。至少,在当代中国"女性诗歌"和"西部诗歌"这两个区域中,娜夜取得的艺术成就,无疑都占有相当突出的位置。而她独自深入的诗歌写作取向,和其清音独远的诗歌精神品格,在这个既非诗的时代,而又特别"闹诗"的时代里,更是具有特别的启示意义和诗学价值。

作为"女性诗人",娜夜的诗歌写作,整体看去,其精神底背,还抱有一些源自骨子里的理想情怀与浪漫色彩,而一旦落视于具体的人和事,却总能一眼洞穿,看得很透,具有明锐而深入的勘察与"显微"能力。同时,又总是能以超乎女性立场的视野,去表现男女共有的人性世界——生与死、苦与乐、现象与本质,以及未知的意识荒原与裂隙等等。其从容、旷达、宽柔的诗歌精神,具有极大的包容性和穿透力。

比较之下,我们可以回首观察到:当代诗歌进程中,无论是先锋性写作还是常态性写作,男性诗人还是女性诗人,以及已成大名的种种诗歌"人物们",都太多运动性的投入和角色化的出演——而娜夜,这位自甘边缘、潜行修远的诗歌女性,则是那些少数难得的、将诗歌写作作为本真生命的自然呼吸而成为一种私人宗教的诗人之一。

女性的,而又超越女性的。——如此展开的"娜夜式"诗歌视角,广阔而又细密,陡峭而又深邃。

她写母性温润的情愫:"——吹过雪花的风啊／你要把天下的孩子都吹得漂亮些"(《幸福》);转过身,她写女性命运的灰败感:"这些窗子里已经没有爱情／关了灯／也没有爱情"(《大悲咒》)。于是,"一个忧伤的肉体背过脸去"(《覆盖》),然后固执地探寻:"为什么上帝和神一律高过我们的头顶?"(《大悲咒》)。

落视于"日常",她写"——摇椅里倾斜向下的我／突然感到仰望点什么的美好"(《望天》);注目"神性",她写"牛的神／羊的神／藏红花的神／鹰的身体替它们飞翔"。(《从西藏回来的朋友》)。

在娜夜的诗歌世界里,"是真实的存在还是瞬间的幻象又有什么关系"(《幻象》),她关注意义,也关注身体,所谓"道成肉身",并一视同仁地关注"灰尘""光""时间经过的痕迹",然后"用思想"也"用嘴",去"闻神的气息"(《自由女神像前》)。

——然后重返迷茫:

夕光中

那只突然远去的鹰放弃了谁的忧伤
人的还是神的?

——《青海》

可以看出,在娜夜的诗中,有一种天然的艺术化气质和虚无化格调。正是这种"趋于虚无化的生命本真"(萌萌语),视艺术与美为生命之所有的追求与归宿的精神取向,方使诗人所秉持的真实的个人,和真实的诗性生命意识,得以从与时俱进的公共话语语境,和浮躁功利的时代话语语境中脱身而出,始终保有本源性的独立意识。

作为"西部诗人",娜夜的诗歌写作,从一开始,便自觉摆脱了传统主流"西部诗歌"的浮泛模式,跨越"时代"语境和"地域"界限,以现代意识,透视真正意义上的西部精神与西部美学的底蕴所在,别有领悟而动人心魂。

仅就诗歌美学而言,我认为,真正的"西部精神"以及由此生发的"西部美学"之精义,可概括为三点:一是原生态的生存体验;二是原发性的生命体验;三是原创性的语言体验。

此"三原"体验,转换为诗歌话语表征,则应该是人与自然、人与存在、人与命运之纯时间性(非时代性,所谓"新风貌")和纯生命性(非生活性,所谓"体验生活")的一种更深层的对话,且是一种充满苦味、涩味和艰生味的对话,消解了主体虚妄和主流意识驯养,重返神性与诗性生命意识的对话。

细读娜夜有关西部的诗作,可以发现,"西部"在娜夜的"诗歌词典"中,既不是什么题材与内容的特别所在,更不是什么"文化明信片"或"地域风情"式的特别所在,而是有关生存意识、生命意识、自然意识、审美意识的特别所在——生命与自然的对质,向往与存在的纠结,生存的局限性与企求突破这种局限而不得的、亘古的渴望与怅惘,遂成为娜夜式"西部诗歌"的核心题旨。

由此形成的作品风格,境界舒放,诗意苍润,常以峭拔而疏朗的思绪,可奇可畏的生动意象,精准传神地透显出"在这遥远的地方",人与自然、人与存在、人与命运,那一种不得不的认领与迷茫,以及由此而生的,那一缕淡淡的清愁,那一声沉沉的叹咏。

正如其堪比《诗经》之"蒹葭"的经典之作《起风了》诗中所言:"在这遥远的地方不需要/思想/只需要芦苇/顺着风"——这才是西部的真谛,也是西部的天籁。

再读这样的诗句:

一朵云飘的时候是云
不飘的时候是云
羊一样暖和

被偶尔的翅膀划开的辽阔
迅速合拢

——《鹰影掠过苍原》

直叙中自声色有余,尽见天地之心,透彻而高致,得西部诗魂的真性情、真境界。

无论是作为"女性诗歌"的写作,还是作为"西部诗歌"的写作,娜夜诗歌的内在艺术品质,始终是一致的。

具体而言,其诗的内涵,有深切的现代意识,又暗含古歌般的韵致;是现代的"直面人生",也是古典的"怀柔万物"。"冷眼"与"热心","看"与"被看",无不饱含善意的"窥视"、真诚的质疑、纯美的叹咏,和原始而细密的忧伤与悲悯。

由此生成娜夜诗歌的语感,疏朗中暗含张力,松弛中弥散韵致,尤其对长短句配置的节奏感,把握得颇为精妙。其诗思的展开常有大的跨跳,却不失内在意绪的逻辑联系,致使情感的韵致和语感的韵律,非常和谐地熔融化合而清通爽利。特别是她诗中惯有的语式和语态,时而直截了当,时而缠绵悱恻,集正襟危坐与散发乱服于一体,读来别有韵味。

可以说,在当代诗人中,娜夜是少有的几位,能有机地融会真实世界的主观视觉和叙事调式中的潜在抒情者,从而将她的诗歌写作,与整个时代的潮流走向区别了开来,风规自远而独备一格。

总之,这位水静流深于西部边缘的女性诗歌写作者,是一位真正独立而具有超越意识的优秀诗人。

我是说,她不是那种我们司空见惯的潮流式的诗人,她有源自自己生命本在的诗性智慧和诗性力量,支撑她在任何诗歌时代,或任何她自身的写作阶段,都能从容展开其不同凡响的个在写作,而不为"时势"所左右。换言之,娜夜是那种不因"时过"而"境迁"后,便失去其阅读效应的诗人,这不仅因为她有其不可忽视的代表作乃至绝唱式的作品,更是因为她诗中对语言与存在独到而深入的关切与表现,所达至的不可忘却的阅读记忆。

是的,她不容忽视,但也不在乎你何时提及。

显然,这不是一个什么"定力"的问题,而取决于气质所在。正如诗人自己所言:"忠实于内心的真实感受和过分强调诗歌的社会功能,优秀的诗人更多出自前者。""我的写作从来只遵从内心的需要,如果它正好契合了什么,那就是天意"。[2]

而我仍属于下一首诗——
和它的不可知
———《摇椅里》

这是娜夜:女性的,超越女性的;西部的,超越西部的;时代的,超越时代的。她的存在,让我们常想到"那些高贵的 有着精神力量和光芒的人／向自己痛苦的影子鞠躬的人"(《风中的胡杨林》)。

而作为诗人的娜夜,说到底,只是依从她固有的宿命般的气质,"尝试着",在生命历程的所有细节里,"说出自己",并欣然回首,倾听:

——在那些危险而陡峭的分行里
他们说:这就是诗歌"
———《阳光照旧了世界》

2019年7月改定

注释:

① 本文正题转借自娜夜同名诗作题目。行文中所引诗句,均摘自《娜夜诗选》(甘肃文化出版社2003年版)、《娜夜的诗》(敦煌文艺出版社2009年版)、《娜夜诗歌快递:睡前书》(《读诗》EMS周刊第142期,2012年2月版)三部诗集。

② 娜夜:《随想十三》,见2013年1月11日《文艺报》第5版。

傅天琳的诗

柠檬黄了

柠檬黄了
请原谅啊,只是娓娓道来的黄

黄得没有气势,没有穿透力
不热烈,只有温馨
请鼓励它,给它光线,给它手
它正怯怯地靠近最小的枝头

它躲在六十毫米居室里饮用月华
饮用干净的雨水
把一切喧嚣挡在门外

衣着简洁,不懂环佩叮当
思想的翼悄悄振动
一层薄薄的油脂溢出毛孔
那是它滚沸的爱在痛苦中煎熬
它终将以从容的节奏燃烧和熄灭
哦,柠檬

这无疑是果林中最具韧性的树种
从来没有挺拔过
从来没有折断过
当天空聚集暴怒的钢铁云团
它的反抗不是掷还闪电,而是
绝不屈服地
把一切遭遇化为果实

现在,柠檬黄了
满身的泪就要涌出来

多么了不起啊
请祝福它,把篮子把采摘的手给它
它依然不露痕迹地微笑着
内心像大海一样涩,一样苦,一样满

没有比时间更公正的礼物
金秋,全体的金秋,柠檬翻山越岭
到哪里去找一个金字一个甜字
也配叫成果?也配叫收获?人世间
尚有一种酸死人迷死人的滋味
叫寂寞

而柠檬从不诉苦
不自贱,不逢迎,不张灯结彩
不怨天尤人。它满身劫数
一生拒绝转化为糖
一生带着殉道者的骨血和青草的芬芳

就这样柠檬黄了
一枚带蒂的玉
以祈愿的姿态一步步接近天堂
它娓娓道来的黄,绵绵持久的黄
拥有自己的审美和语言

墓 碑

我逆血而来
看望九百九十九座坟茔
我的天空呼啸着淌泪

满眼墓碑
赠我众多儿女的名字

母性悲恸无声
我怎能体会四月在这儿的残酷
怎能咀嚼红土和蕉叶的火焰
怎能抵御箭茅草异样的体香

这些年轻的墓碑
十八九岁的枪支
像从土地长出的庄稼
刚刚拔节,灌浆
来不及收获就倒下了
我想,他们和它们
有如人的信仰和枪支的宗教
已合为一体
共同的沉默公式和牺牲法则
讲出了夜是自己的
白昼属于花鸟

我站在巨大的伤痕里
阅遍天体和掩体
我听见灵魂附在耳边说
士兵,是短暂而不朽的亘古式枪支
枪支,是英俊而潇洒的亚热带型士兵
士兵在光荣的深处
枪支在艰难的壕堑
相互拥抱,追溯彼此的起源

此刻,凝固的血
以新的平静汹涌
坟茔佩戴着新的露水和鲜花
为沉思而沉思
战争一身鲜红地流入苍翠
灌溉历史
无愧于最高的山峰
而我诗的坡度
始终难与痛惜平衡
万古青苍之下,哀乐轻抚
流水潺潺
我相信每块石碑都在倾听

戈壁乌鸦

不是一群
不是集体主义者

看你的那个黑
像红到终点的红
自太阳心中滴出

看你的俯冲
像一片削薄的铁,轻啸着
插进飞起来的尘埃

我把你误认为鹰了
我摸到你烈焰中的抵抗了

眨眼之间
千年的黑夜亮了

最后,你落在离我不远的砾石上
校正了我对英雄的片面认识

乌鸦,戈壁的独行侠
假若我有羽毛
每一片都会因你而战栗

窦团山问

谁最静
谁最从容,谁最沉稳

谁能在山水里一坐千年
谁仅凭一座星空几滴鸟鸣
嚼墨弄文

随身行囊要尽量的空
尽量的轻
谁舍得把功名、利禄
统统扔掉!谁舍得捣碎

星光灿烂

捣碎自己的明月
捣碎词语制造的娴熟技艺

谁的心为石头而软
谁的血为杜鹃而红
谁的足趾生满云雾和花香

谁能走进拔地而起的窦团山
将旅途坦然悬挂于绝壁

谁能喝粗茶吃淡饭穿布衣
采四海朝露,获取天地间
绵延不绝的生命气息

谁愿做那棵千年黄连树,苦着
却枝繁叶茂
谁能还原一个唐朝诗人

拉斯维加斯如是说

我极尽世上的奢华迎接你
金币铺路
少女手捧珠宝和红唇

高高垒起古埃及的石头
借用一座金字塔
压住西部寸草不生的荒凉

用卷边的玻璃配上花饰
用中世纪的浮云配上浮雕

火山与音乐一点即燃
一场盛大的秀即将开始
我引进威尼斯的水,一滴一滴

又一座富丽大厦即将竣工
夕照中它全身披挂幸福的巧克力

我的城池
建筑在人性最脆弱最贪婪的连接处
昼夜颠倒,我的生命从日落开始

我的时钟已处于临阵前的亢奋和冲动
我的臣民以机器虎为伴以筹码为食
我的上帝又聋又哑

如此这样,你可以体面地躲避崇高和良知
挥金如土,忘掉负债危机,你尽可以
毫无顾忌地

经济数字乌云密布
我人造一个天空
终日白云蓝天,将你笼罩

墨西哥湾

这一天,古老的墨西哥湾
正上演一场暴力悲剧
鱼类和海鸟穿上厚厚的盔甲

大海暴露出严重溃疡
它的血是黑色的,浓烈的,极其污秽的
像隔夜的地沟油

远处是赤道
一排波涛警惕地守卫在赤道线上

还是这一天,我梦见成千上万死去的鱼群
在深夜破城而入。它们不是游
是走,气势磅礴却又无声无息地走

走在我常去和没有去过的那些大街上
像一群赤手空拳的抗议者

科罗拉多大峡谷

科罗拉多大峡谷
是科罗拉多高原
被科罗拉多河一刀一刀刻蚀出来的
最早的一刀
刻于十八亿年前
长达数百里的高原刑场
造就了地球最伟大的地质杰作

刑场的横切面
一座露天博物馆
不同年代的灿烂岩石发出凛冽之光

梦幻中的蝴蝶
强悍而脾气暴烈的鹰
疲惫的双翼垂悬
它们最终没能飞出峡谷的大门

这时谁还能说出身在何处
神把我领进峡谷，神却不见了
留我一人辨认来路
一句诗投向苍茫，没有回音
它远不如古老印第安人投出的一支飞镖

这时谁还能知道自己是谁
谷线最表层的石灰岩
距今也有两亿多年
人啊人啊连附着在岩石上的灰尘都不是

夜雾袭来
将巨大的科罗拉多峡谷轻轻抱起
随即，又一片岩石的意志开始松动
它的记忆穿越时空无限地沉默着延伸着
让我震撼直至恐惧

我只能掏出从中国带来的一群意象
跟随对面山顶的瀑布
冒着粉身碎骨的代价去突围

玻璃桥

峭壁如削！现在我就站在

峭壁之上的虚空里

腿软，恐高，小心脏几次跳出来
又几次被摁回去

只敢平视、斜视、远望
望对面悬崖，几疑上过琉璃釉

白太阳还在一遍一遍反复涂抹
微微发蓝、发青

有鸟飞过。其中一只已经两鬓斑白
脸上挂着与我相似的表情

它用叫声撞响石壁
就觉得是岩石在叫，一座天空在叫

白云轻盈如絮，一挂一挂
就觉得是从地里刚刚长出来的

树尖新叶如花，一团绒毛球球
就觉得聚集了一股蓬勃向上的气息

苍山如海！这个上午有多宽
我的心情就有多宽

最后，我将目光垂直放下，放下
放进谷底

人生何其不易
我还要看看自己的深渊

星光灿烂

天赋、大爱、超越性成就了她的诗歌
——傅天琳诗歌的一种读法

● 蒋登科

傅天琳从20世纪70年代开始诗歌创作,创作历程已经差不多半个世纪。从1961年开始,傅天琳在重庆北碚缙云山的一个果园劳动了将近二十年,他们把一片杂草丛生、树木参天的山林开辟成了一个很大的果园。那时候,他们几乎没有集中读书、学习的机会,更没有阅读优秀诗歌的机会。她最初的诗完全是原生态的,或者说原发性的,来自她劳动的果园、她脚下的泥土,以及果树、花朵、果实在季节变化中交织出现而在她心中烙下的生命、情感印记,同时融合了她因为家庭成分原因而经历过的各种酸甜苦辣。她以1981年出版的诗集《绿色的音符》成名,被人们称为"果园诗人"。在那之前,她只是默默地安静地写着,没有想过要从诗中得到什么外在的收获;在那之后,她也没有停下过体验、思考、探索的步履。到现在,和她同时期开始诗歌创作的不少诗人早已停下了诗笔,但她还在继续写着,而且给人越写越好的感觉。2010年获得鲁迅文学奖的时候,她已经年过花甲。"与时俱进"这个词用在傅天琳身上,应该说非常切合。

古人有"莺老莫学舌,人老莫学诗"的说法。虽然傅天琳还在一直坚持创作,但她肯定不是老了才学诗。从年轻的时候开始,诗一直就是她的生活,写诗是她用艺术的方式打理生活的手段之一,而且坚持得很好。通过傅天琳的诗歌之路,我们可以有效地思考一下诗人保持艺术创造力的一些秘诀。

傅天琳天生就是一个诗人,有着成为优秀诗人的天赋。至少在我认识她之后,我是这样感觉的。她敏锐,善良,充满活力,有成年人的深沉,又有孩子般的天真、乐观、梦想。她不善于隐藏自己,甚至不会保护自己,喜怒哀乐都写在脸上。诗人的天赋主要体现于对诗美的捕捉和对语感的把握。前者属于艺术的发现,后者属于艺术的表现,二者的完美结合,是优秀诗人不可或缺的基本素质。傅天琳总是能够在不经意间发现诗意,并通过机智的语言抒写出来。任何事情,只要经过了她的眼睛、她的心灵,得到了她的认可,进入了她的诗篇,必定诗意浓郁。她的生活也是诗意的,随便说出一句话都可能感染到听众。有一次在奉节采风,诗人吴丹拍摄了一幅很别致的脐橙照片,傅天琳马上把它写进了诗中,说"当诗人吴丹用手机按下那一瞬/我认定你就是奉节的太阳,多汁的太阳/也是我的太阳!一个脐橙",想象独特,诗味浓郁。在北碚举行的一次采风活动中,因为变化太大,傅天琳居然迷路了,她在会上开口就说:"我今天在家门口迷路了",她并没有说自己的第二故乡变化有多大,但大家由这句话感受到了她的评价,一种诗意的评价。在那次笔会上,"迷路于家门口"成为大家不断引用的经典语言。傅天琳说的是现实,其实也是诗句。

在傅天琳看来,诗是来自生活的。这话看似很大众化,但也是大实话。傅天琳的几乎所有作品都是她对生活的提炼、升华,这种提炼和升华当然有诗人情感、思想的加入,但对生活的悉心关注,一定是她诗歌的根基。除了作为诗人名片的"果园诗",傅天琳还有几部值得关注的儿童诗集,都来源于她的真实经历。抚育儿女的时候,她写出了《在孩子和世界之间》;在北京带外孙女的时候,她写出了《星期天山就长高了》;在重庆带孙女的时候,她写出了《幽蓝幽蓝的童话:傅天琳儿童诗集》。这些作品之中,儿童的生活、心灵、向往等等,都以诗的方式呈现出来,充满想象力,清新、别致,弥漫着梦想和童趣。她自己说,这些诗其实不是她写的,而是孩子们写的。她只是把孩子们的话记录下来,进行了适当整理。不过,细心的读者可能会发现,诗人在关注孩子的同时确实从孩子那里学会了很多,于是她写出了《让我们回到三岁吧》,这中间肯定有诗人对过往人生的思考:"我们这些锈迹斑斑的大人/真该把全身的水都拧出来/放到三岁去过滤一次"。这已不仅仅是儿童诗,而是深度的自我反思了。真实的生活其实很丰富也很复杂,比任何文艺作品都要丰富复杂得多,但是,生活不等于诗,是否能够从中找到诗的源泉,发现诱人的诗意,主要取决于诗人对待生活的态度,取决于诗人的艺术敏锐性。这或许是诗人和普通人的区别之所在。

优秀诗人和普通人、普通写作者的另外一个重要差别在于,优秀诗人不是生活的复写者,他们一定有自己的精神追求和心灵归依,有着对于生命意义的终极思考。他们从生活中发现的、在诗中表达的,一定和他们的生命向度密切相关。而这种发现可以给读者带来关于生活、生命的启迪。傅天琳的人生经历非常曲折,尤其是在年轻的时候。她十五岁就开始在果园劳动,干着和男性一样的体力活,经历的艰难、痛苦可想而知。而且,家庭出身所强加在她身上的压力也给她的人生、心灵带来了巨大的冲击。在她的诗中,我们自然可以读出这种压力、疼痛、沧桑之感,但是,我们读不到诗人对艰难、苦难的复述,读不到玩世不恭的心态,读不到对世界、对社会、对他人的无情反击。原因恐怕在于,傅天琳始终有一种超越情怀,有一种大爱的境界。她以自己细腻而又包容的心态,对待一切存在,超越了个人苦难,并从中寻觅、发现、提炼她所理解的人生真谛,最终实现了优秀诗歌的普视性效果。把这些经历和她的儿童诗对比阅读,我们就可以感受到,她的内心始终充满对美好的赞美和向往,善于通过诗的方式和一切对立的人、事达成和解。和那种只是反复咀嚼自己的艰辛、痛苦,对他人和世界充满怨气、戾气的诗歌写作者相比,傅天琳在人格追求上肯定要高出一筹。傅天琳特别喜欢柠檬,喜欢它的颜色,更喜欢它的滋味,那其实就是诗人自己经历过的人生的颜色和滋味。诗人在《柠檬黄了》中写道:"这无疑是果林中最具韧性的树种/从来没有挺拔过/从来没有折断过/当天空聚集暴怒的钢铁云团/它的反抗不是掷还闪电,而是/绝不屈服地/把一切遭遇化为果实",柠檬的成长过程就是诗人对现实的心灵化过程,就是她诗中所抒写的超越情怀。这种情怀具有强大的人格力量,既支撑诗人超越了现实的艰辛,也支撑她的作品以精神的方式站立起来。

正是有了这种人格追求和心灵力量作为诗人的生命底色和人生向度,我们可以从傅天琳的许多作品中读出一种超越情怀,一种大爱之光,一种把疼痛隐藏而笑对现实、人生的姿态。《墓碑》《我的孩子》中痛彻心扉但又克制的疼痛、惋惜以及更深沉的思索,《墨西哥湾》对人与自然对立的思考,等等,无不体现出诗人对现实的深度关怀,对美好的赞美和向往。细心的读者更可以从《窦团山问》中发现诗人的人生思考和追寻，表面上是写李白，写出了李白的飘逸、放浪、超然，这些其实也正是李白留给傅天琳及后世诗人的启示，但我们更可以感受到作品中有诗人自己的影子："谁愿做那棵千年黄连树，苦着/却枝繁叶茂/谁能还原一个唐朝诗人"，这棵黄连树似乎和诗人钟爱的柠檬树、柠檬有着类似的滋味。

傅天琳是一个不会玩花样的诗人，她反对诗歌中那种空洞的词语堆砌，反对从别人的作品中去捡拾残羹冷炙，而是追求诗篇气韵的流畅。她的心灵是纯静的，没有浊气污染和阻隔，所以她的诗中也没有设置人为的语言障碍。她是因为真的有所感受而写诗，不是为了让别人读不懂以显示自己的高深而写诗。傅天琳几乎是和"朦胧诗"诗人同时走上诗坛的，而且有些选本也把她作为"朦胧诗"诗人对待，其实，这只是时间上的巧合而已。傅天琳不是曾经流行的现代派诗人，也不是典型的"朦胧诗"诗人，她就是一个关注现实、热爱生活、热爱生命、充满爱心的诗人，除了"果园"，她不需要更多的标签。她就是她自己，一个敏锐、踏实而又不断寻觅、思索的诗人，一个像果树一样抵抗着风雨、扎根泥土甚至石缝、默默坚守并最终结出丰硕果实的诗人。

荣荣的诗

大觉寺

相爱未遂　她还在人间滞留
功名未遂　他还在天南地北

春风从容　往事无数
你仍欠我一个了悟

梦　见

我梦见的这个女子是焦虑的
她急于见某个人　却丢了地址

"你确定,他也想见你?
你确定,你准备好了?"

她提着旧抹布一样斑驳的心
仿佛提着一生的积蓄

"我确定。时间不多了。
我想再次被爱,或被抛弃。"

锈　蚀

肉身的锈蚀始于一只酸疼的胳膊,
以及一只随意变换指向的手,
突然生成的盲区。

深夜你听到它骨头里刺耳的声响吗?
类似于久闭的木门在门脖上干涩地转动。

"也许缘于那次受寒。"
当羽绒被勉强窝藏起两颗胆战之心,
它整夜裸露着,并被忘记。

"不曾上心的事还是发生了。"
我给你短信:"我被衰老追上了。"
"从今后,我无法自由触摸的那部分肉体,
也仅是你青春的残羹。"

周四之诗

他们曾在一张床上缱绻
也算知根知底　但是否还能继续?

偶尔他会像水泡一样冒上来
看望她这条陆地上的鱼

她愿意回到从前　她坚信他曾是
真诚的　她愿意等候

下一次的看望会是白天还是夜晚?
她停下手头的事　想象一次潜逃

他想着肉体里的水草和细软的骨头
想着她亮着或暗着的欲望

"爱就是犯贱!"他们不舍得入睡
互为鸟兽或鱼水　又互为敌我

她的身体里有沉寂的瘀伤

星光灿烂

昼夜交接的湖面上映着两张运程刻薄的脸

念奴娇

如此急切　他用镜头捕获了那么多荷花
仿佛它们只是歇息于宽大荷叶之上的只只
　小鸟
而她只是想辨认　这一朵与那一朵
哪一朵更恣意　更无顾忌

那一夜　她的睡姿像极了一朵荷花蜷曲
而他知道　她捂紧的身子里装有多少蜜
那一夜　湖畔的寝房在水声里舟行千里
他担忧隔夜荷花上的蛛丝和凉意
她想象几次花落

而晨光也来得急切了些　他们相视一笑
对于相聚中又将开始的一天
她欠他一个梳妆　他欠她一个拥抱

小馄饨

煮得久了　皮馅分散
辨不清这一个与那一个

"不烂锅里也会烂胃里。"
一份普通的早餐　一个不抱怨的男人

他完全醒了　而门外的世界
醒得更早　有几句争吵似乎想挤进来

一碗小馄饨将夜晚撇清
这个埋头于早餐的人看上去是真实的

比床上真实　他就在眼前
远离那些跌跌撞撞的梦境

远离简易报亭里那些滞销的事件和八卦
他们也将在那里分散　进入各自的白天

真是苦难

真是苦难？真是苦难在对我抱怨？
向我扬着至爱的人的脸庞：
"你居然用肉体的放纵对抗我的鞭笞，
用干涸的内心，拒绝泪水。"

"那我该如何，你才会放过我？"
"习惯，并且承受！"
她眨眨星星孤寂的眼：
"我将安静一如你体内的月光。"

镜中花

事先毫无征兆，他的寻访更像是从天而降，
她梦里的迎合尽力绵延、柔和并高耸着。
相逢的那一刻，风掀帘子月光浮动，
她银白色的身子是寂寞的而他是明亮
　之火。
接下来的美好是山重水复的猜疑和追逐，
是一场慢慢说破的经典情事，
他饰花的前额，她镂金的心胸，
他的意乱，她的情迷，
一道被敲响的房门，两人的奋不顾身。
这个现实里万人敬仰之人，
外表俊朗，内心高尚，
他的情话贴心而走，
也日常也偏颇也会生死相许。
她只想梦下去，梦到梦走他不走，
梦到天亮了，他仍在磨蹭：
天也有涯山也聚首，今宵一别却是永远。

葫芦案

半夜我绑了自己面见至尊之王：
"穿紧身衣服，外勒十道绳索，
她居然还能伺机逾墙，
满身伤痕仍不思回转。"

"可有犯事的证据？"

"没有。"
"伤及无辜了吗？"
"她只伤她自己。"
"动机和后果呢？"
"她身无长物。一条孤独的猎豹，
追赶着消逝已久的旷野。
她只追上了自己的衰老。"

"这个用心的自虐者是可爱的。
让她去吧，我还将赠她一份额外的执着。"

不仅仅这一分钟

街角报亭撞见的慌乱　　寂静的铃声
见面时没完没了的雨
他闪亮的肌肤　　汗湿的内衣
她的惊乍　　突然的烦躁或伤感

回忆维持它零乱的呈现
需要摒弃的将是更完整的现场
哦已经很多了　　还有那么满的怀抱
温柔的凝视　　小心的触摸

"多少夜晚我无法专注于另外的事物。"
"如果你身陷黑暗，我也不要烛火！"
幽暗的长廊里风穿滴水　　一次又一次
灵魂里更多的疼痛被肉体之吻唤醒

旧时光

衰老若是一个先驱者，
这个身藏不老术的女子就是滞后分子，
一个在瓷质的肌肤里藏起所有斑点的人。
她多年前的容颜，像不曾动用的誓言，
又像一张画，挂向她的旧时光。
也许还是一件发亮的器具，
在流水里不允许自己掉色。
她一次次忽略身怀的暗疾，
一次比一次更加沉浸：
"那具我熟悉的迷人躯体，
曾有着怎样激情四溢的光芒！"

她愿意仍被占据，在时间的深处
"那里，花粉带着一些永恒的甜蜜滋味，
我愿意留下，丢掉所有眼前和可能的未
　来。"

独角戏

今夜，她是自我斗酒之人。
举杯邀明月，左手敬右手。
今夜，她是自我宽慰之人。
内心藏一个倾听者，也年过半百。

年过半百她最想说的还是身体：
这是我一直在糟践着的……
它在溃败，时间源头里的一个逃兵……

酒过三巡她的身体又沉了六分：
我想知道它的秘密。
欲望如何生成，羞惭又能躲向哪里？

而许多情感突然不见了，像雨水落入山川，
这让我相信，身体里也有一个汪洋。
遗忘，真是复原的唯一良方？

她的身体继续下沉灵魂也没有逃离。
干杯！分裂已久的身心今夜同样疲惫。
它们终于坐到一起，一对交恶多年的老友。

入　戏

他们一起喝酒　　唱歌
喝着喝着就醉了　　唱着唱着伤心了

两个身体的喧腾火光四溅
两条溪流慌不择径撞出哗哗的水声

这也是一场水火的开始　　只有开始
春天将折损于太凌厉的风太热烈的花朵

一次次　　她在他的袖口生香
一次次　　他于她的纤腰转身

但所有的明月清风　所有的煎熬
与我何干　为何让我感觉疼痛和挫败

仿佛我就是那个偷窥者　藏匿者和宽宥者
仿佛我就是那个被殃及的辗转之徒

至　今

至今她仍是一个被骄纵的女子
当她醉酒　任性地抱怨
或者因悲伤而躲藏

那只酒瓶子并没有飞起来
低凹处的阳光和水声
反复找到一粒过季的种子

太多的宽容让她羞愧
就像她满是伤痕的身体
仍被一寸一寸地鼓舞

那也是迷醉时分　她只想沉浸
就像无数个相关的你
和那些无所顾忌的狂乱之夜

悬　决

要么爱　要么收手
灵魂深陷于肉身的山水
不再纯粹的身体也能应声花开

这是有风险的　这个犹豫的男子
当他只用一点温存分裂她的世界
当他只拿走了她的十分之一
一个女子就会变成两个

——并不幸福的女子
她任性的言行被忘记
感觉不是被爱
而是获得了一次次短暂的容忍

——失意再失意的女子

她的悲伤太大了
一头撞出的狂乱之风
十片不相干的林子才收住它的脚步

如　尘

她爱所有无法驾驭之物
而他恰好相反："听我的！"
一场情事　越来越是专制之剧

她选择等待　宽容　谅解
选择渺小　他日渐的疏离
选择猜谜：他的言说里藏着怎样的
匕首　下一步又会有怎样的雷霆？

但挟持她的或许并非是他
更是这些选择之果
温顺之物　只有一种匍匐姿态
她也曾自我辩解：人生不易
非凡的坚韧与耐心也缘于艰辛之爱

出　尘

你真的带给她现世的欢乐了吗？
你真的宽恕她一切错误之举？
远离她吧　她正在岔路上
写悲凉之诗　抱怨烟云之物
现世的富足是一件外衣
她更喜欢光着身子住回内心
那里　她灵魂的底板是灰色的
寂静之水早褪去烂漫色泽
她一屁股坐在时光的淤泥之中
背对你　一个黑白的天地
如果再往里窥探　你会看到那个巨大的
　不安
正被脆薄的寂静包裹着
她在自毁吗？这个被悲怆控制的不要颜
　色的
女子　在灰色的底板上会越坐越深
越来越像一个乌无之物
想与整个世界的虚无为敌

红肿之处，艳若桃花

● 刘立云

反复阅读荣荣新鲜出炉的《独角戏》后，我在她这组一如既往精粹的诗里寻章摘句，做写作前的功课，一大堆看似破碎但却骨肉相连的句子就这样排挞而来："今夜，她是自我斗酒之人。/举杯邀明月，左手敬右手。/今夜，她是自我宽慰之人。/内心藏一个倾听者，也年过半百"，"愚蠢和狭隘/它们同时出现 像乌云列队/我抱着它们 像抱着我犯错的孩子/一大堆的孩子 一大堆的悲伤"，"太多的宽容让我羞愧/就像我满是伤痕的身体"。"感觉一个世界的镜子都集合了/为了照见我灵魂里的卑贱和污点"，但"她更喜欢光着身子住回内心/那里 她灵魂的底板是灰色的/寂静之水早褪去烂漫色泽/……再往里窥探 你会看到那个巨大的不安/正被脆薄的寂静包裹着"。到此，不禁痛心疾首地反躬自问："她在自毁吗？这个被悲怆控制的不要颜色的/女子 在灰色的底板上会越坐越深/越来越像一个乌无之物"。原来"时间让很多苦难成形，有了标签：/歧视，误解，饥饿，疼痛，爱欲，背叛，愚弄，挖苦。/……苦难有时也悦目，它会有曼妙的/腰身和歌喉，让人自愿受苦。"而"她身无长物。一条孤独的猎豹，/追赶着消逝已久的旷野。/她只追上了自己的衰老。"进而她伤心欲绝，大放悲声，怎么劝也劝不住自己，以至"怀疑她身体里/同时有几个人在接力哭泣"，让她"半夜酒醒 总想一头撞死"。然后，醉眼蒙眬的她终于大彻大悟，如此叮咛和安慰自己："人生不易/非凡的坚韧与耐心也缘自艰辛之爱"，而"爱可以是伤害的借口，我想让疼痛分娩出一堆珍珠。"

读者肯定看出来了，当我把这些绝非刻意摘录的句子列在一起，竟奇异地出现了一种类似纸牌接龙的效果：尽管这些句子出身各异，疏不相识，但它们相亲相爱，浑然天成，一个隐藏在不同的诗里伤痕累累又经常醉酒的形象呼之欲出。我大为惊愕。那么，这个隐退归藏，内心凄楚，时而焦虑、慌张，时而悲伤、羞愧，时而哭得天昏地暗，时而甘愿"绑了自己面见至尊之王"的人，是谁？诗里反复出现的"她"和"他"，又是谁？是荣荣自己吗？或者是她周边的某个人，某些人，曾与她有过若即若离似是而非的交集？但是，这些在我看来，都不重要。重要的是，这些诗句已明白无误地告诉我们，藏在诗里的这个人，她遭受过而且继续在遭受深深浅浅的伤害，她为此感到恐惧、惊惶，悲愤难消。她意识到伤害既然不可避免，那就只能用懦弱的肩膀把它们扛起来；但对这种种伤害引起的阵阵不安和焦虑，对自己内心确实存在的卑贱和污点、愚蠢和狭隘，却必须痛下狠手，坚决彻底地把它们镇压下去，把它们干掉！否则，一遇风吹草动，它们便会卷土重来，发生暴动和叛乱。令人感动的是，诗里的这个"她"，这个苦主，对自身有着惊人的控制力，她反侧自消，襟怀坦白，时刻处于清醒的自我解剖和审判之中，对内心的伤痕无论在雨天还是晴天制造的不安和骚动，愚蠢和狭隘，不仅不姑息养奸，反而穷追猛打,刀刀见血,大有赶尽杀绝之势。这样说吧,这个"她"和天下的女人一样,也任性,也犯浑,也使小性子,甚至常常自虐,比如"喝酒 唱歌/喝着喝着就醉了,唱着唱着伤心了",以至罹患严重的酒后忧郁。可她对付忧郁道亦有道,即不断地声讨自己,批判自己,惩罚自己,有种近似信徒的宗教自觉。她发现自己吞下了一只老鼠,一定会把一只猫也吞下去。

读荣荣的诗,如果把诗里的"她"等同她本人,我认为大体上也说得过去。关注诗坛的朋友应该知道,诗人去年刚出版了以写更年期而引起很大反响的诗集《时间之伤》,在诗集的后记里,她如此直抒胸臆:"上了岁数,日子过得就像烂牙磨硬豆,时不时地,那些碎屑就卡在缝隙里,疼得钻心,疼得让人说不出话。对此,孔子说我要知天命了,医生说我该'更'了,前者从智慧,后者纯心理。实质一个词:老了。在'老了'的现实中,我就会有意无意地小心看护好自己的情绪,生怕一失控,就遭人指证:瞧瞧,这就是更年期女人!我不知道同龄女人的心情是否跟我一样,总想用可怜的智慧扛住千疮百孔的身体,在遮遮盖盖中,将这段多少有些令人尴尬的时日悄无声息地过了。"《诗刊》今年三月号发表她的大组诗《失眠界》,和这组《独角戏》,与《时间之伤》,可谓一脉相承,只不过诗歌的技艺更加炉火纯青了,诗意表达也更得心应手。因为有《时间之伤》在前,读者对她惯用的隐喻和自我嘲讽,自然也没有任何障碍。诗歌界熟悉荣荣的朋友更知道,现实中的荣荣,潇洒坦荡,慷慨当歌,是一个率性而为的人,不惜饮鸩止渴,即使遭受苦难,她也能从苦难身上看到曼妙的腰身和歌喉。虽然她受过巨大创痛的身体随时可能让她坍塌,但她喝酒敢往死里喝,唱歌能往疯里唱,又赌了命地要做良家妇女。这就使她成了一个疯狂的矛盾体。她处理矛盾的方式,便是在现实中隐忍,在诗歌中痛痛快快地发作并进行自我拯救。结果,她源源不断的这些诚如生命写真的诗歌,既拯救了她,也成全了她。对她用生命的疼痛分娩的这堆"珍珠",我能想到的比喻是石榴树上结樱桃;红肿之处,艳若桃花。

我相信我对荣荣的理解基本接近事实。因为,为写这篇文字,我和她在微信中有过三言两语的简短交流。我说荣荣,读你这些连你自己都承认与更年期有关的诗歌,我有一种被光芒刺得睁不开眼睛的感觉。但我说的光芒,不是太阳的光芒,月亮的光芒,而是从一地的碎玻璃中反射过来的破碎之光,它们呈现出多角度,多声部,多重影像,睁开眼睛感到它们迷离、炫目、光芒灿烂,伸出手去抚摸,却会被它们割出血来。你写得痛快淋漓,我读得心惊肉跳。荣荣说,这就对了,因为你是大哥,我经历的你也经历了。言下之意,我比她大十岁,比她更早地经历了"更",更早地"被老追上了"。我于是顿悟:原来刚刚年过半百的荣荣,也怕老,有一种老之将至的恐慌,难怪她在诗里含着泪装疯卖傻:"我更了,我怕谁?"而恐惧衰老,诅咒以更年期开始的衰老把她的身心摧残得遍体鳞伤,正是解读她近年诗歌的一把钥匙。她诗里的衰老,即是她的"时间之伤"。

但把荣荣近年来奇峰突崛的诗歌创作认定为更年期写作,我还是取保留态度。我认为这种归纳或者定位,不是失之偏颇,就是一叶蔽目,起码不是有学术水准的价值判断。要我说,从荣荣的这些诗歌比较深入地揭示了现代人的生存困境来考察,我们已经看到了中国诗歌久久求之不得的鲜明时代性和现代性。因为诗歌的时代性和现代性,或许是中国诗歌走向纵深的必由之路。它既是当下的,也是未来的。现代诗歌的重要使命,就是审视灵魂中的黑暗和丑恶,洗涤灵魂的卑污,荣荣偏偏在这方面捷足先登,独有心得。

杜涯的诗

秋日之诗

秋天,山峰向碧蓝的天空里高耸
我似乎听见它温和的问话:"你还在
　那里吗?你是否还记得自己是谁?"

一棵槐树或法桐亮出了黄叶,像词语
一年一次,它用油彩写出印象派诗歌
在缭绕着轻雾的安静原野上

天穹辽阔、寂静,向远处的深邃里漫去
我望着那里,一如往日所有的凝望
我听见自己含泪的声音:"你在哪里?"

一生,我都在大地上行走,在夜晚寻找那颗星
当我在许多个晨曦中醒来,霞光照在河岸和
　树林中
又一次,我在你的庇护中向着未知起行

而今,天空高远、深蓝,像亘古中的每一天
我已得到肯定的回答——一切的群山,群
　峰上
的寂静,一切的朝霞的光芒或忧郁,我们明
　天相见,重逢

别了,大自然;别了,永恒不变的黄昏处的
　影像
我多想留在树丛边,仰视你时空里的永在庄
　严、沉静

不可挽留地,树木的黄叶哗哗地落下
而一阵秋风却从空中带着音律吹过
像谁的安慰之手,轻轻拂过万物的哀愁

秋　颂

我想去到那秋天的树林
它就在郊外,几百米远的地方
一年一度,它在原野上涂抹油彩
把大地变得深沉:秋华也似布面油画

夏天还未走远,空气还在街树间游荡
而枝叶的颜色却已悄然改变
多少个清晨当我醒来,听见窗外树叶悄落
"啪嗒"的声音在地面轻响,又被风吹散

银杏树披上华美盛装,在街旁,在公园空地
和广场,它们总与绚烂的白杨、法桐为伍
丰盛的秋天,馈赠的秋天,你给了
银杏、白杨、法桐们多少光荣高贵的时光

而在原野上,树林已日渐浓郁
杜鹃鸟的啼鸣变得安静、圆润,一日长似一日
不可阻挡地,秋天的阳光照进林中
树林一日日地坠入安静、斑驳、疏落

我想去到那里,去到那浓郁的秋天
我知道,我们的时光、生与死的秘密都集合
　在那里

而我将去到：当树林宽阔、层染、温软
当阳光照在林中，安静的树林中光亮斑驳

晚　星

余晖还没有退去它的颜色
晚星已被悬挂了出来
它曾闪烁在柏拉图无数思考的黄昏
它曾引领奥德修斯的十年海归路
它曾照耀马楚·比楚上逝去的光辉岁月
以及殷商先人在大地上劳作息的生活
而现在它依旧崇高、耀眼、庄严
蕴藏了无数个世纪的凋败、黑暗、虚空
挣扎、希望、温暖、光芒
此刻它紧挨着苍穹，紧挨着浩瀚
使我相信：我一生所望穿、所寻觅的
就要在那里显现

雨中树林

细雨中，我窗前的树林垂落着静默，
一条林中小路现出了天空的一线亮光。

我犹豫地望着树林：以前，我也曾多次在
林边徘徊，被它的幽暗和神秘的温暖诱惑。

我知道那条林中小路：它通向一个幽远无尽
处；
此刻它闪现幽微的光亮，好像一个暗切的召
唤：

"来，请随我一起走吧，
永远告别，永逝此在！"

我也想永别现在：我已失望。
它也始终不停下它的鞭子、追逐。

而常在此时，清晨的霞光忽然在我心中流淌，
还有纯粹的晨星：它就闪耀在东方的白微处。

就如同此刻：我窗外的树林静默得幽迷，我
身后的
万家房舍上，升起了生活的广阔、春树、桐花
雨……

我知道树林中有着长久的宁静，温暖也充
满、弥漫，
但生活在我身后也同样严肃，它警告：转向
我的宽广。

于是，我望向树林和小路：我会随你永别。
但此时，我将面向晨星、霞光、生活的银河系
……

树　丛

它在那里，像降临在大地上的天使
钟声隐约地在万家房舍上飘荡
它是最后的星宿，还未来得及回返

每年，当五月的草绿陪映着柳暗
树丛总在高处耸立，背依天空
静默，庄严，崇高，如同一座城池

而在八月，阴云常会布满低垂天空
树丛在凉风中轻喧，时而摇动
从容，幽暗，等待着雨和水光

还记得有一年夏天，我是稚弱少年
走在雨后风景浓郁的归乡路上
树丛一路伴着我，还有西天初晴的云霞

一年一年，我总在大地上寻找着树丛
我寻找一个无法归去的地方
我眺望树丛之巅，我眺望千山、星云、浩瀚

常常是这样：当我出门，我便看到树丛
我望着它，而它温和地俯视我，并总是带我
离开：从大地上，从生活的孤独、贫乏、黯淡

不带来食粮，但让我仰视、眺望
并不喂养我，但指向世界、纯粹、宽广

它接纳、安慰、引领、庇护：对于我

我仍会睡眠、劳作、走动，然后望向树丛
我承认：一年一年，我认出了神的面容
在树丛之上，我认出了宇宙那深邃之处的光

致秋天

你用坚持来让我看到坚定之心吗？
丰满、美丽的秋天
我走过浓郁的原野
看到杨树成片排列着新黄
柳树也黄华点点
我站立，微微地感到惊讶——
这么多年了，你竟然一直在那里

你沉静地到来，准时地出现
你的存在像是提示：一切都将逝去
但终有一些事物会回来，或留在原地
我望着原野上澄澈的你
望着树林处一日日浓郁、斑斓的你
我感觉到一种可靠，一种不变的恒常
一种事物之光"永在"或"永存"的可能

你的"仍在"是对我的奖励？
许多年已过去了，你和我都没有改变
我肯定了世界，也逐渐被世界肯定
我获得了安定，在你一年年的到来和持续中

在你的华筵、斑斓中，在你的奢华馈赠里
获得丰盛的是原野上的杨树、柳树
是我和事物的年岁，我和事物的心……它们
或在夜里沉实、坚定，或在白昼轻扬，漫卷
如云

雪　日

我的世界里有一片星辰
在头顶的无限远处，它银光闪耀
当雪在大地上纷扬地落下，我站立窗前，倾
听到一种

辽阔的苍茫：雪落在时光里，雪也落在我的
星辰上

我的世界里有一架钢琴
它弹奏永日里的簌落纷坠
它弹奏树林的萧瑟，天空的寥落
当河流在远处蜿蜒，它弹奏河堤上那阵白风

我的世界里有一带山峦
它在远方起伏，在冬天里白雪皑皑
有时我在人群中忽然停下脚步：我仿佛看
见山峦，它在远方
银白一片，沉静，冷寂——它在风中等待：
等待我

我的世界里有一片雪原
在树林的那边，它有着千里的澄明，千里的
寂静
当我站在雪原的这边望向它未知的远处
我听到了那漠漠中肯定的回答

雪日里的大地犹如白色的盛典
而我已愈来愈肃穆：在落雪中，在苍茫温润
的远处，那隐匿的
永恒的世界已在雪中绽放、显现，在雪中它
着理想的映像
在雪中，它如天宇之心：光明、沉静、辽阔，
趋向圣洁，趋向完整

为某日的夕光而作

我知道一个地方
那是我一直想回去的地方
那是峰上之峰，星外之星
我今生的心、今生的精神在那里徘徊、凝望
除了那里我没有别的痛苦
没有别的月亮
每一年我都在准备着回去
现在又一天过去了，夕阳滚滚西沉
余晖即将收去它的颜色
我准备好了几件衣物，一些文字和荣誉

星光灿烂

看到天边的星光我又停下来了
只是因为浩瀚
只是因为我还没有找到回去的路

发　现

我的夕阳灯火已熄灭了
世界抹去了最后一线昏暝
而在这浩大的熄灭中
我看到在头顶无边的浩瀚里
在天心青茫的深处
静静地显露出一颗白星
如一个彼在村落伫立在天空中
它闪现着银光、遥远、慈祥
使我相信：源头、温暖、故乡
这些我长久以来失去的
就在那里保存、贮藏

致朝霞

朝霞，你用绚丽的形式引领存在
东风怎能留住晨星的浩叹
我的生命也一时风雨，一时悲欣
我在早晨的堤上徘徊，踟蹰来回
时而望你：我的热爱也抵达云岚
你这年轻的神使，东方的光华
相望相知的岁月犹迤逦在路上，在云中
崛而永别，万有中我不是称谓眷念、澎湃？

磅礴的远景中有烟波回响
四十余年，亦悲亦怆

唯余悠悠。风吹过了柳林
吹过了桑田，吹过了自然，犹不能回答：
我为何这样短暂
雁有羽翅，云有浮游，我有梦想
却为何不能带我回到无死永生的从前？

有一天我会成为清风的形态
或者任意的形态
或者，某一天我也许会回来，走过旧日
的路口、田边、河岸，在晨风习习
我会来到堤上，在堤上坐下来或在
堤上踟蹰徘徊。而你如约，我东望
当我扶着旧日的树木
当我看见你，轻轻唤你一声"朝霞"
悲欣便会从我的眼中滚落下来
深情者，你望我的神态一如从前温良
而我悲感交集，旧友啊，我的
回来亦是短暂，无法陪伴你的永美
我必须回到粒子……消散……不在

而"东风已远，春无踪迹"，我当离去
现在，且让我在偏暗中做短暂停留
以对应我的轨迹、外延、历程
且让我在朝霞里一忽儿彷徨一忽儿涌荡
良友，这永世的告别怎不令我暗自滔滔？
请你用壮美、年轻、辽阔环绕我
允我说一声"我爱——""再见——"
然后让我的生命靠近朝霞：让我的惆怅
朝霞会引领我，告诉我：前路、天籁、无邪、
　方向
　　　永生，不死，无灭无形无在……

杜涯还乡

● 王东东

　　杜涯的还乡并非只是一个诗意意象或诗学倾向,而还是一种身体力行的实践,这就如陶渊明的归隐一样,不仅仅是一种诗意上的虚构,而是有个人的亲证和历史的见证,陶渊明有时需要投入辛苦的体力劳动当中,而杜涯在漂泊了这些年之后——包括在北京的漂泊——终于返回河南并安然于一个人的返乡的命运。命运本身也包含着危机和转机,但最终呈现为一种善,因而返乡其实还意味着对于恶的抵制:故乡,在这个意义上呈现为一种心灵的乌托邦,因为存在于个体的心灵而非国家或社会领域,因而这个乌托邦是真实的;就好像一个人的童年一样真实。

　　海子说,他痛恨"东方诗人"的"文人气",然而他并未多加解释,依我的理解,这种"文人气"可能是"感伤气"或"官僚气",二者都妨碍悲剧主体进入生命的真实。海子所要求的正是诗人的悲剧主体。现代读书人总认为,海德格尔的还乡和陶渊明的归隐相去甚远——他们幼稚地、想当然地认为,海子既然喜欢荷尔德林,就不应该喜欢陶渊明——但实际上,他们之间的距离也并未有我们想象的那样遥远。陶渊明难道就没有呈现一种生命的真实?当然,我并非要将杜涯比附为陶渊明,我甚至也无意用还乡的诗学来涵盖杜涯。还乡只是一个开始,或者说,是一个进入我们所要讨论的主题的开始,但不经由还乡,当代诗学中的精神主题的确很难开启,因为精神只能以精神来讨论,要么只能通过其它事物迂回曲折地接近。

　　然而,还乡的主题并没有那么轻松容易,除了要超越通常的感伤,它还需要入世的经验,而不仅仅是流浪。而对于杜涯来说,还乡的主题之能成立,还在于她从中体验到了(宇宙)自然和伦理的原则,也就是天命抑或天命的丧失,而这一切都发生在当代中国农村的凋敝和衰败的大背景下,因而其意义格外重大。在杜涯赠答诗人周伟驰的《悲伤》一诗中,可以看到杜涯的自省:"为什么在我的诗中有太多的悲伤?/这个问题我也曾思量",她如是分析:

我发现我的心上有个空洞
那缺失的一块,啊,它留在了我来时的
　故乡
……

　　杜涯接着发出了返乡的誓愿:"现在,我这就向故乡出发/去修复我的心洞,我的永痛",这首诗的意象也许并不夺人,但却以音乐性取胜,仿佛那是精神的音乐性:当诗人吟咏悲伤时,这悲伤也发生了质变,而呈现为一种精神启示。问题的关键是,诗歌揭示了现代人还乡的命运,还乡本身即意味着想要去抵御或治疗现代人的浪漫主义病症,或曰"心洞"。"而当我回到我的故乡,当我回到我的故乡——我就会忘记此世此在,不再回首,不再悲伤……"杜涯这首诗的结尾貌似普通,实则含有一种可贵的哲理。在这首诗中也包含着杜涯对感伤的抵制和扭转,如何从感伤中回到一种诗人感受的明朗，感受的灵活性、积极和主动，一种开放的民胞物与的感情，甚至一种对宇宙作为人类家园的广阔而又亲密的体认，否则一个人会永远深陷于失根的感伤情绪。这也就是还乡的难度：它并非只是在大陆表面的水平运动，而还是一种精神的垂直运动。否则我们无法理解为何在还乡途中，杜涯的目光总是朝向那些高处的事物，她一遍遍地去书写：树丛、蝉、朝霞、白杨树、天空、星、星空……仿佛只是为了表明还乡并非是向下，或向着世俗、腐殖层和死亡，而是向上，向着信仰、幸福和希望。正是由于这个向上的视角，杜涯可以让她置身的平原景色——哪怕是再普通不过的树丛——再次焕发出生机，她甚至发展出一种移步换景的散步主题，也可以说是一种漫步的艺术，但是这种漫步却犹如天梯将她接引到神秘的光辉中：

> 我仍会睡眠，劳作，走动，然后望向树丛
> 我承认：一年一年，我认出了神的面容
> 在树丛之上，我认出了宇宙那深邃之处的光
> ——《树丛》

这种神秘的启示与对生活的憬悟结合在一起，如影随形："我知道树林中有着长久的宁静，温暖也充满、弥漫，/但生活在我身后也同样严肃，它警告：转向我的宽广。"（《雨中树林》）。然而，最为奇异的是这样两行诗："下午我去散步，沿着云朵的边缘/我知道农妇们在屋顶上晾晒食粮"（《第二年》），"沿着云朵的边缘"充分暴露了杜涯向上倾斜的目光。在更多的时候，她更将星空认作了故乡，抑或说，星空成为了故乡的隐喻。《发现》中黄昏升起的一颗白星使我相信了"源头，温暖，故乡"从未丧失，"就在那里保存，贮藏"，而《星夜曲》却指认群星"带走了我们的不朽之乡"，于是"我"只好瞩目于一颗保留希望的星星。

《星夜曲》和《发现》恰好构成了对称。这样的诗行比比皆是：

> 只有宇宙的光亮还不曾消逝
> 在日落的地方，它横亘千里
> 闪耀：那故乡的影像
> ——《黄昏》

> 眼前的黄昏以及过去的
>   每一个消逝了的黄昏
> 都是安慰，存在：星星和故乡
> 现在，我将无言地回到我的苍茫
> ——《夕歌》

> 一年一年，落日是无法治愈的乡愁
> ——《落日》

可以说，星空-故乡的隐喻结构，也构成了杜涯最为基本的认知图景。然而，在星空与故乡之间也有着张力，简单地说，返乡意味着一种伦理感应和召唤，一种对教化的执着，对完美道德世界的回归，而对星空的仰望则使杜涯进一步接近一种宗教精神——按照冯友兰的说法，如果说中国人没有西方意义上的宗教信仰，但却到底还是有一种宗教精神——在杜涯的诗中我们可以看到宗教精神的涌现：

> 而多少次，我走在故乡的旷野上
> 天空高悬，仿佛青盖
> 我望向它，它也向我低垂
> 忧怅中，我仿佛看到了那至爱者，他慈悲眷怜的目光
> ——《八月之光》

> 而在遥远的高山之巅
> 静和的风又在缓缓流散
> 在那广阔无声的湛蓝里
> 至爱者在将纯粹和光明创造
>
> 他已获得无上的光荣的居住

像一个家乡,他独坐在广阔里
在曾经过往的春天和秋天
我这孤单的声音曾向他倾诉
———《忧歌》

此时至爱者还没有名字。至爱者的目光来自头顶的星空,它低垂着,正好看到大地上的家乡,至爱者低垂的目光和诗人仰望的目光交汇之处,正好是启示、圆满和至福产生的地方;就如我心中的道德律一般属于先验领域。在《第二年》中,杜涯终于吐露了至爱者的名字,人格神终于在杜涯的诗中进现:

星期天,她们聚集在礼拜堂里祈祷:
主啊,请给我一个安宁的晚年。
屋外,成批的树叶正悄然枯黄
每个下午它们筛落:在屋顶和远处的路上
———《第二年》

她们即是那些在屋顶上晾晒食粮的农妇。而杜涯终于唤出了她的名字,然而,这毕竟是个极端的例子。在这首诗后面,杜涯有一个注解:"我因轻度心肌缺血,而在故乡休养了两年时间。"我们也许可以猜想,在杜涯这些诗的背后发生了一场精神变异,或者一场精神的奇异体验,而令我们真正惊讶的是,这个精神事件同时发生于广阔但是衰败的中国乡村,后者浸透了苦难和不祥的滋味;但正因为,在另一方面,也可以将杜涯的轻声呼唤理解为一种颂祷,一种化不祥为吉祥的努力:我们所谈论的这一切当然早已超越个人层面。在这里,我们甚至可以这样猜想,对西方基督教信仰的无意或大规模的接触(就如在中国农村一样),也可以接引中国人并烛照中国人心灵中的宗教精神。而这一宗教精神,就如屈原的天问一样,构成了中国诗歌的超越视镜,至少是其精神光谱中最外缘的部分。在《远方之光》中杜涯也不断发出天问:

群星也告别了大地,远离了人类。这太久远
群星带走了我们的不朽之乡。我们终得凋谢
空阔寂寥的天穹。一切是怎样发生的?
一切又是如何快速地向着浩瀚星空坠落!
———《远方之光》

而最终,通过其星际迷航般的还乡书写,杜涯达成了一种古典性的抒情:

现在,且让我在星空下暂做耽留、优游、怅望
然后再次转向那天边的星光,我知道:除了我在
星空下的漫漫的赶路,没有什么能使我到达那彼在永恒
———《致星空》

这种古典性的抒情具有一种刚健的精神,因为它包含了一种(宇宙)自然与伦理意识,就如《易经》所言:"天行健,君子以自强不息;地势坤,君子以厚德载物。"必须明白,古典性,或曰古典诗歌的品质,发生于一个农业文明的自然时间观里。因而这种精神的刚健同时意味着一种时间的康健,后者存在于自然世界、时间和季节的循环里,而现代诗人则难以满足于此。凭借着这种时间的康健,杜涯还是隐约写出了中国农村的生机,这尤其让杜涯和那种颓废的"遗老型"的风格区分了开来,即使我们怀疑来自时间的救赎能够排出全部现代性的毒素。纵然如此,我们也必须承认中国人的心灵具有一种奇妙的平衡能力,中国人的诗歌也是如此。圣徒一般,杜涯的诗篇里浸透了悲悯,但同时发出颂祷。即使她从未写到过雾霾,这又有什么关系呢?既然她明白故乡的人们无时无刻不在

忍受。

　　乡亲啊——
　　当你们被世俗的鞭子无辜抽打
　　我和你们站在一起
　　　　　　　　　——《漫步》

　　大地丰腴、平坦、延展
　　——风的家乡,永恒的时间

　　而这里有着一切:劳动,诗篇
　　生活的壮丽,芬芳,与昂扬
　　　　　　　　　——《譬如》

　　而杜涯必须一再写到风。风:时间的康健。于是在杜涯的诗歌中绝不止有悲伤,还有精神的刚健与昂扬。与其说杜涯需要的是乡村,不如说她需要风:题材本身不再重要,关键是精神的飞翔。《落日》《八月之光》《致星空》《远方之光》是杜涯这个阶段诗歌的巅峰之作,它们利用了农村和自然环境,但它们并非如它们的反面"城市诗歌"一般属于一个诗歌类型,而更多属于一种稀缺的精神向度,正如星空-故乡隐喻结构中的认识论图景:这也许是杜涯诗歌在当代诗歌中的意义。

风啊，风
——致我的儿子

● 赵林中

风啊风，
你常常引渡我的泪水，
转身悄悄用手背拭去。
风啊风，
你常让我的叹息镶嵌其中，
在心里默默雕塑忧伤。

多少次，病痛折磨，
你的语言被魔鬼打了结，
就抓我拧我撕我咬我；
关在身体里的痛苦像囚着的困兽
爸爸伤痕累累，
妈妈泪水涟涟，
而比你伤痛更深的是，
我们的灵魂，早已千疮百孔。
但我们无怨也无悔，
割舍不去的亲情，那是人类最干净的土地。

风风的泪，滚烫地烧灼在我的脸，
风风的血，刀刃一般割着我的血管，
风风的伤，剐在心上，痛在梦里，
风风的恨，纵然有千斤力也无法托起。
我只能畅开怀抱，容纳一切，
因为我是父亲，
是父亲大写的责任。

仿佛苦海看不到尽头，
希望也像泡沫一般缥缈，
世界以痛吻我，
誓言无声一诺千金：我们不弃不离！
世事给我以痛苦的磨难，

我却报之以长歌！
我的肩上，小家并不是唯一。

有人说，这是我的命，
有人说，这是前世的债。
当一天的喧嚣渐渐平静，
当万家灯火慢慢熄去，
我们的忙碌才刚刚开始。
不用感谢，那些词太苍白
我们的骨血是相通的，心是连着的。

面对旁人带钩的眼光看你，
我早已坦然，
当拖着疲惫踏进家门，
"爸爸抱抱"才是最甜美的呼唤，
简单，直接
却给我满满当当的幸福。

风啊，你长大了，
爸爸老了。
你的体重增加砝码了，
可爸爸的背却弯了。
上帝对你关上了一扇门，
定会向你打开一扇窗。
有时候，我又祈愿你慢一点长，
我期盼得到一把打开你智慧之门的金钥匙！

但，我要衷心地感谢，
是你让我努力做一个伟岸的父亲。
我感谢命中有你，
是你让妈妈更加的坚韧。

我们早已接受了命运的安排，
我们也要扼住命运的咽喉，
搏,这个字早已刻在了灵魂之上……

我也知道,总有一天,
苍老的臂弯再也抱不起你的依存,

额头也没有我如刻的深吻,
风啊风,
一定记得去收父亲秋天的来信,
那是一艘远行的帆船,
对你的问候!

温宿大峡谷（外五首）

●吕　煊

呼啸的风　裹挟黑色的愤怒
终于遇到抵抗的劲敌

有来无去那些用土垒起来的山峰
它们习惯敞开殿堂貌视咆哮

乾坤袋就生长在长长的峡谷里
我目睹一座座高峰就这样被风举起

落下的碎片和叹息留在谷底
它们和我一样默默地承受再次地隆起

强大和渺小是两个大小不一的针眼
学会容纳花园里的花朵才会四季绽放

峡谷的肤色衬托智者温和的脸庞
一次又一次的风暴在静止中平息

木坦在岩宕里静默

我无法形容石头的辽阔
是用多少的沉默来勾兑

层层叠叠的流水从上而下
用回声细细梳理落叶裹挟而来的喧嚣

一个男人的成熟和一树柿子的落果
他们是否遭遇来自同一方向的风和雨

阳光压低了我们抬头向上的山路
凉爽的秋分亮出刚出鞘的剑　沉稳不张扬

飞舞的蝴蝶　用意念摧毁盛装的田野
我习惯用中年人的目光质疑一切的可能

木坦村庄的印记镶嵌在岩宕的沉默里
它们是一株树上的两朵不同的花

尘　土

尘土的轻微　像我的人生
一座装修后空了十年的房子
我没有时间好好住过
这些像兄弟一样的尘土
帮我守护了整整十年
清理　这些轻微会飞的尘土
它们是调皮的　机智的
总会在我打扫过的地板上重新坐下
然后　让我一遍一遍的重复驱赶
尘土的顽抗
是人类应该敬畏的方向

沙柳散板

沙柳　我宁愿想象成一种风
我熟识的轻盈里拒绝这种造型
沙似柳　柳似沙
海滩可以给你各种事物的真相

沙和柳认定只有一种可能
爱上
阳光才会像潮水把你捧成沙
迷恋阳光洒满全身的安宁
却放走了指间溜走的忐忑

沙柳　在那些草本的连环画里
她永远是没有翻篇的圣女

复活,一个水瓶和她的船帮记忆

遇到这只水瓶前
我不知道这个船帮的存在

海底的两座山峰　突然冒出头
墙头的草本用葳蕤守望主人的归来

越过水平面的嘲讽　装下了风浪

乌鸦轻轻地停留在瓶子的身上

我遇见的瓶子　存活在船帮的寂寞里
船帮的故事　没有绕不开的

一个水瓶和她的船帮
在一幅油画里复活

凝香

树木的结香
有点像是一个脚力的苦行当
从一滴香凝结成一条叫香的河流
树心的纹路
从起点到更远的远方

一个人的寂寞可以被时间淹没
一群人的寂寞可以被时代吞没
一个时代的寂寞可以被历史湮灭
这样的磨难
可以让我们的期待　饱含迷惑

香　仅仅是一个事物多棱镜头中
一个漂亮的转身
温柔的草木拒绝警示和刹车
凝香雨过天晴露出小小的爱

收到一本毛边诗集（外四首）

● 李　皓

那不曾拆开的册页
藏着怎样锈蚀的
爱
和时间

是很久不说了
才彼此粘连在一起么
像怎么使劲也分不开的
亲人和万物

我也很久不曾使用
揣在心里的那把刀了
但它依然锋利,见血封喉
依然对爱充满了杀气

你必然是故意露出了破绽
我只能见招拆招
将所有的陌生化整为零
这样我才也是参差的

在歇马山庄说起杜鹃花

像说起一个故人
每年四月都在一片山谷里,等你
很固执,也不言语
痴痴地

说起她的时候
我们的心里都痒痒的
好像她就是那个屡屡被提及的
大众情人
她把我们的初恋
都惯坏了

说她是朴实的邻家妹妹
她过于娇艳
说她是某个亲切的梦中女子
她不动声色
你说你的,我开我的

拿一朵杜鹃来嚼一嚼舌头
极尽怀旧之能事
每一个喋喋不休的人
都是花痴

索性做一匹心无旁骛的马
不采花,只踏花
让蹄香留下所有过客的线索
而被一朵花映红的
既不是山,也不是水

在阁条沟偶遇野桃花

说好了去看杏花,不见杏花
阁条沟,就不是去年的阁条沟了
为大黑山略施粉黛的,是几株野桃花
虽出身卑微,却总是先于桃花
抵达清明,抵达看花的人

大黑山的春天显然来得迟了
石头和水,都不曾醒来
山腰最缺脂肪,百无聊赖
星星点点的野桃花
呈现给我们的,是一小撮的寂寞

它准确地契合了村妇的怨怼
那遮住半张脸的围巾,也遮着
山谷的咆哮。看花的人虽心有猛虎
却无蔷薇,唯有野桃花
独自支撑着我们无边的兴致

当然还有少数派的野梨花,野樱花
它们配合着少见多怪的蓝天
使得我们不被春天轻易地抛弃
先行者必有善举,而野桃花
多像一个对名分看得一文不值的人

雾　淞

面对你,我只能想到
一个词:白头到老
当动车从雾中窜出来的时候
一些承诺留在了枝头
雾留在了雾中

我喜欢你身上的脂粉气
像喜欢针尖上的蜜
我的心思比一丝白发
还细,也更加
柔弱无骨

雨水总带来更多雨水

雨水总带来欢喜,带来鱼
雨水带来更多像雨一样的水

雨水打碎了欲望的陶罐,放出外物
放出掩藏不住的怨怼和鬼魅

不曾抵达的雨水洗刷了草木的罪名
萌动的河流,掐着春心的命脉

没有谁是无辜的,雁过留声
雨水让不怀好意的人如坐针毡

微　醺(外五首)

●天　界

从一场大酒中取出大雪取出火焰。
取出一个人雄狮的骨骼。
以及百媚千娇的腰身。

鹅黄是杨柳岸春梦。
是书生深夜收复指上十万里江山,
仰天长啸后的落寞。

不要微醺。
越剧中的花旦,红胭脂。
用锅底灰画眉。如一只小鹿踢着瘦金体闪
　电,
回到幕后。

要爱就爱美人。
爱青瓷流香梅瓶里养出来的妖精。
她弹琴的乳沟藏着临安,
她抿嘴一笑,便成风流史。

咳

只有把咳声搬出体外
才使肺安静
蛛网破了,他被上帝黑色的手不断抚摸
他先是一声一声地咳。咳声沙哑

似在做垂死前的反复运动
用全身的颤抖咳

他继续咳。表情丰富地咳
他知道咳出来的不过是一种病
而那些隐蔽起来咳不出的
才足以让自己致命

药罐里的蜜开始发酵
时间被指针切割成尖细的碎片
每反弹起一片,他的瞳孔
就缩小一点。灰白色的墙壁
呈金字塔型倒立
他站在上面
咽喉让无数条银针卡住

他努力张了张嘴,最终
咳不出一声。他闭上眼,感觉正被
一根巨大的竹竿穿过的身体
像风筝,飞了起来

夜西湖

倒映天空的油纸伞,以及伞上荷花

莲蓬从天空挂下来
如水的印章
盖在西湖,盖在曲院风荷最销魂的腹部

酒是荷叶上滚动的老蜜蜡
饱满而流香
一个人月光下喝酒
一个人恰好坐在荷尖举杯

举水里星星
暗中藏着的眼睛。一个人这里喝酒够痛快
这边苏小小,另一边武松

还有一个——
一条不甩水袖的白蛇

雷　雨
——那些风暴,从火神的箜篌弦上拨出

他从膝关节中取出雷霆的碎片
这些拙劣而粗糙的工艺品
至今没见过天日

膝关节必须关注膝盖的厚度
犹如一个人有多少张面皮
包括隐藏、隐形、隐喻的——
只有足够厚的脸皮,才能埋伏下诸神

只有足够厚的膝盖
才能给自己下跪。然而它并不在乎他的所
　有想法
相对于他,它是独立的

江南多雨。雨下在骨子里
他体内有更多的碎片,似乎无法收拾
但每一次暴雨,都让他从浑身酸痛中醒来

他的骨头里早已雷霆滚滚
布满风沙,而他两腿之间住着的上帝
垂头丧气,再也不会暴跳如雷并充满杀机

而他现在需要有这么一个女人
把他当成箜篌来弹。从他肋骨上
弹出一条醒来的潜龙

天　问

一

她说:给你幸福。
我想到大海——所有鱼都在快乐。
它们形态各异,生性古怪,
甚至凶煞。可都被大海拥进
她温暖的怀里。
而我,像鱼。一旦撕开伪装,
露出本性。那些缺点就会
鱼一样涌现。大海可以包容一切,
但,大海会平静吗?

二

谁能在一场变异中保持沉静和高贵?
烈火煅烧的钢铁,
有着坚硬本性。一枚针,
用它的尖锐,可以毫不费力地
摧毁安宁。我们是肉身凡胎。
大山里参天大树也会被虫,
掏空躯干。几年前,
我在木屋养蜂,
看蚂蚁掠夺果浆,疯狂而有序地
搬运着秋天死亡的动物尸体。
那种场面让我不寒而栗。
现在,春天刚刚开始,石头就开出妖娆的
　花。
任何曲折都可弯过去,但绝路呢?

三

我在清晨推窗听鸟啼鸣
清脆?悦耳?
阳光铺开,不动声色而树枝微晃
那么你呢?紫藤又抽出嫩芽
好一派生机,如死灰复燃的爱情
突然覆盖整个墓地——
光明总是抢先撬开夜黑色大门

而谁能拯救光明?

烟　草

伟大的美洲土著人,你们崇拜太阳
祭祀生殖器。你们吸烟
你们把神秘的烟草挂在脖子上
缓解焦虑,忍耐饥饿
你们在恶心、眩晕、头痛中
尝到麻木神经和躲避苦难的快感
你们用这辛辣,温性
有毒的神物
抵抗灾难。用这毒物
杀虫。杀上帝惩罚给你们
的疔疮肿毒,瘟疫
你们在咀嚼草叶的同时
也在咀嚼命运。几千年了
这原始的烟草,喷云吐雾的烟草
扩张着人类精神和生活
你们是火。实而不虚
你们是尼古丁,刺激每一根神经
你们是高贵
是贫贱。你们是癌细胞
是国家,重要经济命脉

插　曲(外七首)

◉冷眉语

喜欢花的女人
把自己和花活成了一片
以至于花谢的时候
还以为是自己

梅花是一个词,桃花也是
它们的形状可以虚构爱情
它们的枝条可以嫁接
桃色或者贞洁

摄　像

是显示器在撒谎
它用了诡辩术
失眠好几天了
我们都是这个时间转换的病人
病在别人看不到的地方

今早路过湖边时看到
浪花依旧落在了水面上

水底的沙子
并没有飞进我的眼里

我清楚看到一个人
他站在岸边,手转着镜头
对着远方。像一幅不画而画的
自然画
被湖水记住

瞄

经过的事物,都被探测
它卧在窗台。
偶尔停顿片刻,感觉到
一片刚落下的树叶
抑或不同方位的脚步声

也许它还不能准确判断
白天与黑夜的均等
下一段黑暗持续多长

它总这样卧着
阳光从它背上移走一截树荫时
它不屑翻翻身子
像一个老者
眼睛眯成一条线
似乎看透了世间所有秘密

小小的生灵

一群鸟儿抖动双翅
飞至我头顶时
我没动,只仰起头
将目光安放在
被它们带动的风里
小小的身体,小小的翅膀
甚至听得见它们
小小的呢喃
小小的神谕

白云深处

站在高原那一瞬间
无法区分出哪些是白云
哪些是雪。好多年过去了
每想到
世俗的心就会被托起
我知道,托的越高
人越孤独。而人间总有一次次缘分
我喜欢上你云心的花园
音乐、长短句
我不想回来,黑夜太黑
我找不到火柴

从高原下来

看不到回家的路
双唇干裂
双腿上白色的盐巴散发着咸味
我坐在青藏线上
来来去去的人群,牛羊

都与我保持无法跨越的距离
没有一张熟悉的面孔
给我惊喜
一遍一遍想着熟悉的江南
我知道自己还身背着沉重的人间

童　话

黄河养育的青海
身着葵花的霓裳。一盏油灯
是留守在小屋的星星
泥土肤色的老者
被浩荡长风持续翻阅
读到他脸上每一条
不规则的褶皱
沟壑就加深一分
黄河拐了个弯
就走远了
他是这里
最古老的一篇童话

月

钢笔在白纸上画圆
尽量慢,尽量轻
纤细的笔尖在一段弧线上,
重复地勾勒、涂描
使它看上去更圆一些

细细端详,更像一轮月亮
母亲啊,这一面是你的女儿
那背面的故乡
纸一样白
墨一样黑

其实我是想画一个母亲的烧饼
沿着月亮的边缘回乡
但我只能写意,不能工笔
我怕几颗虚构的芝麻,在八月的夜晚
逼真如泪

我说：诗歌（外四首）

● 郁　雯

他们说:美貌与纯洁
我说:诗歌
他们说:束起腰身的词语像受罚
我说:节制

他们意会我性别的雄伟
他们定睛看着一张过时的美女挂历
他们说:啜饮混乱酿制的琼浆
他们说:用野火烧毁荒原里的蛆

我揉着眼睛,严冬还在继续
高尚披着一件嫁衣
与伪善商谈正义
拯救挂在嘴边,像风一般飘来荡去

一粒沙子的瞳仁变化万千
黑暗像疯长的灌木
在光芒里奔跑
他们说:对决与胜负
我说:诗歌

舞

一个中年女人一贯地穿着白色连衣裙
她的长波浪与墙头跳动的阳光一起洋溢芳
　香
一个少年在和她交谈
他的手里夹着一支香烟,挺拔的身体
向她覆盖诱惑
于是她的口气里有一只孔雀开屏
于是她的皱纹像水鸟淹没
于是她的姿态如凌霄花尽情妖娆

面对美的放肆,他的寂寞终于绽开空隙
他们谈合作——情爱的绣品,悬于空气
他为此欣喜,对即将启动的事业充满辽阔
　的期待
从他光亮的眼眸中看到她此刻的模样：
既强悍又柔软,非同一般,掌握着
他与世界之间的高山流水
她凑过脸,与他私语,然后轻颤着微笑
他们将一棵树的意志根植到彼此的好感中
他们进入喜欢,她发梢流动的蜜汁
给他文身,他忽然对生有了眷恋

作为旁观者,我捕捉了某些瞬间
他们没有看到我
隐形是独特的尊重

关于想念

我的想念是从巨大的黑暗中萃取的
我的想念是抽象的,对于时间而言
扑入时间里的事物,犹如飞蛾扑向火
我选择爱或不爱
可是这根本是没什么分别的
变奏瞬间转换了场景,影子在水中模糊
还有什么不能混乱成一片呢

我偏偏要在无界限的流水中,用衔来的橄
　榄枝
划出一条清晰的线——既是立场又是岸
在向内的寻找中,不能排遣的渴望与愤怒
分泌强烈的情感——想念的蝌蚪纷纷地
游向时间,明亮酝酿着拒绝或诞生

断桥赋

汹涌的断桥,熙攘的人群中
走出你,一尾鱼、一只鸽子、一朵玉兰
都是你。恰好在我的眼里

动荡的春天,奔波如此曼妙
美的惯犯屡屡得手
——开启道德的笼子
拆穿虚假诡计,留存明艳的机会
你在盛开,我的无辜渐渐萎靡
湖光山色大幅度地饶舌
内心的窗户,发出抖音,像给可笑的世界
送上一个白眼

欲望翻过孤山,梅花多么拥挤
你用两颗四瓣核桃许愿,貌若放浪地
咬断柳枝,衔来甜蜜
过往的船只经过你神秘的语言河流
向我驶来;远方是明证——我们的漂泊
没有归途,只有流云与飞鸟
多么生动的你来我往啊
多么迷人的小春天,掀起了光的波涛

汹涌的断桥,我的许仙
你的每一次走出
不再是你。一尾鱼、一只鸽子、一朵玉兰
从我的眼前——消失
水与天连成一片

过路人H

她的身世很浅,提起裙裾就可以迈过
童年微寒,将她的稚语放逐到孤山夜空
少女时分,大胆扶正了娇艳
她高挑丰腴的美,在西湖边打转转

闲人勿近,怎么可能？扰心之徒
泛舟而来,既急迫又疯狂
她仙鹤似的细脖子被扼住,低鸣如游丝
却也足以撩动断桥

采莲蓬的男子从此失踪,遗腹子
在她的子宫搭起帐篷
焦虑拆卸着伪装,身体的秘密随风飘送
未缔结的婚姻,成为好事者毒舌里翻卷的
　暗器

剩余的美色还有些用途
孩子成长的路上,她的桃花风波起伏
生财野心终于不过渴爱的热望
一枝救命的柳条断裂,生与死咬合了缝隙
她已经走得很远,再也不会回来
她的身世很浅,提起裙裾就可以迈过

梅 雨(外四首)

● 乌 有

梅雨一直在母亲的身体里下着
在江南住得太久了
古稀之年的母亲
身体的每一个细胞充盈着淋漓的水意
骨髓里轻漾着湿漉漉的水声
拄着拐杖的母亲
走不出关节里氤氲的湿气

梅雨一直在长江中下游下着
那么多条支流
患上了风湿,类风湿
那么多红男绿女
患上了抑郁和相思
如果要远行,请在出梅后
如果要患病,入梅来江南

梅雨一直在古诗词里下着
"梅子黄时家家雨,青草池塘处处蛙"
"试问闲愁都几许?
一川烟草,满城风絮,梅子黄时雨"
在滴滴答答的清晨
在淅淅沥沥的长夜
听得旅人喟叹,无眠
听得游客劳神,伤感
记忆发霉的相册里
洇染着晾不干散不开的朦胧和迷离

采莲曲

黑瓦白墙的江南
风越过千年的马头墙
那串古老的风铃已经喑哑

唯有两个大红灯笼
依旧悬挂在高高的门楣上
农历七月的水乡
莲叶田田铺满了池塘
莲蓬高举,莲花盛放
只是采莲的姑娘远嫁他乡
重门掩映,庭院深锁
莺燕年年在檐下轻啭呢喃
屋后小径虫鸣通幽
荒草掩埋了跫音踟蹰的回响
摇曳的裙裾,娉婷的身影
飘散在氤氲的水汽中
消失在宣纸的皱褶里
在谁的回忆和笔墨下
如同蜃景,一遍遍回放

空 巢

在八达岭长城,极目远眺
天下偌大,故乡遥远而苍茫
近视镜片外,乡愁在雾霾中扩散
又渐次缩小为
一个省,一座城,一条路
最后,浓缩为
一个钉在墙上的,小小的门牌号
蜘蛛张网,蟑螂占巢
唯落尘无声布道
写字台,茶几,床头柜,书架
凡立锥之地,皆有它们的身影
如此耐心,缜密
替我守望这个
空空的,称之为家的地方

小草地

恍惚回到了那片小草地
它回到了我们童年的脚下
我们回到了它童年的脚下

有些高低不平,不是一大片
一小片一小片,草色将大地连在一起
尤其喜欢金色的小野花
凑近了闻,香得鼻子发痒,忍不住喷嚏

高处是山林,松针连绵起伏
间或有栗子树、柿子树
偷吃栗子,谁没被尖刺扎伤过手指呢
未成熟的柿子,好涩口呀
运气好的时候,能看见羽毛靓丽的雉鸡

低处是溪流,有清水坑、浑水坑
为什么叫浑水坑呢?水分明是清的
我们在坑里筑坝截水,舀水捉鱼
冷不丁会捉到水蛇,啊——啊——

恶作剧远不至此
我们用青蛙腿钓青蛙、用火烤知了麻雀吃
拔萝卜、挖红薯、摘蚕豆、掏鸟窝、捡蝉蜕

可惜,这一切已不复存在
童年的乐园被一片片工业园区代替
高高的烟囱正向蔚蓝的天空吞云吐雾

子河口

这是清水坑和浑水坑的交汇处
也就是场东头的池塘
两支溪坑都不大,约莫丈宽
我们关于童年的记忆都在那里浮沉
春天,水浮莲开始滥情
一夜之间铺满了整个池塘
隔壁的老李阿叔总是有办法
用加长的竹竿,挑开一个口子
然后撒米,垂钓
不消半个时辰,三五条鲫鱼上钩
晚上的下酒菜有了
红烧还是清炖?那是阿姨的事
哥哥又开始顺着涨潮的溪水逆流而上
踩鱼,那是放学顺带的活
到家时,满满一网兜
母亲在油锅里炸鱼
一个礼拜的走读餐解决了
夏天,有小伙伴游泳不慎淹死
大人们不让下水了
后来,楼房厂房拔地而起,水坑消失
一直没人给它起个名字
我说,没被污染过,就叫童子河吧
发小说,小时候就叫子河
也许是池河

磨刀石（外二首）

◉ 燕南飞

把一颗心,磨出血
把一声声咳嗽,反复碾压,磨得锋快。
这病,已深入膏肓,无法治愈
将层层包裹的爱,慢慢剥开

所有隐藏都是危险的。
蹄铁的召唤,车轮的尖叫,以及
荒草被屠杀时的惨叫声
已被记录在案

所有手无寸铁的怀念,也是危险的
怀念刀锋剃下的每一缕青丝
怀念每一缕青丝扼紧的爱情
怀念你闯下大祸:笨重的躯体日渐憔悴
那些被斩首的生灵啊

只有刀斧才知它受过的委屈。
再锋利的刃口,也会生锈。没有一茬茬光
　阴被割掉
就不会有草木逢春,心惊胆战地钻出地面

第一眼就看见一块石头作践自己
它用一生,把一块块生铁
安慰得泪流满面

月光谣

我的幸福,要追逐月光十万里
我的昨日,在喉咙中轻轻啜泣。这月光啊
斩杀了多少他乡客琵琶声
收养了多少颗庄稼暗恋泥土的心

这一晚,月亮总会逃出手掌:四野
光阴在枯萎也在来临。
推窗可见三秋近。一棵庄稼叩拜一片黑土
野鸟的舌头融化一碗寒露的涟漪

老榆树的倒影,与它相拥而眠:那些鳞片
与秋风相爱
挥手作别的瞬间,却弄疼了自己

这月光啊
不必再等十万年,多等一年都会老了
将一曲童谣倒得满地都是,将所有的空弦
都弄乱了

说甚么三生三世我等你,干脆
要乱就乱这一生
哪怕我只有月光般皎洁的骨灰
哪怕只有几滴透骨的泪
也会泗出几行小字:每一截树桩都是我的
　腿骨
是月光洗亮它
让它像墓碑那样站立

在上面写下:我爱你
就是墓碑上两个相依为命的草民

旷野上

一个无家可归的孩子,将一片天空,举过
　头顶
像中了埋伏的老马,小心地试探归途
惊起几只黑鸦

生怕再一次被西风钓走

一条河流干了
会有一片泥土为它失眠,就着三百里水声
　　醉倒。
一朵朵花开了
那都是暗香的礼物,将一大片荒芜
长成怜惜的样子

终会有乡音被蹄子弄醒。
我就是一把没有开刃的匕首,插进石缝里
锈钝,呆滞
不懂归期,也不懂泥土的好意。
旷野就是坦荡如砥的仪式哦
等一把久病的刀子,游走在归途中

你能听懂我斩杀灯火时的不安吗
你是否看到我以泪洗面:太多的风烛残年
小心地呵护原野深处隐约灯盏
谁与谁擦肩而过,谁与谁在秋风里走散

檄文早已拟好。
既然已来到这世上,就允我不怕良宵苦短
不怕在偌大沙场中沦陷

相遇本就是伤害或者重归于好,本就是
跌入深渊时还念念不忘:我早已收服一片
　　牧场
等你这只小兽被放虎归山
等你占山为王,每一根草木都是悬念

重 时 光(外五首)

● 王景云

一块石头
载着我的半辈子
也没有显现出
沉重

仍有棱有角,轮廓线分明
仍不知深浅,缘于身边那棵大树
有抵挡强光紫外线的盾牌
有遭遇险境立马出鞘的利剑
有遮风避雨的伞

周围的杂草
被人踩踏,不再嫩绿
常有人来闲坐,一大把年纪了
仍滞留在很轻的春天

一幅脸画

一幅画框,框起一张白布
岁月都执小狼毫
怎么临摹碑都跑不出去了
就在这里安家吧

里面的女儿
她环顾四周,看见的都是
淡淡的橘黄,暖色调
三十年了,两只小狼毫都在倾
心描绘
已分不清,哪一笔是你
哪一笔是我

微笑的脸,深深浅浅的皱褶

你说：
怎么，画笔跑偏了

晴朗的冲击波

我的从前一直荒芜
用尽半生力气耕种，颗粒无收

天，灰蒙蒙；体内的芨芨草
长势喜人，既然这样，不如
用它编织扫帚吧，扫除尘土
也清除忧怨

我要明朗，我要清澈
我才开始贩卖
乌云

落单的城

这里立交交错，高楼拥挤
别墅成群，车辆如织
商业楼幕布上
不停闪烁女歌星歇斯底里的表演

人群里没人在意我的孤寂
行道树绿色叶片上的浮尘也
嘲笑我的愚笨，笑容灿烂的仙女蒿
没有一朵不给你猩红的温暖

为此，我
心生感激，因为，每天都能
遇见自己的背影

旧家什，晃动身影

提起木匠，我会想起父亲
提起家具，我也会想起父亲

小时候，全家人的衣柜都是
父亲在刨花的纷飞中，在锯木头
打颤的嘎吱声中
晃动身影

老家具，这些陈年旧物，几经搬迁
未曾丢弃
它晃动的还有母亲
以及儿时的兄长们
都晃着
彼此的成都和重庆

六月，取冰者

刺眼的光长满狼牙
偾张的毛孔，呼吸湿淋淋的暑气
树叶越蒸呵，越葱绿

奶奶说，吃碗谷肉果菜粥吧
赛过参芪，仙人草
老姜穿针引线，檐下听轻雷断雨
说太阳，真辣

蝉鸣，装下了六月
蛙噪，燃起了火，好让你
从我的梦里取出一块冰

周 末（外三首）

●塔山野佬

宅在蜗居
不想出来，几册旧书相伴
像栖在牛棚里的牛
对吃进肚里的野草
进行反刍

一小撮绿茶放入玻璃杯
滚烫的开水让其骤然舒展
筋骨松动的声响
随香气溢了出来

书中的文字在找寻我的记忆
蝌蚪似的密集涌来
脑门仿佛已被堵塞

窗外的天色
由青葱少年的亮
转为垂暮时的暗
寂静着，但失去的已经很多

今夜，住在老家

今夜，住在老家
儿时的伙伴，当村官的堂弟
怕我黄昏睡不着
过来陪我聊天

我们聊打大塘粮站的麻雀
在河里捉鱼摸蚌
游过大塘港
偷作家陈和李的爷爷管的西瓜
年迈父母目不识丁
坐在一旁"嘿嘿"地笑

电视播放着DVD
越剧《五女拜寿》
不知道父母已看了多少遍
父亲时不时冒出一句：
不要不忠不孝，忘恩负义

老家之夜，久违了廿余年
虫声夜气，鸡鸣狗吠
似曾相识的陌生扰我
难以入眠

也让这寂寥的冬天春意盎然

曾赶时髦，附庸风雅
买来各式各样的
玻璃茶壶
模仿着泡茶
没有入"和敬清寂"的道
玻璃壶却破损了五六个
有些没盖，有些没了内芯
品相和实用都让它们靠边
我也渐渐靠边
眼睁睁看着中心地带的
热闹与繁华
而自己却越离越远
年纪渐大，形貌与才能
与时俱退
我要重整，用这些残疾的茶壶
种植绿萝、吊兰、常春藤
还有香菇草

用水的无土栽培
也让这寂寥的冬天春意盎然

巴黎圣母院

巴黎圣母院烧毁了
熊熊火光映照着
不同的脸态和声音
雨果赋予的伟大
以及八百五十年的宗教文化积淀
好像幻化的彩蝶纷纷逸去

没有去过法兰西
对巴黎圣母院

只停留在纸质、影视
网络等不同介质的镜像
永恒在雨果的小说里穿越
善恶美丑,夸西莫多的人性之钟
余音不绝

文明在毁灭与重建间交替
血泪滋润明亮的眼睛
窥察时间前行的密钥
瞻仰与膜拜似乎不计较
载体的真假与否
许多人看着赝品
照样谈笑风

寻（外八首）

● 陈统魁

在凌晨三点去候一个白天
心比行李还乱,取出、放进

单车和大巴互相追逐着
半生脱班的花期

将朱砂还给春天
整个成都一旦交给登山包
到哪都是江南,都有一场约会

海棠垂丝没追上一阵风
杨柳为何乱了阵脚？可能
它的裙裾下,绿了
色得没有肢体

梨　花

踏入金川,野寺高高的

酥油灯,点亮太阳

闲枝的风中途消失
总在寻觅

花影里的重逢
白是另一种肤色

云来过,你是不是
也在西藏？

掌上的风

掬一掌海风,前往高原
万顷雪域放飞碧波

经幡颂扬梅花
绽出八瓣,洁白吉祥

盛开的高原红
笑靥深藏雪域里

用虔诚融化雪山
溪流的圣洁直入无瑕的心房

脉搏的每一次跳动
都紧贴着母亲的心脏

暗 冰

暗自藏起锋刃
把悲伤还给悲伤

必须低语着走过
越来越窄的路

不在痛苦中
也不在欢愉中

而是走在遗忘里
三月来得及时

雪水充沛,它替我
又爱了一遍人间

坝 上

溪水不识你我,往东
白鹭频频来回南北

距离是大王头上的两点
蛙声彻夜交谈

盘锦掉下的魂灵
夜空走失星星

坝上多茅草,草尖小碎花
一个梦连着一个梦

溪流有溪流的梦
我有我的

误

以为到了林芝
就可收获花期
一路颠簸
掉下多少玛尼石

而藏风转动,它在播种什么?

圣山不为异乡人所动
依旧怀抱暗冰
隐忍而锋利

剖开生存情欲与归途
灵魂,栖息色达

卡萨湖盯着我
透彻的灰暗
迷失掉雪山之顶

大 雪

沉木和漂在水面的石头
都是寂寞,是水为燃烧善后
废墟中人间事,满头冰雪

草木以灰烬的秘密为食
孤峰平静,波浪版本不一

镜子的后遗症,是空和深不可测
没有一种蓝,能满足水中这片天空的愿望

雪停了,风也停了。白色事物
现在是心灵的一部分
它们停在山峦漫长的睡眠中

有 你

时间催促海拔
如何才能转向内观

很多时候,你就是一面镜子
照出丑陋,幼稚与锋利

与行路相比,书上得来总觉浅
有你,就看见小昭寺

五蕴与虔诚与跪拜又有着什么关系

有你,就看见喜乐
海拔洗涤浊音,日渐诚净

天蓝蓝,谁来加持福分
谁又懂得珍惜

玉隆拉措

喜欢藏语的玉隆
抵达拉措,天空下起雪

站在湖面光滑的冰,内心粗糙
哀伤透明,如走失的人

漏风之躯(外八首)

● 李利忠

阴险的石头挟着躲闪的脸
只有出现在梦中
才能将我砸到

我这漏风之躯,早已无数次为生活洞穿
甚至不能储蓄
一滴温暖的记忆

春 天

妹妹,你站在绸缎的水边,和花朵一起等我
我一路走,一路忍不住落泪

而你像一小块寂静,一小块阳光
心无旁骛,看我顶着风
过来与你抱头痛哭

有 酒

这是最好的时光
雷电交加中有酒满杯
让我们狂欢达旦

有酒的夜晚真是美好
我有时恨不能大哭一场
然后心如止水,滴酒不沾

将酒饮尽,听任雨
将穷人家的屋顶敲得山响

雪落在窗台上

雪落在窗台上,我能听到它的喘息
天空是它以前的居所,现在

已被一弯新月锁上
在更深的夜晚,我们互相梦见
演绎寒潮中最为温情的一幕:
清晨七点,雪沉默着小心爬上46路车
我则无所事事,心安理得
直到黄昏,雪踉踉跄跄
提着一瓶酒回来

披风

一路经过的村庄
有的在江边,一枝桃花蘸水
一树梨花向晚
有的在山前,屋瓦在雨中
院墙在狗吠声中
有的在心尖,一个女儿拖地
一个女儿擦窗,一只鹭鸶
啄食田间的斑斓乡愁

我要从黑跑到黑
我要从白跑到白

独酌

独酌者凝坐如铁
浊酒濡润着他皲裂的唇
风守着,擦亮吟咏中的锋刃
"三十功名尘与土"
在席卷而来的马蹄声中
他显得多么轻,像旌旗落满雪
为浮一大白,我知道
他吞进的不只是夜的寒冽
还有一把断剑上的热血
和一个人的仰天长啸
潇潇雨,犹未歇

延恩寺

在涌泉,在延恩寺
群山静穆,万物生长
佛啊,为什么

我想过以卵击石的生活
为什么不能像他们一样
装聋作哑,安分守己

在涌泉,在延恩寺
我忍住痛楚
假装无所适从于
自己站得那么静
寺内的天空与寺外的天空
一样静

在老坎磐头走过油菜花地

涛声向晚,我听见
身后传来一声爽朗的招呼
他喊——"春风里干一杯!"

几个无所事事的诗人,和我一样
都讶异地回过头来
我们都认为这声响亮的招呼
与自己有关

这是相约一醉方休的时光
这春天的旗手满怀兼济之心
招呼有着黄金的气度

多么好啊!兄弟
面对春江东去,落日西沉
我完全忘记自己只是一个过客
忘记有多少舟楫经此消失在天际

回乡偶书

很远就看见父亲
在红莲簇拥的田间
劳作,有如一只鹭鸟

我满心欢喜
像多少年前一样
悄然走近
忽地叫了他一声

他年纪大了,重听
我又大叫一声

父亲从农事中
像一只惊飞的鹭鸟
回过神来

他快活地递给我
一支莲蓬
就像一只鹭鸟
给雏鸟叼来
一条虫

晚　安(外三首)

● 王　毓

在黑绸一样的夜河上
谁发光的手翻开那扇在水面躺平的门
嘀嘀……嘀嘀嘀
河床上长出的几簇白亮星球呀
在潺潺青烟闪回中追到飞逝的鹧鸪声了吗
嘘,我们都听见了
起伏着树的起伏
波动着林的波动
哦,黑暗中,光才是风
对岸露出脸的木叶森森告诉我
呼唤中收缩又放大的瞳孔
在夜幕上被放大了一百零六万倍
正如被眷恋放大的爱人
为你卑怯到幽洞躲藏
为你无所畏惧到海洋
道一声晚安
光之山水在唇间轻柔变幻
嘀——直到那扇门
关上了那条金灿灿的心电

凌晨的饥荒者

白露过了
蛙鸣拉起城市
凌晨三点的百叶窗
我开始把高楼想象成

提坦、夸父、相扑士
把下个太阳升起后的工作想象成
现实的相声
梦境的隐喻
把半夜醒来的腹中的饥荒者
想象成你
想象成爱情

一路向北去雪乡

她和我把两个自由的灵魂塞进一只箱子
一路向北,北到气温跌破两个人的年轮
对着江畔冰雕出的幸运女神许愿
我们要去梦幻家园为一朵雪花点起灯光
让冰与火淬炼出两行信笺
一行蹦出一地洁白的蘑菇
另一行蹦出一片七彩的祥云
被白脚马写在真挚的雪地上
太阳一笑,就融化进地球起伏的心脏
跳动在芳华不秃的山顶上
挂雪的白桦林把它装扮成星空旋转
转出一对对透明的眼睛
她和我就不由地在雪乡遥望远方
仿佛回到一个叫童梦的星球

萤火虫之戒

上苍啊,请把那枚萤火虫赐给我吧
幽静的绿光停在无名指上
我愿为这自带光源的白昼
收尽天幕橘红色的光边
飞向这点火焰
连高跟鞋也会从石子路上雀跃
举起这点光明
我才有勇气跳进明日之河
主动清除生活沉底的水雷
萤火虫愈多,时光愈慢
萤火虫愈多,我心愈亮
请把那枚萤火虫赐给我吧
我要他

簕 杜 鹃（外四首）

● 丁卫华

一想起起伏
我便多看几眼嫣红
除了田间地头
顺沿攀爬的每一个层面
都留有你的热情
不增不减
澎湃的何止是不动声色的争艳
一场接一场雨的肆意浇灌
就算前胸贴后背的潮湿肆无忌惮
每一朵奔放的痴情是内敛的
就算稀疏的植被沉浸在车流滚滚的红尘中
忘情恣意
秀外慧中的你平静地徜徉在每一个错层的
　　空间
热情迎接闷热和湿嗒嗒的洗礼
不卑不亢、顽强奋进

在金鸡湖

一场雨
可以派生出很多别样的燃情
湖在原地有条不紊的吞吐
转盘不紧不慢
行人匆匆
地下铁穿过东方之门、金鸡湖底、国金中心
穿过古典和现代
用吴侬软语的酥细
来打通骨骼坚硬的灵魂
在靠近湖边的渡口
听丝竹软绵
唱一曲有情有义的评弹
在咿呀的韵律里
静候佳人归来

在民治街头

艳阳高照的背后
冷不丁就来个措手不及的反差
没有任何征兆的暗示和提醒
书中按表的原理过于矜持
云层诡异
植被洞悉的隐喻无从知晓
好在高楼事先埋下伏笔
每一栋留有的前檐
可以安营扎寨
可以笑看风云流连忘返
就算湿透个半斤八两
也会相安无事

凉茶、双皮奶、烧仙草等——盛装待发
云卷云舒的跌宕起伏
无须关注
翻腾的街面
置换和切换的每一个店面
都客满

麦浪声声

从阴雨到晴朗的距离
只间隔一个多钟的空间
簕杜鹃还在吞吐一种情怀
鸟瞰下的麦浪
迫不及待地接纳如火的骄阳
用金灿灿的密语
回应那荡气回肠的风言
收缴的麦芒饱满
颗粒是场基的附属品
飞扬的蜻蜓多少有些乏力
妥协的不仅是低空的云
刚出锅的芳香一定是醉人的
擀面杖这时才大放异彩
主人的碗

供在案头独自神伤

薰衣草乐园

一座桥的横跨
广告的功能比桥本身的作用更夺人耳目
就算阳光羞涩
躲进云层的热情
仍然激起薰衣草的肆无忌惮的执着
彼此的竞相开放、争奇斗艳都在暗中不动
　声色的呈现
常态的思维里
多少与莫斯利安的传说关联甚微
每一张角度各异的照片可以佐证
绵延如浪的花海与错落有致的建筑能够遥
　相呼应
一定是心有灵犀的
一杯水的买断
让孤独进入另一种极端
络绎不绝的人群里
渴望的迫切
消失殆尽

逃离时光(外四首)

● 王利锋

夏至即将来临
沿着半夏和木槿盛开的方向
而雨水也渐次葱茏
葱茏得让我只想逃离时光
比如低头看几只迷途的蚂蚁
她们吃力地扛起一枚落叶
她们靠叶脉里熨帖的气味维持呼吸
最后假装满足地钻进陌生的树洞

比如允许炙热的手机
躲进桌角的微尘,自动关机
比如听雨声铺开世界的空白
目送栀子的香气在笨鸟的翅膀筑巢
我还想等失恋的金鱼到水面来透气
和它一起观赏海市蜃楼
我还要等风,吹落草人的帽子
隔着无数阡陌
目击农夫额头的一滴水

繁星满天

灌溉出十里稻香
最后,等你眼中所有的阴霾
逃离明亮的镜片
和蒲公英一起散落天涯

我似乎真的逃离了时光
指针滴答,从我的全世界路过
晨曦倾落,从我的指缝溜走
可我还要这样,习惯穿过
满眼的草木,去拥抱夏至的白昼
生活也许应该
像它们一样漫长、丰美
繁华到苍凉
像海棠花未眠
任黑夜一直守着
半寸黎明

雨中丽江

雨天时,总觉得你撑起伞
朝着这片木屋青檐走来
而白沙古镇檐头的那只瓦猫
终于被雨声催了眠
它躲进一束枯寂千年的高粱
盼着有一天可以迎娶
那张被雨淋得崭新的倩影

四方街雨水簇密
任几盏霓虹逃离
躲进昏黄的小酒馆
摇身飘出一首首,古老的民谣
歌声撞出了黄昏,一个黛色未熟的
一排暖了身的灯笼,整齐地笑了
她们在丽江繁华的街头,当家做主
她们朝着玉龙雪山发誓
对着继续枯寂的高粱发誓
等雨停的时候
那只猫就会告别檐头

星　星

小时候
躺在奶奶的怀里
每数一次天上的星星
她们就会对我眨一眨眼睛

我问奶奶,星星是什么变的
为什么老是喜欢
对着数她的孩子眨眼睛
奶奶说,等她有一天
永远闭上眼睛后
萤火虫就会来接她
去做天上的下一颗星星

奶奶还说,那个时候
如果我看到星星眨眼睛
一定是她在想我了

认识一棵树

认识一棵树比写出一首诗
更令我欣喜
在一棵陌生的树前停留
数一数她的年轮
居然掰开了岁月的瞳孔
看到了曾经透明的,张望的
以及此刻缄默的辰光

我用沁凉的指尖
轻轻敲打叶子里密布的纹理
像一只寂寞的蜗牛
重新站在小径交叉的路口
这棵树的名字似乎比诗更隐秘
而我正需要含着这个隐秘
享受无数个下午时光

流 光

老台门檐头
涂满了馥郁的青苔
爷爷说这古老的草色
是无数个时间的结合
我们都是青苔里的一滴尘埃
沐浴着晨光暮色
却假装斑驳陆离

初夏的风
吹出父亲多年前
迷惘的发梢
那本淡蓝色的笔记本
还躺在母亲新买的
凤凰牌自行车车兜里
我看到那些无名的蝉
张开透明的翼
把一些尘封的树洞悄悄叩开

空屋子(外四首)

● 苏小青

村庄的封面是水墨古槐
零星几盏旧屋，埋在最深处

植物葳蕤，宛若世界在重生
泥土中有风暴后的寂静

村庄飘进水里，吐出绿色水泡
闪过的影子在暗处
神秘地打开上了锁的木门

他捧出传世的铜镜
铜镜里面正在上演
一些恍恍惚惚的情节

借来一缕窄小的尘光
死去七十年的粗布黑袄人
用槐花一样的牙齿说
"我是唯一打开这木门
看到铜镜里的故事的人
但他要我保守这个秘密"

他说他附着在一只黄鸟的回音上

它鸣啭的时候，"我能得到金色的快乐"

毛绒玩具

毛绒玩具用我的手
抚摸我的脖子，好痒
毛绒玩具用我的心
磨蹭我的脚丫，可爱

毛绒玩具什么时候来到？
她总是静悄悄，像一只猫
她永远不会死，我死后
她一定还会爱很久

那是我在爱吗？
也许，灵魂就这样延续
但那又怎样？
他曾用我的眼睛
热爱我的身体
又用我的思想
让我变得怪异

玻璃海蜇

和你道了别,我就独自来到海上
海太大了,比起我住的
熙来攘往的陆地
我不知道来这里真实的目的
或是为了带着那句话
那天太阳被天空锁起来,它太闹了
人间暂时清爽了许多
也是道别时候,在小站
你说出了想说的话
我还没从那句话里清醒
我带着它来到海边,趁着新鲜
它将和小螃蟹、小虾、小贝类们
在一起洗澡,玩耍
于是我可以躺下来
在一片被海水送来的沙滩上
我把心掏出来:她还很年轻
随潮汐而起伏
对了,我刚从一本书里看到写海蜇:
海蜇有一副玻璃的长相
我刚伸出手去,这些圆圆的玻璃就溜走
多像你说过的那句话
玻璃的,清澈的,虚幻的

夏天转眼就成为过去

谷 雨

第三天。雨还是不想回家
可已经没人愿意和他一起玩耍
他被丢在黑黑的窗外

雨其实喜欢这样,孤苦伶仃
戴着高高的尖帽子,穿着白袍子
没有腿,伸着鱼一样柔软的尾巴

趴在树叶上,或是
一些人的心里

我听见他诉说自己的未来
和星星相似的
却无法高飞的情节
雨,一个奇怪的小孩,他深知
失忆者就是你我
看不透太多尘世变化
却混浊于地面行走

天一亮,他果然就消失了

摄像头

六月的街道是少不更事的小孩
有人骑单车而过如那追日的古人
瞳孔饱满的中分头从风里挑出细小沙粒
她忍不住把手交叉在胸口
波浪起伏缓慢没有奇迹发生

四十五岁,她喜欢虚张声势的内衣
躲避他摄像头一样的眼神
她开始质疑浴室那面镜子的公正
她浸入水光里成为静止的蚕茧
昏暗里虚拟新身体缓缓而升的喜悦

现在她走在街道上低头数很少的落叶
一群年轻女孩子穿上自己从前的影子
打开身上的小窗,鸟一样
清香四溢。掠过阴影下小块的荒凉
他说:风吹着你的头发
也吹着高跟鞋上的蝴蝶

现在她飞快走到另一条僻静的路上
树杈陈酿的阳光像少年
莽撞的长臂掀开眼角的风雪

在地铁上看书的少女(外四首)

● 伏枥斋

她翻动书页的频率
和车厢的细微振动一致
这个天才的细节
不会有第二个人察觉

一只在陆地生活的须鲸
等比缩小是妥协的一种方式
她戴着她充满海水的玻璃头罩
像一个倒置的鱼缸

我们搬运自己的动作
并不比真正的码头工人轻巧
一段幸运的旅程是
饼干中吃出的写有签文的字条

让星辰和海洋相加,是否就是她的秘密
她并不关心自己被安排到了
哪一个站点。在她的庇护之地
不会再有比地铁更遥远的事

网瘾患者

当你抽出键盘敲下第一个w开始
第二个和第三个便紧随其后
像连环凶杀案般自然发生
接入互联网的手法愈发熟练
每一次都比上一次更加完善

我们处理文字的尸体像在撕去死皮
最初的犯罪动机已经无从考究
我们的手指搭在枪套上
和看不见的敌人持左轮对射

法外狂徒没有任何怜悯之感

我们嘲笑循规蹈矩的人,他们像
上个时代的遗腹子。掌握真理的仙人掌
永远在酩酊大醉,试图逃避铁路的撞击

西进运动已经进入高潮,最后的酋长
即将被割去头颅。他会让荣耀的墙面开裂
一只乌鸦成为了关掉电力的夜晚
在它彩色的睡梦中,我们正拥抱语法的
  坚固

风形物语

一只斑鸠在窗台上筑巢
这斑鸠不是我,是绝大部分的
灰色展现。云在盛开体内的图腾
颈部花纹编织原始敕令

对自然的无私崇拜
让转化的仪式变得相对简单

我的窗台具备了风的形状
这风不是我,是空气流动的实体
它的叫声产生了盐块般的意识

这意识可能来自西伯利亚或者南太平洋
(事实上,斑鸠是一种留鸟)
它熟知自由富含的湿度,但是它现在哪儿
  也不去
它要隔着玻璃慢慢吞下我,然后不辞而别

苔 藓

被一块苔藓滑倒,这种测试你
对于水乡忠诚度的植物,终于也
向我发出了警告。在多年以前
这是极小概率发生的事情,那时我们
对于这些诡雷的排布了如指掌

现在我摔得支离破碎,苔藓像
嘲笑外乡人一样嘲笑我,我的出入
自由的通行证已经被这块土地没收

我的鞋子在她脸上制造的嘴型贯穿了
整个边界,希斯莱杰的弧度中充满惩戒

苔藓,一场春雨布下的陷阱,构成了
整个水乡意识的城防体系,如今我在
这个模型里,像一个无法破局的陶罐

蜗牛和它的锡兵

一个白昼的时间,原本养在塑料杯子
里的蜗牛,便爬到了几米之外的鱼缸上
这对于行动迟缓的生物来说,并不是
一件轻而易举的事。

一路上它不停地制造锡兵,一支
银色的军队见证了这段奇幻旅程
它还未抵达最终的目的地,鱼缸
只是半途需要攻下的又一座城池

蜗牛的慢只是上帝的一种书写习惯
如同我们没有理由去嘲笑拿破仑
的身高,蜗牛的速度并不是一位
征服者的缺陷。在我的注视之下
这只披着甲胄的软体动物,又制造
了一千名锡兵并将战线推进了几厘米

这是一个寻常的夜晚,五月即将过去
江南时续时歇的雨声中,我想我大概
破解了一只蜗牛如此缓慢的秘密,它是
另一种哲学里的老虎,是荷马或者一群希
　腊人

故 乡 泥（外二首）

◉ 刘心莲

我以秋声酿一碗米酒
遥望故乡
从一朵花,一棵树
再到一片森林

一路风雨
心灵的缺口在这里修炼
我用宁静穿过句子里的繁华
掸尘,沐手

栖息在三炷香中
炊烟袅袅
听木鱼笃笃

谁给你,水一样的温润
谁引你走出红尘
我问秋风,秋风无语
它用经文译出密码
载着我,向远方叩拜

从一捧土,一束光
一陇云

东方符号·盘扣

安静地端坐在领口
盘摩桃蕊
如这竹林深处的雀
如这幽环着纤柔
封了禁的一把小锁

一点一点勾勒
一点一点着色

守着纯纯的独红
用岁月染了一小杯琥珀
醉如琼瑶 如玉色
轻轻划过缓缓指尖
捻着 盘摩着

日月 相依
悠远 执着

67弄

从早晨出发
心里就念着67弄

高速路牌 忽而熟悉
忽而陌生
我的思绪也是忽而近
忽而远
远向万米之外的
云端
云无声无息,拢着
老爷子渐沉的鼾声
传染得我们也忘了记路牌

回老宅子不用记路牌
67弄旁边的早市拆了
鼓楼的钟声仍然不紧不慢
67弄旁边的老城墙拆了
秋霞浦的青石板路
仍然不紧不慢

67弄的老宅子已换了户主
回不去的回不去了
循着痕 离歌交响
记忆交割

67弄啊
如悠悠辽阔的云
如暖在心里的
根,仍在

回望群山(外三首)

●吴巧玲

溪流如翡翠项链
峰峦似彩色屏风
春秋的免费演出
是洗耳清心的鸟啭虫鸣
拥有如此良辰美景
居然熟视无睹
久住山中,竟把群山
当成巨大的
囚笼

软红尘是惑人迷雾
霓虹灯像暧昧眼神
喧哗的十字街头
是心情浮躁的酒绿灯红
面对陌生繁华都会
竟然归心涌动
久栖闹市,又把群山
回望成绝美的
风景

山 居

清晨睁开眼
满目是青山
恍若误入了梦境
不知今夕是何年
燕子在云雾中
流连忘返
欢飞着还不忘
唤我的乳名
仿佛我从不曾
走远

少年到初老
倏忽一梦间
只是到山外红尘
仓促打了一个转
便是青丝漂成
白发流年
相看两惘然啊
请故乡山水
牵我回久违的
童年

山 谷

曾记得青春年少
为赋新诗常去山谷造访
放飞寻梦的目光
在溪涧和石壁间遊逛
听众鸟奏乐层林
看云飞在天
鹰栖崖上
而山溪一路奔忙
如白衣剑侠掠走我
临水照影的模样

后来我告别群山
见识了大海的风浪
却又常将山谷怀想
在自然与人生的舞台
有潮水就有潮头
有山谷才有山顶
有强兵必有强将
高峰固然令万众瞩目

可捧出它的坚实底座啊
有谁能够遗忘?

山 风

自小在乡野
清风里长大
牛羊是儿时伴
星星是天上灯
月亮是镜中画
青春浪迹走天涯
山风送我出山垭

多少江又多少湖
多少雨又多少霞
山垭山风似故人
使我心头常牵挂
当晨光滑至日暮
我愿回到田间陌上
任山风翻阅满头华发

告别山外人
抛却红尘事
燕子迎我同行
喜说乡村佳话
不远邀五柳先生雅聚
只约来童年玩伴
豆棚瓜架共叙桑麻

平 地 诗 (外四首)

● 王子俊

雨停了,光接着喷射。
光,
像一个句子后,我接着写出的一大段排比句。

在平地,菜市场凌乱,抱怨
我讨价还价,为买三斤
透霜的柿饼。
透明的穹形屋顶上,
囤积的大量光,
尖锐,碎裂,突然就砸了下来。

某些具体的描述,
比如摊位上的秋水,深入到了骨

是多么奢侈的词。

而我可能操之过急了,
要完成对平地,

这个曾地无三分平的陌生小镇,
说一句古怪的表白,
无异于白马穿过针尖。

肉摊上那一块磕碎的胫骨,像小铃铛
把痉挛从骨缝摁出来。
道别平地时,我做了最后的描摹。

大雪下的色达

该来的总会来
一层一层扶起的红,还有一层叠一层的白
白,上面垒着玲珑的塔白

哦,今日
会零下十度
会全城停电,大雪封城

繁星满天

在一个虚掩一个的窗后
我们会切好有嚼劲的牦牛肉
成瓮喝酒

嗨,大雪下的色达
像那些雪下面不明确的慈悲
那么匆忙
我刚看见你大腿抖了一下,就被你传染了冷

与霓虹坐钟鼓楼观晨钟暮鼓

鸟喙般的楼尖,
活生生把白云挤开条罅隙,天空就被
　　宠幸了。

那些残红与怜悯,
那些薄晖与慈悲,
它们从不远处的白马寺壁画,蔓延过来。

与霓虹兄站在楼上,聊到了那句
"钟鼓楼,钟鼓楼,半边都在云里头。"
它本身隐藏的含义,
便有了短暂的沉默。

目光所及,
我们似乎真就找到了那么一架向上的
　　木梯。

会理慢县城

慢下吧,科甲巷的好窗景。

在涅底尔库,
我私自窃取了裁缝铺的门板,铁匠铺的
　　砧台。
纹路里的香气,
垂涎欲滴的羊肉米线和铜火锅,
早晚时分,

把那些占据广场的人,逐步移出。

我一度怀疑,这误导的国度。
像那些曾拜访驿站、马帮驿,
荣耀的商人,
不过是过眼云烟,
只给科甲巷留下了丝绸和绿陶。

我们被县城,慢的缺口,彻底沦陷了。
如手撑的铜镜的新娘,
把生动的表情,送与了披红骑白马,
跳蹄脚舞,白沙村的迎亲队伍。

在涅底尔库,
我权衡十秒,就决定用丞相相赠的十匹锦
　　缎,
换几只钟鼓楼上栖息的蓝耳翠鸟。

科甲巷

下了拱极楼,
前行十九步,左拐,
科甲巷
一处历史侵蚀的裂点,
柔韧的味道,冷不丁地

冒了出来。晚十一点,
就我和祥子还在科甲巷
闲逛,把凹凸的
石板路,来回又磨损一次。
手,触摸两侧,被反复
涂抹标语的明朝灰砖。
我们小声,谈了谈,意象和向度,
骨灰瓮一样的可疑。

我们就明显听见,从进士府和大夫第大院,
传出两声,来历不明的咳嗽。

注:会理,古代彝语称为"涅底",会理城叫"涅底尔库"。

前世那颗星（外一首）

● 阳　光

昨夜
我漫步穹宇之中
寻找记忆的星辰

蓦然发现
曾同行的星星不再散发往日的光芒
我站在银河的鹊桥上瞭望
遥见牛郎和织女的同心锁
穿越时空的阴霾
闪闪发光

前世
我们走过多少故事
编织多少透明的梦想
今生的你已经有所遗忘

我在孤独的银河里收住脚步
告诫苍茫
每一次回忆都无须留念
叹息和祈愿都将从明日
流失在光阴道旁
我逐光而行
跳出思念的漩涡
终于看懂了前世那颗星
还是那般夺目明亮
它就是自足的小宇宙啊
闪烁在穹宇之巅我的心上

相　知

在睡梦中
夜色逐渐褪去
晨光照亮你的心房

此后，你不会孤单了
那缕阳光已和你相融
环绕在岁月的身旁
从此相知相守，不离不厌

我记得
以前的你惧怕黑暗
怕幽深处跳出一只小兽
怕无声的寂静伸出僵硬的手
怕星河下空旷孤单的夜幕
罩住你跳动的性灵
那么多的忧虑
入睡时，你总在床头放一盏明灯

你不知道吗
床头灯盏是我的心
我燃烧着通体陪伴
为了你能够安然
我放弃神权跪在佛前祈愿
让我的心化作明亮和温暖
照亮你遇到的每一个深渊

你是不是感到讶异
那盏灯从未熄灭
因为我对你的爱
至此都没有改变
比海枯石烂更久远
你曾说
醒来时欢喜于明灯的相伴
为了它，你宁做凡人也不恋神仙

你忘了前尘忘了往事的姻缘
你情深似海
从蟠桃园偷偷下凡
仙籍已除,但因缘未变
走过奈何桥
你忘了誓言,忘了心愿
不变的是
我始终守候在你的身边

多少个生死轮回中
你未曾爱过我片言只语
但凝脂的心神却时时拂动我的眼前
山河大地沧海桑田
不变的是
相知是彼此心灵的守护
是我对你最好的爱恋

风（外四首）

● 芬 芳

风,从敞开的窗户吹来
吹动晾衣架上的衣服,左右摇摆
它们触碰在一起,像是进行一场贴面舞会
熟悉的气味,暧昧的拥抱

而随即而来的风,又让它们形同陌路
这些缺失肉身的衣物
重复着贴近又分离的动作
多像分别十多年又重逢的你我

失 神

雨天。咖啡馆一角
一个穿西装打领带的男子,正看着窗外——

路人裹紧上衣,形色匆匆。
栾树落败的叶子,
在寒风中瑟瑟发抖。

一个穿粉红连衣裙的女子
上了一辆黑色轿车
此人似曾相识。

他静默地望着。雨滴落下

桌上摊开的书,一页未翻。

梦 境

在森林中醒来
听不到一丝鸟叫,亦或是动物的嘶鸣

一条河,缓缓流动,
它照见前世今生

我看到一个穿花格裙子的女孩
站在家门口,望着远方的路
她的父亲出海捕鱼,三天未归

这些日子,女孩时常做着同一个梦
一条大鲨鱼把父亲,带回了家

无 题

一个人的时候,
并不觉得孤独
看书、喝茶、逛街
哪一种都是释放孤独的方法
而成效不得而知

这些年,好人做久了
时常会忘记疼痛,忘记
内心深处的恶念
它们如此渺小,渺小到
让我忽略它们的存在

此刻,它们倾巢而出
似一群发疯的狂蜂
肆意飞舞
我放任它们,也放任自己
想象自己是它们中的一只

云

大片大片的云,在漂流
自西向东
仿佛天空是一条蓝色的河
而它们是一群欢快奔跑的鱼

你瞧,它们多么团结
像亲密的一家人
谁也不愿离开谁
我看不见领头的那一朵
天空那么大,云朵那么密
漂流的速度又那么急

我想啊,它们一定也去奔赴一场
盛大的晚宴
以至于,忘了和我
说一声再见

幽暗一种(外三首)

● 黄挺松

窗眼里那座孤楼,首先设立起了它的幽暗
渐次扩展为楼群的,参差有别的幽暗
放大比例,草株间一样的幽暗笼住丛林
不是任何墙体内部的幽暗,孤楼的,楼群的
就是终于要蒸腾起的,整个天宇的幽暗

不是石头、河水、花朵里不由分辨的幽暗
孤楼的,楼群的
经过一座又一座楼宇再怎么盘旋和转折
也始终不会消失的幽暗;就是让
倦怠的阳光和灯光不断在主动消失的幽暗

禁入任何时间的陌客和说客,它的幽暗
如同一个人向自身深处走去而造就的幽暗
你非要从灵魂里企图伸出手挽动它
它就是硕大的透明酒杯里,那自体的幽暗

凝视它。孤楼的,楼群的,幽暗耸动不息
凝视它。其间那斗室,加紧烛焰的呼吸

这一天的忧伤

夜晚总在莫名其妙地过去
白天是一场接续一场的大雨
从第一缕阳光里
就噼里啪啦地扑泄进来

膝盖弯曲。弯曲。但我是
永远不被淋湿身体的那一个人
但我是。内心的杯子
千只万只,永远在开始着它们的跳动

但我是。永远在注满那美丽的热水
一只一只地。但我是

永远在内心温润的不断干涸里
永远未被你——宁愿作为马鞍的客人
光临而探望,这白茫茫的一天

这一天,忧伤的洪峰
这一天,忧伤白茫茫

梨花望

梨花的直接,在一天
在一夜。它肆无忌惮
自我繁茂的格致,让我对天空
更对大地,忘记了日常而
模棱两可的辩白。

忘记美学,哲学,伦理学。
梨花作为捞尸人,
它在歌颂着今天的消亡,

我的消亡。或者还包含那
遗忘深僻的墙角和我
暗在内心的薄愁——

它们在寻求着孤绝的复活。

暴淋记

泼魂的雨,追述着
多想在打回我,成就另一个失身前生的
水鬼

这多像现实,时不时将我洗刷为耻辱的人
但暴雨不知道,我默契了洗刷

暴雨不知道,人世还有遍地安静的男女
他们从不同的伞下,在雨里进进出出

一场场暴雨,动不动倾进
楼宇与楼宇,街巷与街巷,城乡和山海的
宽袍大袖里
世界,终是流水汤汤的世界

而奔走过裸雨的人,你不能失落
灵魂。一身雨,让它只是你的一部分
遗址般,你形体塑造的那黑暗,闪着光亮

燃(外四首)

● 荆丽娜

眼眸上的灰尘衰老
嘴角深处破碎的永恒
和结网的头颅
一同跌进沉重的心事

出窍的灵魂化成一束光
击碎躯壳,消散阴霾
留下燃烧的嘴唇和怒放的双眸
翩翩起舞

52赫兹的鲸

我是一只52赫兹的鲸
孤掌奏乐
单影远行
我喜欢乞力马扎罗的雪
也沐浴过漠河的北极光
太平洋是我的游泳池
还有那漫天星光,点缀我梦乡

52赫兹的呐喊
是我无尽的追逐
斑斓的彩虹
是我赠与蓝天的发带
沐风奔跑,有月光萦绕
那是自由的味道

海蓝之夜
凝视深渊
诉一世悲喜
撕掉一厢情愿的伪善
和理所当然的傲慢
踏浪而去,归期未定

沉　默

沉默像一根鱼刺,卡住喉咙
欲说无能
沉默像一枚陀螺,时间倒流
凝固话语
沉默像一团烟雾,涌袭而来
令人窒息
沉默是一种醇香的孤独
渗入骨髓
触摸到我的存在
沉默,是与自己对话
在不安无法消除的黑夜
用沉默诉说悲凉

山中校

将山腹撕开
装进一座学校
嵌满葱郁
却不闭锁
吐纳着自由的空气

青砖绛瓦,凝固而生动
像祖母绿
含蕴着山的灵气
葡萄架爬满了研究的气息
混合着清冽的牛粪味
还有萱草花的香
在陡峻的山路上
弥漫

山中校
就算沉默也带有内容和力量
校中人
即便奔波也怀有旅行的心灵

光与影

光与影的追逐
叙说陪伴
光不定性
变幻不同的形状
她的欢悦与忧愁
影子铭记于心

光与影的交错
写满寂寞
灯灭了
影子醉了
淹没在光的眼眸
无法自拔

光与影的游戏
演绎纯粹
既交融一体又相互独存
那斑驳的梦境
是爱的回响

一个盲点(外四首)

● 程亚军

偏南偏北
——这之间,每个住处都是盲点
此刻,我从不问身边的人与事
犹如大雾弥漫

……退回故地

我是其中的一个,我也不知自己
只是有时,仍听见:风火的声音
仍不由抬起:每次脚步的起始
仍然是——
大雾笼罩。看不清:近与远

雾的歌,从不知是谁在唱
也从不知谁在偏南偏北处悠然放养
也曾有一个谋划者正被,引入
她带来明晰的时间与动态
哦,太明晰了

不,我宁可不知
我还一直保持内心的雾状、混沌
保持成,一个一无所知的盲点

肌 体

修剪下的细碎,指甲。
染着红色的线液。
丢弃在一方蒙尘的床底下,掀开,
谁曾用它抠出身体的许多秘密。

那些皮屑、毛发、骨骼……
一起居住着。

彼此是长进叶子里的一小部分
适当的修剪?不会令人疼痛。

新的外形在疯长,内心缓慢生长后萎缩
它空洞的握起,体外的刻度
剔除了一切暗沉,焕发熟识的曙光。

它不会再属于这些事——
没有人愿意清扫,或者
抚摸,失去的一部分肌体。

它说,再深入脉络,
给探究者留下一片清晰的叶子
了解这些身体多余之物的去向。

霜

大地的纸越来越薄了
将近薄透时,才感到冰冷一刻
唯有依附于昨日的温暖
挡住了车窗玻璃的透明物质
却越加擦拭不去
大地上冷的属性

这雪的远亲,比雪冷漠
不会堆积在高山
也不是四季都能唤下的雨
一年之中,只是偶尔为之
归结于自己升腾失败的隐喻

唉,它又迟钝又理智
控制着你我的情感,要

从低处来,停在低洼处
任那些不规则的一摊脚印
把它连同大地虐到厌烦透顶

突然间的空白

秋天,那些反方向的风
吹着顺时针结群的大雁
起伏的琴键向着天边
弹奏出一排排向上的音符

两朵金边相遇的云,在音符中
一次次融入天空之池
在内部歌唱悄然的雨意
不移动,不停滞

而人间的半条彩虹
悬挂下一张七色明信片
代号隐姓埋名 ,祝福没有表明
俗世的夏恋正接近尾声

水面浮动着清澈透亮的眼睛
它们最近被反复歌唱过

蠕动的双唇歌唱今天的大雁
也同时歌唱秋天突然的空白

麻车塘序曲

麻车塘的蛙声把清晨抬高了一点
车水的咿呀咿呀,像赶鸭子的节奏
整个八月,至少有十天是慌张的
烈焰复眼的六边形里旋转,判定
它是一只穿着高跟鞋的行走海妖

干旱让土地心甘情愿开裂,允许它
偶尔诞生一个善意的谎言
一个大水潭子却自古静止
投石问湖,回声深不可测
厘不清它的流动、走向

麻车塘,洗衣裳,白衬衫上染苔草
守住这柔软的白、陈旧的白
塘边,人们正处理来不及腐烂的番薯
倾倒的声音里有很多养分
在水底,现出了池塘来年的
一角新颜色

失落的花开（外五首）

● 高　菲

用什么来点缀这如洗的夜！
一江秋水？一抹新月？
还是一场失落在外的花开。

假如生命是一场修行,
我愿是凋零下的一点红。
薄弱在夕阳下,绵延着最后的一点香,
那香只为你！
为你相思,为你留恋。

留恋生命,慈悲人生。

泪　眼

思念如斜阳,凝望着春天的忧伤。
风在远方,呼唤着花开的声响。
那声音带着些疑问,挂在月落的堤上。
请问："今夕是何年？何年如今夕？"

在这寂静的夜里,岁月虚空着缠绵的情,
增进着山中苍老的梦。
那颗孤傲的心,带着长空万丈的青影,
流失着一点一滴的思念,
伴着檀香一片,眷恋在窗前,
轻轻地想,轻轻地望……
望着星辰,望着思念,望着你我含泪的眼!

斑驳岁月

你可知,我喜欢海的声音,
因为它藏着我的记忆。
此刻,一轮满月静静的。
它在浩瀚的星空里流浪,
守护着漂泊穷尽的忧伤。
然而,轻怜的岁月斑驳了花季。
那就挥手离别吧!
带着一段静默的时光,
带着生命里最谦卑的柔软与单纯,
在这将暮未暮的夜色中,
凝望生命,膜拜光明

岁月的安排

星空,流浪着野菊花的温柔,
在这个梨花带雨的夜。
婵娟,渐渐地爬满了窗檐,趁着孤独,
惺忪了流年的双眼,
一座城的心扉,记忆,退却了繁华,
却苏醒着淡水青烟的烙印。
然而,时光安然。
人生的起伏有致,何曾被主宰?
唯有遇见,
才是岁月最好的安排!

信仰的开始

亲爱的宝贝:看那西窗外,
一轮晚月静静的安睡着。
月光,一半倾洒在窗边,
一半柔软着你憨甜的笑脸。
世界如此辽阔,唯有你,安放着我难耐的心。
让这岁月蹉跎,清淡着心境,逆袭了青春。

亲爱的宝贝,你可知?每次拥你入怀,
总会被那一阵阵悄然袭来的暖意打湿心扉。
或许因你太柔软,亦或是我太多情。
亲爱的宝贝,此世生于你,
不知是要保护你,还是你来这一世,
要渡化于我。

"一花一世界,一叶一菩提……"
原以为,修行是一种信仰!
却发现有了你,
才是我,信仰的开始!

明净的希望

是谁,在这迷惘的星空下,
落花般的偷走了冬的寂寞?
是谁,在这山峰江影之巅,
苍老着月色,颠覆了孤独?
又是谁,在这孤独中,
浅薄着命运,贻笑了尘埃?

然而,那情愿化成遍野的孤独,
何曾被封锁?又何曾被辜负?
假如,人生可以选择,我宁愿是一朵。
在现世澄清的一角厮守黄昏,
在柔软流苏的晚霞中,
追寻那一抹明净的希望

骑楼老街(外二首)

● 瞿 炜

这骑楼,颇有点儿像搁浅的船
在历史的沧海里摆动了一下身躯
然后就不由自主地在城楼下抛锚靠岸
说是南洋归来的男人们就爱这样沿街而居

楼下于是摆开老爸茶,铁观音的香韵
能让那些匆忙的脚步停一停,望一望
正在落雨的天空,骑楼正好可以遮挡
满街的叫卖声,双皮奶用的是闽南的口音

骑楼下的店铺里,应有尽有
修葺如新的老字号,托着从前的福气
屋后的戏台上,琴音柔曼,悲喜交集

在这里,百年的故事如这骑楼般层层叠叠
就像一个快乐的人与更快乐的人相遇
欢快的节奏也如同那忽来忽去的阵雨

椰树林

在文昌,有一片走不到尽头的椰林
绿色或金色的椰子,挂满了枝头
可是熟透的椰子据说从不会砸伤人
因为椰子核里有一双通灵的眼睛

老黄牛徘徊在田头,发出哞哞的低吟
椰树林外,烈日炎炎,却不闻蝉鸣
走进椰林你会发现,还有百年的村庄
更有耕读世家,代代相传于书带草堂

转角处,忽见抗日将军郑庭笈之墓
这草堂的主人,原曾浴血奋战于昆仑
坟前的天地开阔,野菠萝长着莲花的心

椰林中,斑驳的光影里有自然法则的见证
焦渴的午后,不如来享受这里的凉荫
那饱含清泉的椰果,就是小路尽头的人生

火山石斛

火山石遍布的山头,种不了菜蔬食粮
人们翻开石头,却还是石头
没有土,没有水,像一个诅咒
呼啸的海风里,依然能听到万年前的火光

黑色的火山石,千疮百孔
像一张张愤怒的脸,表情狰狞
没有人知道,其实它也万分柔情
只是千百年前喷射的火仍然叫它惊恐

苍绿的石斛却能给予它慰藉
这是最近才有的发现,在海口施茶村
这里的石斛与别处不同

因为,沉寂了千年的火山石
蕴含着丰富的养分,它们都给了石斛
就像爱了一千年的情,忽然被唤醒

繁星满天

夜始丰（外九首）

● 陈雨珂

她把黄沙藏在心底
抱了月亮入怀
新来的柳条浅浅
拂了拂，她轻轻笑
胭脂在她的眉间晕开
变成一只花鲷在游
被晕开的涟漪钓起
溅跃出几颗星星
孩童在她耳边嬉闹
掠过光的斑点
低垂的眉眼
都是少女心事

秘 密

趁火还没烧起来
快跑！快从僵直的身体里跑出来
别回头，棺椁不是归宿
嘘，只有我知道
你还在人间

隧 道

四脚蜘蛛在溶解，变成光点飞来
那是可感知的原罪，给你迷蒙的诱惑
往事做了主张，在车窗挂上几帧画
你挥开自己，惘惘然略过
花生嫩土鸡蛋，秸秆新衣炮仗
来不及有想法，日头摇醒你
哦，还在路上

共 食

烤个空气
烫了吹口风
淡了撒点叶子
红枫是辣，枯黄是盐
择一把碧绿做葱，香菜也可
鸟雀聒噪着想吃，就一口

隔壁的油菜花

油菜开花，荡一个涟漪
划出轮廓后，聚散成湖
托起稻草扎捆着的精怪
献给春天金灿灿的高腰裤
蜜蜂扎堆来回，嘴里甜味不退
清风作梳，偶落的青丝顺载
出门游历的小虫，热气裹挟音浪
不在意蚂蚁饭否，翻不过山头

角 色

白天是个面具，罩住所有
路人把心事塞进肚子
留到夜晚敲打，凑不成歌
只隐约听见水声，在静静流

礼 物

路边围着两排绿，高高矮矮
也有其他，用色大胆的花

不理会北风的尖酸冷嘲
托歇脚的四喜,捎口信说
这是掌管四季的神明中途睡醒
再送我的一路春天

新年计划

掸去蜘蛛网住的旧痂
倒掉无用的杂想
熟人立在桌面
往事放进抽屉
收拢零碎的善意
在原罪之下喘息片刻
攒一棵胡杨,种在酒泉

故　事

外墙上贴翠绿的小玻璃格子
这还是洋气代表的时候
有人送我纸折的青蛙

我带着,在有蛛网的楼梯拐角
遇见一只酣睡的浇水壶
上头长着铁锈,已经无法对话
我负气下楼,站到平地花坛边上
张手让秋风带走我
秋风摇摇头,只拿去折纸
转交给一九年的夏天

路　上

大步走路的孕妇,一嘴鱼的鹈鹕
都在生活里游
凉拌菜开在银行隔壁
塔高不过新建的楼
老黄牛吃草间隙看看过路人
轻雾是留白,飞高的鸟儿
是扑棱的直线拉长进度
目光作笔,用连轴的山
框出一幅水墨画在动
而你我都是墨点,与远山相容

在百丈漈，想起白沙河(外三首)

● 倪宇春

是谁家巧妇
织出如此绵长而不绝的
白练？像一卷流动的经卷
亮亮地悬挂在文成——
帝师刘基故里的额头
并发出隐隐的摩挲声

与高机和吴三春的织杼声
遥相呼应。在白沙路
在我的乡贤刘厚庄的故里
千年横阳古道岸边

十里白沙河
千年水悠悠

是她们都有倾天哀怨吗
向着时间的长河抛洒出
亘古不绝的清泪……

红果之思
——题画兼赠诸诗友

夜已深不可测

留下的一口芳馨
在另一个世界的火焰山坡上
她热烈地燃烧着
而最火红的那一束
在天界将一群人迎候

那颜色,是取于罗曼蒂克家园
有着向日葵花的定力
远比海子先生的山楂花果
更富母性的慈悲,煎熬成
一泓乳汁,超越时空
大地嗷嗷待哺

在秋的钱塘南岸
在音乐细十番环绕着的
楼塔镇,她必将深邃
而又超越千年万年

在雁荡的低矮处

这片潮湿的清流在雁荡
在大荆的西山之东
微微地展现她的笑颜

在她的腹部
一半站满魑魅魍魉
另一半,在夕阳的淡然下
慢慢褪去了光泽

在宽广溪面的对岸
溪钓者已被浓浓的山阴笼罩着
在岸边,一位黑衣钓者
大半晌手握渔竿
背着雁荡大荆的山庄
以及我这位异乡人的俯视
他躬身向着含羞的半溪
俨然成了墨色垂钓者的雕塑
夕阳把这偌大的溪面画出
阴阳各半

慢慢消融在黄昏时节的
山村道上……

身　影

踩着歪斜的身影
向着不得不去之所在走去
可忽然感觉:离心向往的地方渐行渐远
仿佛每行一步,内心之野马
却至少在倒退两步

我干脆掉过头来,向后转
去寻找那坎坷的回程

过去的踪迹已无处可觅
那隐约所见的蛛丝马迹
已被去日太多的尘土覆盖

我努力想按我曾经的步履
那训练有素的正步行走
不管是回顾,或不得不继续向前
但那歪斜影子依然无法走上
正确的轨道

秋风一阵接一阵地吹紧
满街的尘土飞扬,草木摇晃
小楼与高厦的影子
竞相交杂着
一切凌乱不堪

身影在行进中倒斜在水泥街道一侧
有时被飞来的汽车碾过
有时被汽车尾气唾液横扫肆虐
更多的时候无端地
被高贵的皮靴踩踏着
终于,天上又是乱云飞渡
阳光更是希落模糊
影子缩成了一团烂泥
委于街头路边

点 一 盏 灯（外四首）

● 陈东升

裹着黑夜,裹着城市的风
无法推迟的时辰,无法拒绝
倾斜的夜色,倾斜的月光
华灯初上
一盏接着一盏,一片接着一片
灯光是地上的星光
星光是空中的灯光
夜有多深,黎明就有多厚,不用等多久
人群披星戴月,行色匆匆
相信他们归心似箭
相信他们回家光明的脚步
世界递过来一半黑暗,一半光明
这样的公平让人放心,让人赞美
让人对生活重燃信心
人生孤单
请相信一定有一个影子与自己形影不离
人生漫长
点一盏灯在心中
重拾勇气对困苦的搏斗

空 巢

在高处
搭在茂盛树梢之上
有一个黑漆漆的鸟巢
鸟巢是空的,小巧玲珑,离地八丈
时光里的幼鸟早已长大,远走高飞,不知去
　向
只剩下空巢孤零零地接受日晒雨淋,接受
　日渐破败
曾经这里鸟语花香,叽叽喳喳
曾经这里翅膀扑腾,喂食嬉戏

曾经这里是热闹又温馨的家
伴着每一次翅膀的扇动
他们都离别在了时光里
一棵大树无法留住变硬的翅膀
一个小小的旧窝也是
我忽然间思绪万千,久久不能平静
想起了故乡的老屋
人去楼空

清寂的风

清寂的风
寥寥无几地吹着
昨夜的雨打落了一地的红杜鹃
风吹花瓣,聚了又散

住院部的病房里
收容了尘世的疾病、痛苦和无奈
嘈杂的呻吟声
来自不明状况、来自肉体、来自骨头的白
我的耳朵里有一堆火药,一团火,还有一根
　导火索

穿过医院悠长的走廊
尽头是巨大的落地玻璃窗
窗外
有清寂的风
有花草轻微摇晃的影子

今夜我驮着自己的梦

今夜我驮着自己的梦

繁星满天

风翻过小院的篱笆
摇动一棵苦楝树
月光下,坠落一地苦楝籽
等我的脚印过处,把苦嵌入泥土
开着黄花的丝瓜比白天安静了许多
没有蜜蜂的嗡嗡声
也没有蝴蝶的纠缠
我只看见它们拉长的影子,静默如初

远处,稻田里的蛙鸣声压了过来
那边的稻草人一动不动,沉默不语
今夜
我也是一个稻草人,我也不想多说一句话
想起我活过的前半生
想起我匆匆的青春
想起我两鬓的白发

风,灌满了我的衣襟

艮 塔

戴着斗笠的老渔翁
从明朝走来
白发,长衫,风霜满面
他收起钓竿,伫立岸边
凝视着浦阳江,和一江远去的背影

七级浮屠
是高高的桅杆
丢失了船和帆
鱼儿轻轻地向他道别
一会儿就消失在碧波中了

长空下
周遭的事物有低矮的秩序
他孤耸入云
守望了家乡五百多年

莫斯科一日(外四首)

● 蔡启发

我已经想到了向日葵的样子
与它昨夜未到机场,就开始孤独地飘零
在莫斯科郊外我不必怀疑
过去的艺术行走
和自己积攒多年的飞行模式
就利用:
用葵花盘,举托的异国的夏季日
唯一一次被流落、散失
撩拨的事件破败一样
渗到的一些,总有掩遮不住的无故
这一次,我已经走得很远
我把很累两个字翻译成俄语
就会不被一时理解

已一夜,未洗漱的牙齿挂满了齿锈
就用防晒霜涂抹曾经的唇痕
坐在候机大厅的椅子上
等待一场漫不经心的莱蒙托夫
寂寞又忧愁
就像找回了与一朵花的对视
诚挚的来,将自己搅拌得意兴阑珊

高加索流放的七月

高加索的七月有点清凉
朋友提醒:到那个地方要准备好枪
我一个哈欠睁开眼睛

想:我准备的是一张嘴巴
就用他们的伏特加以及高粱

在高加索眼前的大陆架上
旷野上空还有美女的奸笑陪游风光
在这透凉的风中
车到莱蒙托夫决斗的纪念塔前
圣约翩想一八四一年七月二十七日
真的有一杆枪,对准了一颗诗的心脏

今天是二〇一九年七月二十七日的早上
一群中国诗人站在阳光
无泪的阴森下,聆听俄罗斯故事
民族诗人莱蒙托夫休假后的决斗场面
流放后还未回到军营,就将一腔热血
沸腾在这里的野外和暗算之上

回不到一八四一年

七月的老枪,藏满着火药味
锈迹奔跑的高加索城区
没有人知道我心中忧伤的纷至
说沓来也是没有
看不清故事情节曲折
只有这样的蜿蜒
语言的苍白
寻思着离奇的失落、纳闷有什么用处
雕塑的公园也没有被人忽悠
骗了谁,作决定性的时候
又有谁能把这
无助的失约,荣归于
莱蒙托夫的家属。音乐的流动
根本就不是心在流浪
枪……凭一杆枪,就扣动扳机
再说决斗有什么用?
闭嘴的背后,嘭的一声谁在道晚安
多少女人,让世界空虚
我们,坚守誓言
这高加索的七月二十七日已回不到一八四一
法则之下,我们让言归于自然

卡罗明斯克庄园的花

我以心野不宣的走近
在秋风萧瑟中掠掠旌
生性吝啬的风吹草动
无时无刻
在我的眼界触动着:
节奏快、感觉新的高频交易
说三十分钟
或者给你半个小时解决
只能先是采一朵桃色花来热热身
再是一朵一朵黄色的迤逦
我就有了
橡木树下啤酒花回味的微醺
就不敢在花前再停留片刻
和含苞的花蕾里所做出的任何脸红
掸一掸胸部,打发时间
风景虽好,却不是我要的留停
拍一拍庄园的屁股
清楚看到人们还屁颠屁颠地走着
而我如溜了油一样
摄下容颜后,在清风的额头上亲了一个吻
在不采不采的念念有词中
头也不回就起身

夜色中的熊抱

这是在列宁的故乡
那把靠背的椅子也已涌动
我照样可以吃着夜酒
喝上生啤,哪怕衣兜没有俄罗斯铜钿
酒力也许就是我唯一的辨认

青涩的热血,已经沸腾
准备好了和列宁一样革命
被开除,差点儿被除名
或者被席卷
此时,只装一股格勒的心情风景

坐在喀山,鞑靼斯坦包厢

繁星满天

凉飕飕的夜晚中心
与其说与松木的板桌
松木的凳子,展开角逐
不如说淡黄色的酒花,疑似
性感的潮汐在簇拥

不是抱一抱,我就越来越年轻
只因,人生泪沾臆有情
我想为诗的熊抱贴上标签
让谁都感觉到
青苹果的胸部已经发育、成熟
并且将它转载有诗意的拨冗

告 别（外六首）

●朱碧璐

这不是渴望
因为梦境还没有形成
尽管我们来自两个相反的极端
一个是脚踏流沙的逃犯
一个是乘梦飞翔的武士
尽管他们有时会在暴雪降生的刹那
重叠
企图攻克悲剧的齿轮
但梦境的胎盘薄如蝉翼
哪怕浑然不觉投出的两束质疑眸光
世界便碎裂成
一沓沓无边无际的
盐

请你离开

请离开这里
戴上你红白的面具,慈爱的私心
带上你假媚的困惑和隔着栅栏的激情
请你背对阳光
你弓起墓碑的背脊,和你指尖划下的那座
　岛屿
它们背叛了你

如果没有信仰
请你离开这里

带着你的黑暗
和黎明

于 你

于你
我站成一口井
用深幽包围深幽
用黑暗包围黑暗
用冷冽包围冷冽
你触及不到我的顶
我触及不到你的底

于你
我站成一只鹰
用桀骜不驯做姿态
用孤独依仗的反面,为规范
我在试图征服你
用自由
用不安
用冷静

太阳的脚趾

太阳将脚趾伸进我的嘴里
我痉湿的舌尖

像蜗牛搁着炭火
蚌儿软糯的身子温存沙棘

海,鎏金的大海
裹着时间的囊肿
沉入下一个轮回

我舔舔太阳的脚趾
啊,多新鲜!

花　开

我在等候你手中的花开
羽翼在轻柔处卸下一点寒
暴雨的暗幕袭来
我倒下
用躯体盖住一世的峰峦
可预言倾斜不了热爱
北往的人们
呼吸着欲从开始的洪澜
不住地回望
林荫之间　疯一样的鬼魅
书写爱情的谜团
卸下这空洞与魅人的荒原
捏住
我在等候你花开的山泉

盛　开

手电筒打出三束光
一束
冲碎了忠诚回望的目光
她撩起大红欧纱绝迷的裙摆
推开
欲纵还休

另外的两束
她们跌落在
悄悄放行的牧羊人的背上
音乐和幻觉
还有隔空喷射的湿嗒嗒的白莲
卷走一行绿油油的绒毛
静候于低语的棕池
盛开

目　睹

那个时候
昏黄的月色
沉默在油纸伞的顶头
我们隔着灰色的夜
像两盏稀疏的灯
照向一条注满雨水的街景

你却没有在我的过去
将我掠夺取尽
你知道灯影的快乐只有一夜
它们等待一场剑拔弩张的盛宴
你应该抛下碎裂的头颅,
目睹这一树雪松被焚毁
燃烧殆尽
唱出灼热的挽歌

光明已来
一切都没有发生
我只好看着街灯熄灭
让正直覆盖它的血肉之躯
献上心的俚语,
光明已来
我要带着六本书,一副战甲,三个故事离去
不看一眼
我丢入泥潭的背影

蓝星花（外二首）
——在我最孤独的时候，我总是凝望云天（张枣）

●艾 菲

永不消失的树影在天空下摇摆，
缝补着裹着心脏的毛衣。
毛衣竖起来，
一只燕子飞越雪地，
啄着雪的影子，失迷于蓝。

树枝坚定地向上举起
被人们仰望的云朵，等待西风
吹散昨日尚未坠落的轨迹。
燕子的裙子
真漂亮，像旋转于我手上的蓝星花。

像雪一样的蓝星花
倒入瑶池里会坠落吗？
深沉的轮廓
是我们试图返还的方式，
为拼接蓝一样的你，
燕子永不失信于天空，像我们
手牵手
互掷我们的名字。

骰子掷疼我们，那年冬天
母亲也同样拉疼我的手：清晰。
燕子如今已向南，蓝色花
在本地反复盛开。

没有什么高于蓝色辽阔。

室内：远方虚无

一个虚无，我们曾是，现在是，将来是，
永远是。

——保罗·策兰

绿灯终于看到了我，搀扶着
矮小出租屋的陈旧砖块，睡意
倒在浸染着霞光的玻璃门上，白色衬衫
略微松弛，从中窜出的细腻影子
松开了指针，风景被卡在途中。
镜中的浮肿，是从大海处
远游归来吗？若不是亲身体验久远，
胖：怎低于吻的密度？
小巧的比喻绝非偶然。他疲惫地压向
　　床单，
在他的背面，天空撕开云雾的面纱，
雨水瞬间如两块湿润欲坠的墙块：房子
　　虚无。
像摇摇晃晃的你，我在空房子里计算距离。
但，脑袋早已渗满枫叶的气味。
在这样一个值得的黄昏，她的红裙子
有点旧了，我记不清
这是你何时购买的，如生活的秘密被抛向
　　大海。
你可能不知道，醇香的空气
疏通了我们。
梦中，你指鹿为记忆的困兽，我们便
生出花斑的四只脚。褪色即永恒，

隐于雨水背脊,荡着彩色的步伐,
向着永远的未来,向受困的掌心走去。

湖州:空山寂寂

像倾斜的笑,我望着一枚蛋黄的太阳,
它无声地滚落空山,而你停于片刻的身影。

仍留下回忆的余温,我为你寻来彩色体验。
是真身!握紧这友爱的地名,像汗液对
体肤的指认,一些蓝色的热珠,
如一堆海贝壳,闪烁,
闪烁,在闪烁中穿透了整座城市的马尾。

咦,你有另一方口音,如驳壳枪射出
人们眼中的虚弱口气,探问更多谜语。

彼时在此地要交代清楚,
问清你是向青草祷告的人?
夜消融于夜的掌声,细小逸事初现端倪。
你不停地擦拭着脸颊,苕溪河堆满了杨
　　柳叶,
挤破你一方稳健的步伐,你困于即逝的
　　日子。

别急,谁踏着暮雨的烈马,雕饰了
冷峻的峭峰,谁便会将青山归还失主。
像一支挽歌。是我们金色的嘴唇。

天光与自证(外二首)

● 一　宁

因于一只鹰爪
我闪亮的皮肤与沙砾不容
睁开眼已是高空
兄弟们坐在地上看云霞
看飞鸟,看光晕,顺便看我

鹰喙的下缘正对我后脑
不能背过头去
不能暴露仅存希望的双眼
我的名字,身份和来世
夹在第三四节肋骨间得以保全

匕首咫尺可得
我可以最快的速度恢复自由
无视冷空气的诅咒
无视风中隐约亮起走马灯
往上,往上,鹰最柔软的腹部

啾——松爪之前
云雀围成一道深渊
我听见一声鹰唳划破天际
像是送给我无翅之人仓皇一生的
一曲唱晚

天　使

月亮煞白

楼下有孩子的欢笑
真好,真好

多想让星球再多转几日
重新验算一遍劫数
即使并无必要

冥灯会慢慢亮起来

繁星满天

墙上的影子终将消逝

至于记事本上的名字
祈祷之人,很遗憾
这只是个形式

遗忘你们
就像烧掉一盏走马灯

重 阳

路颠簸。褪色的马鞍上了油
你在月光下裁剪桂香

银器轻锁着腕骨,有岁月沁肤之凉

你说有谁活得过山水
就讨来一叶竹筏,兀自搅动清波
一圈一圈地数,不食烟火

可山水也有崩塌干涸之日
鸟的无力,是久久看不见陆地
人间高处又剩下多少真空

今夜纪念什么,就会遗忘什么
你重新盘起高高的银白发髻
一路碎步,焦心的模样如此迷人

一株狗尾草反复指认我的籍贯(外四首)

● 李统繁

流水像我们的祖先
在河道上完成短暂而朴素的一生
被石头绊倒的时候疼痛真实有效
生活凶险,游鱼在水中修行

残冬过后布谷鸟暴露自己的行踪
鸟鸣代替喧嚣和钟声
阳光很吝啬,风凝视着拇指般大小的村庄
回忆照彻一个人幽暗的内心
乳名,成为我们最容易错过的部分
一缕炊烟成为绝唱,耕牛郁郁寡欢
渐次退出人类的视线

河流发着低烧。久治未愈的乡愁像一次
　　难产
一株狗尾草携带着不为人知的忧伤
反复指认我的籍贯
我在落日下替自己难过了一回

清明,是我们无法回避的冷抒情

雨有足够的耐性使我失去耐心
三月,空气是潮湿的
露珠凝重。每一根羽毛都携带着大地的
　　悲悯
婆婆纳睁开蓝悠悠的眼,亲密如异形

太阳是个无用且自私的昏君
天空倾斜,人间失格
鸟鸣身后又是一场及时雨
清风从不问候流水,落叶抛却了鸟雀的
　　孤鸣
山野失陷。半遮半掩的古寺披着袈裟
低低地走过尘世。一步莲花步步如来

时间虚弱。雨倾其一生兑现一个顽固的

预言
清明,是我们无法回避的冷抒情
满地的碎银如同来自另一个世界的回信
死去的人像野草被风吹着
倒向深褐色的泥土

落日是一件脱釉的瓷器

落日沉重,加速时间的钙化
晚霞如成片釉色脱落。乾坤缩小,时光
　褶皱
被层层打开的瓷片露出幸存者惊悚的眼神
身体的内部仍保留着水与火短兵相接后的
　纹理

大地睡熟了,风吹起了山歌
八角楼吊脚楼都是最忠实的听众
古龙窑拨开眼帘——
且看三折飞瀑一夜白头
古戏台上两个五岁开外的孩童在尽情比画
　拳脚,笑声落了一地。
神龛上香火不断,神灵安祥
碗窑或是祖先遗留在山坳里的一件旧瓷器

黑色的兽

身体里有一座移动的峡谷
消失在寂静里。黑色的兽在夜里咆哮
要把整片黑暗给撕开。喏!眼泪的存在只
　是证明
悲伤不是一场幻觉。我们善于制造华丽的
　骗局

时间是一个容器。在不断的相遇和错开中
又是一个故事的结束和另一个故事的开始
时光的缝隙里万物朝着朝阳露出了笑脸
所有赤裸裸的美怎么看都像一场葬礼
落日在肩膀滑落。白鹭翻飞
播种死亡的种子,她的泪水和乳房
只是两个词之间狭窄而细小的间距
爱与不爱都将是一种伤害

生命,就像一场永无休止的苦役
当记忆陷入新的颤栗
风在制造孤独和狂欢

时间是一件不会过时的赝品
——兼致灯下为我织毛衣的女人

她是除了我妈以外愿意给我打毛衣的人
我和她没有血缘关系。孩子管她叫妈

时间是一件不会过时的赝品。
在人间,我们认真地爱着或老去
针和针交错的时候,时间被固定在窗影下
当中她反复用了一个动词作垫脚,
把松散的日子箍紧。宏大的内心消融窗外
　的月色
人间阴冷。她和我都是孤独的剑客

嘘!杯盏里的月光已满,我先干为敬
躲藏在身体内部的关节炎,认领自己的
　疼痛
漫不经心也好,剑走偏锋也罢
我们在人间有一截令人羡慕的时光

花好月圆床（外三首）

◉ 谢健健

卯榫结构提供了某种稳定
那时新娘子还很小，很轻

在花好月圆床前，我见她
轻抹腮红，照镜，梳长长的头发

庭院外，一双婚鞋的声响正在靠近
红烛晃了晃，月光就映昏了罗帐

灯火熄灭后，我们把
黑暗中换衣的女人叫作月亮

赋得自君之出矣

自你走后，村庄寂静
偶尔听到马蹄，便会点灯

我再不去鼓弄破旧织机
时间的绳线没有针眼，纺不出新衣

想念你的时日，抬头看月亮
它正花好，如思念，亦无声

爱一个人是月亮的心事
上半月丰盈，下半月清瘦

阔　别

一片沙丘上铺满了青色
敦煌的月亮
突然从我脑海中的一个夏夜升起

为了来找我
它在鸣沙山下爬了多久呢？

乐游原

越临近黑夜，人越不安
哪里有光，便往哪里走

万物都是我失落的手足
一辆小马车，送我登上原野

整个日入时分阳光灿烂
没有人在意树影增长

那些日子都是很好很好的
只是后有黄昏，华美而至上

在易县(外三首)

● 西 卢

远远打量荆轲塔的时候
我知道我来晚了
我的身体里
早已磨没了年少时的悲壮和凛然
这半生我抽烟喝酒爱看美女
几乎一无是处
甚至有时就像燕都古城里瞌睡的小贩
连孤独都是颓废的
站在易水河畔
我亦没有了临渊羡鱼的向往
只是倚着一棵老树看一位垂钓的老人
确切地说
是看着他在夕阳里,极其平静地
把钓上来的鱼
一条一条
又放回到蜿蜒曲折的
易水河里

星空下的帐篷

天黑以后,父亲用塑料布在碌碡旁
支了一个简易帐篷
躺进去,我成为大地的一部分

没人偷未及运走的麦子
更没人偷露水潮湿、草虫鸣唱、充斥
场院的麦秸香

半夜醒来看见星光趴在面前
它们真矮,矮得无法比喻无法寄望
无法隐藏消失和流逝

它们只是星星
满世界那么多颗,抱着地上
幼小的一颗

中秋月

母亲说过,生我的时候
正赶上一场百年不遇的雪

是父亲靠一把铁锹铲出路,从四里外
把一位小脚接生婆请到家

他们总感叹,这么多年
乡下再没见过那么大的雪

这么多年在城里
我也没见过那么大的雪

中秋,我远远地看那个月亮
月色厚厚地铺满人间,有雪的光芒

合欢树

可以把等待当作叙述的赘言
与罗曼蒂克无关

更多时候,那些粉红色的伞不过是
多了种修辞的背景

傍晚来临,所有对生的叶子注定
慢慢抱在一起

日复一日。即使再大的风雨
和虚无

就像每个黑夜,我拥抱着我的影子
每个黑夜,天拥抱着地

替 身(外四首)

● 王爱秋

落日拉长江水的影子
古铜色的钟声经过我们,它经过
每一个人

至少,在短暂的一瞬,一个人
就是一座庙宇

万声寂灭,一些亲人
就再也回不来。我们
继续悲伤与欢愉
替他们活

而那些春天发芽秋天落叶的树
码好体内的石头
像若干年后,我们的替身

绿绳子

一根绿绳子迅疾滑下
从灰色墙体。响尾蛇般

我用它打结,捆住泥土和东风
每下降一次就升起一块土地

我们撇下中年的苍茫
一座城的凸凹和暗物质的唳气

在一根绿绳子的两端
我们仿佛抓住了春天

流浪汉

那年在济南,黄河边
我遇见一个流浪汉
他赤身,披一块透明塑料布
像一只丢了外壳的蜗牛

我别过脸去,他从我身边经过
嘿嘿一笑,突然裹紧那层水晶披风
一溜烟跑远

那年的国企如同玻璃碎了好多
我是其中破碎的一片
流浪到母亲河身边
我看见河面上,有我赤条条的影子

我没有逃,我必须沿着黄昏的河岸
走下去,才会看到黎明

咀嚼闪电的人

词语有光
云与云碰撞

那个咀嚼闪电的人
以苦为甘
你隐藏火焰、星光、雷电

寒夜瑟瑟发抖的

迷途的生灵,看见这光了吗?
(加热或点亮)

终将会变成明亮的部分
——你是灰烬的……

我相信你所相信的

你说草木有自由之心
在黑暗与光明之间,色彩透明

你说星星是流动的火焰
而我们藏有灰烬

你说人是一条狡黠的河流
我们必须成为大海,方能纳百川

你说灵魂的闪电,照见心灵幽巷
喂养血的词语才有灵魂

你为你所信,颠沛流离
——我们互为倒影

旧面孔(外二首)

● 李庭武

总有一列火车隆隆开往过去。一些
旧面孔,如玫瑰
我爱静静端详他们,几朵萎蔫的,因为注入
　　泪水

而顷刻鲜活

所有的蒙尘都是因为
久未打理,而渐渐凋落的尘沙
风会还原事物的本真

我只在乎离开枝头的那些旧痂,被刀子砍
　　去了头颅
我爱静静端详他们
也爱惊雷,和滂沱

北　斗

仰望,常常认为夜空
有一张难以捉摸的脸
冷冰冰一堵墙

偶尔也有一颗流星,急匆匆打个招呼

一把勺子
舀出几粒温情烛火

无论你张不张口,就那么一直端着
盛到你面前

文火慢炖的一勺子
不能就此低下拒绝的头
一旦低下,就是一场夜雨

我仰望
是因为一口口慢慢吞掉
那全部的星斗

梅花与铁

如果说梅花附着于梅枝上,打死不信
梅枝脆弱、柔软、易燃
从任何一个角度,梅花都是飘曳的火

零落,也是一粒粒迸溅的火星

曾邂逅一个手执梅花的人
问何以从铁树上截取一枝
他说,用以焊接一截折断的骨头

愈发相信梅是铁做的,只有铁

配以承载雪的灼烧
把一枝梅读作一串铁花,略懂梅的外延
常常被打动,一根英雄的情肠

梅树下,那个带刀的人
只低声问,为爱情,还是接骨

稿 约

一、欢迎抒情诗、叙事诗、散文诗、诗剧等不同体裁的新诗创作,欢迎诗学理论、新诗史探、个案专论、文本解读、史料钩沉、诗坛掌故、诗人访谈及域外译作。

二、欢迎自由体新诗,也欢迎格律体新诗,尤其欢迎自由格律体新诗。

三、欢迎与新诗建设有密切关系的中国传统诗学、域外诗学专论。

四、抒情诗一般不超过30行,叙事诗一般不超过200行,长篇抒情诗和长篇叙事诗不受此限。

五、来稿文责自负,本刊保留技术性处理权。

六、本刊人手有限,一律不退稿。凡来稿三个月内不见录用通知,作者可另做处理。

七、本刊只收电子稿件,来稿邮箱:
18969025677@163.com

八、联系电话:0571-88083536
　　　　　18969025677

扫二维码进入《星河》

征订启事

大型新诗丛刊《星河》于2009年创刊,全年四期,国内公开发行,每期定价49元,全年起订。需订阅者请直接和本编辑部联系。

电话:0571-88083536,18969025677
邮编:310012
地址:浙江省杭州市天目山路浙江大学西溪校区内

在科尔沁草原驰骋(组诗)

◉ 汪剑钊

科尔沁草原上的蒙古栎

四点五十分,科尔沁,
草原涌动,恰似潮水漫过我的胸口……
名词携手动词,挣脱形容词和副词的束缚,
撒开四蹄,在草原上驰骋……
美啊,如此丰满！如此辽阔！

那掀起少女裙角的晨风
同样会抚摩曦光中的每一株野艾蒿。
黑夜尚未远离,它还逗留
在鹅卵石翻动的漩涡,——
日月同辉,罕见的天象昭示某种吉祥,
蓦然,我看见一棵挺拔的栎树,
在草甸子秘密的铭文上站立成丰腴的感
　　叹号。

迎接曙色的栎树出自本能亲近天空,
波浪似的锯齿叶在八面来风中任性摇摆,
但从不迷失自己的方向。
把根须深深扎进贫瘠的粗骨土,
活着,就需要穿透钙积层的封锁,
需要与身边的马蔺草和地榆和睦相处,
需要背负寸草苔丛生的绝望,
需要复制石头的沉默……

我伸展筋骨,扔掉知识的空口袋,
弓起僵直的脊背与腰肢,
匍匐,向一棵蒙古栎学习坚韧与谦卑,
领悟审美的辩证法,
美啊,如此高蹈！如此隐微！

在科尔沁,六点钟。

草原是一面绿色的镜子

草原是一面绿色的镜子,照彻
都市人灵魂的忙乱。一只鹭鸟衔起信仰的
　　种子,
飞向山峰之外的山峰……
风景肯定高于诗人的想象力,
晚霞随意甩动鳞片,直抵月亮素净的内核。

蒙古包是彼此独立的星星,闪烁
乳白的光芒,相互照映……
绿,绝非普通的颜色,
在特殊的气温下经常转化成行动,
代表无名的隐子草,对沙丘进行朴实的
　　表白。

珠日河,劲健的马匹久已不闻战争的狼烟,
它们困陷于栅栏,面面相觑,
偶尔在沉默中发出长叹似的悲鸣;
扎鲁特,乌力格尔传说中忠勇的仆人,
这威武的骑手抽动马鞭,溅起芬芳如蜜的
　　花瓣……
黄昏感染着创世之初的寂静,
山坡上,晚风轻拂夕光流溢的敖包,
在缤纷的风马旗中,一条蓝色的哈达格外
　　炫目地飘飞,
仿佛绿镜子的一道折光,
映现人类遗落已久的那本通讯录……

敖 包

呼麦在旷野上响起,仿佛
喉咙含着铁哨;幸运树低矮而粗壮,
绿叶稀疏的枝杈挂满祈福的彩条;
纷乱的欲望烙刻在石头的
缝隙,平铺在原野被焚烧过的灰烬上,
留下忏悔,留下对天堂的羡慕。
敖包的基座,男女对歌留下了误读的余音
……
远飞的雄鹰衔走草籽的梦想,
苍狼在旷野里悲声嚎叫;
祭拜的人群绕着圈缓慢地前行,
恰似旋转的一只只经筒,
积累水火风物的一件件功德。

础石与泥土垒起的大鄂博,
敖包只是小名,来自一首歌的普及,
韩秀英是科尔沁的兰花花,
至死深爱着英俊的小伙色扎布,
生命是疯狂影子絮叨的一则不完整的
　故事,
并且总会在白痴的口中流传。
倘若没有雨水欢畅淋漓的浇灌,
断肠的海棠就独自枯萎,
善良的羊群离开牧场就任人宰割,
听说达尔罕旗存有一块铮亮的磨刀石……
中年歌手不由得打了一个寒战,
走上崎岖的归程。

贫瘠的沙土埋藏着稀世的红玛瑙,
阿古拉嘎查的活佛目睹
天地相吻的奥秘,合拢了双掌,
仿佛就此捧起双合尔山顶那座纯洁的
　白塔。
互为支点的大小石头筑起上升的梯级,
彩色的经幡张开飞翔的翅膀,
敬畏长生天的露珠在青草上滚动,
一朵啁啾的锦云飘然而至,

揭开雾岚遮蔽下的真相:
所谓爱情,不过是善意的敷衍,
经济学为艺术加冕的仪式,
敖包呵,其实是人与神相会的处女地。

可可苏里的芦苇

九月,夕晖挽起轻雾在湖面荡漾,
抱团丛生的芦苇摇曳针茅形的小花,
挺直灰黄的茎干,伸长脖子
去望穿秋水,将自身作为永恒的对应物
来证明瞬间或暂时的存在。

可可苏里的芦苇是植物界的平民,
不能自由地选择自己的故乡,
只要有水和泥土,一点稀薄的空气,
就可以讨到朴素而坚韧的生活,
与野性的薰衣草、岩白菜和鳞毛蕨友好
　相处。

遍布湖岸的一族精通鸟语,
为沙鸥、野鸭和灰鹤提供栖身的场所,
哪怕寄生在贫民窟似的泥沼,
依然会维护红雁的坚贞和深情,
也不拒绝与高贵的天鹅交换纯洁的定义。

岩岛上的芦苇没有鹰隼的翅膀,
任性的毛絮就在低空模仿蝗虫与蚊蚋的
　飞翔,
穿越苔藓的冷漠和水仙花的自恋,
释放白桦与苦杨的欲望,
一半是丰满的葱绿,一半是枯瘦的褐黄。
卑微的生命总是作为背景而站立,
凸显秋色的苍茫与湿地的诡秘,
它们空心、纤细、憨直、脆薄、易折,
但拥有自己的大骨节,
在肃杀的季节坦然接受蓝天的祝福和白云
　的赞美。

额日布盖·呼麦与栈道

呼麦……蒙古的长调
犹如创世的飓风,刮过大如苍天的阿拉善,
戛然而止,尾音如同晶莹的水滴,
滚动,忧伤地钻进裸露的岩孔……
一声叹息吞没了另一声叹息。

停立在栈道中央,远眺
狮子与山羊对峙的罕见景象,
内心免不了涌起陌生化的冲动。
我听到沙棘草细柔的呼吸,
听到了踏碎恐龙骸骨飞奔的马蹄声。

远古的沙土与现代的砾石
偶遇在太阳底下,
它们似乎继承了海水的秉性,
湍急地涌动,在地表形成一个个漩涡,
内在的差异远远大于外在的相似。

栈道的尽头,峡谷蜷身钻入
地心。陡峭的岩崖,神秘的图案
不慎泄露了古生物的踪迹,
斜卧的层岩是经书的拓片,透过木栈道的
缝隙,传达黑夜的真谛。

弯曲的栈道,像一柄软骨的探测器,
伸向额日布盖峡谷的深处,
两侧的石壁纷纷倒退,显露寂静的原形,
为沉默的歌谣打开绿色的通道,
蓦然,从峡谷外面传来黑骆驼重金属的嘶
鸣……

蒙古马

马是草原上移动的风景,
将一个民族驮上自己的脊背。
当它们发力奔跑,风与闪电便是共有的
速度;
驻停,肩脊就成为一块耸立的山岩。

它们的沉默融入大地的静谧,
偶尔发出悠长的嘶鸣,仿佛远古的回声,
正如出自蒙古歌手的呼麦,
从喉管中吐出一长串金属的声音……

旷野,翻卷着绿色的火焰,
点燃海水似汹涌的晚霞……
一只苍鹰在高处盘旋,
蒙古马的精神开始在天空飞翔。

在科仁努都,与一匹马交谈

科仁努都,沙地,木屋。
一匹蒙古马被拴在树桩上,
它矮小,颈短,宽额,
长而黑的鬃毛骄傲地飘动,
时而踢腿,蹓步,旋转,
时而,无奈地望着空茫茫的远方。

我靠近,它并不躲闪,
仿佛见到失散已久的兄弟,
忧伤的眼神闪烁着一丝亲情
和草原的反光。

围场,乌兰牧骑正在演出,
业余演员与专业观众相互鼓掌,
歌声让落日更显辉煌,
浩瀚的沙棘地凸显布仁孟和兄弟的坚守。

一个小时零五分钟,
我扬头蹲坐,它俯首站立,
所谓咫尺恰好是一种准确的形容。
没有出声,但交谈热烈,
使用着同一种语言,
关于这点,任何人都无须诧异。

情思的流云（组诗）

● 陈蕊英

寻　梦

请允我前去太空里寻梦
梦在宇宙飞船的缥缈中

请允我前去山河间寻梦
梦在三峡大坝的电光中

请允我前去西湖边寻梦
梦在柳浪闻莺的歌舞中

生命绝唱

神秘的峭壁间，隙缝一方
古松横伸出葱绿的倔强

头顶是挂满针叶的星芒
脚底是咆哮深谷的波浪

雄鹰来朝拜，猕猴来欣赏
大山里有一曲生命绝唱

书　签

疏林里秋阳跳荡着斑斓
我坐在树荫中耽读诗篇

落帆的荒岛、羊铃的草滩
天使们驾云来弈棋聊天……

一片红枫叶飘在了书面

夹住吧！这一页幻美景观

江　南

堤头：柳丝儿鹅黄的雾霾
山坡：映山红野性的火焰

紫云英喧闹的浣纱溪边

有浣女在对水梳妆打扮

三月的春风真下笔非凡
点染出红橙黄绿的江南

石　桥

半个月亮般拱形的石桥
守尽了古镇的暮暮朝朝

沿河已辟成了星光大道
太极拳，广场舞，月上柳梢……

桥头的酒旗仍迎风飘飘
大河水也总是无语迢遥

冰糖葫芦

这冰糖葫芦是多么神奇
藏着我一串辽远的记忆

酸酸的、甜甜的童年滋味
又已在归乡人心头浮起

呵,你穿街过巷叫卖着的
可还能再给我一份欢喜?

丰　收

日出又月落、花开又叶飘
灵感的大野上播种、刈草

拔节的远夜里梦得缥缈
扬花的暖风中盼得迢遥

谷粒会有的,可切莫忘了
垦殖者有大爱,暮暮朝朝

归

日落了,高天游荡的行云
披一身霞彩回幽谷水滨

雪飘了,北疆啸嗷的雁群
穿越过草甸回南国椰林

岁暮了,天涯浪迹的旅人
手持着行杖推故园柴门

无　题

我心的期盼是一脉梦痕——
远夜,木格窗,亮一盏明灯

容我吧,承受这一朵温馨
像雏鸟依偎于娘的胸襟

可是我只能是孤帆远影
暮色里何处寻长亭短亭

老墙根

老墙根,母鸡来啄虫扒泥
老墙根,青藤来扎根抽叶

雷雨前,远征队在此集结
悲壮的急行军,一队蚂蚁

枫溪水长流着风雨晨夕
老墙根阅遍了苦乐悲喜

一朵晚霞

这门前河边的老樟树下
有你我慢慢变老的年华

屋檐下同听秋雨的飘瓦
小楼上同看燕呢喃枝丫

两朵朝云已变一朵晚霞
枫溪水却远去海角天涯

夏的魔幻

斑鸠在屋角渴求地呼唤
我的魂已颓入天的幽蓝

知了在枝头急骤地嘶喊
我的心像掉进大洋波澜

夏天在施展声音的魔幻
我成了凌空晃摇的纸鸢

古　韵

桂子的馨香在满城浮动
柳岸烟水间荡过了乌篷

当远影已没入荻苇秋风
孤舟的欸乃也渺无影踪

我穿过唐宋诗境的迷蒙
寻觅到悲怨的人性古韵

星天交响

芳香的田泥

芳香的田泥是多么可爱
它可有枫溪平原的气味

它能让种子萌芽又结穗
它能让旷野有绿色归来

带上一块吧,去跋山涉水
那芳香会让你获得爱到抚慰

野　草

岩浆冷凝后显一道奇景——
火山的骸骨里窜出生命

悬崖的隙缝处有它歌吟
它也为大路缀起了绿茵

卑微地活着,折断又重挺
火焰家族有倔强的秉性

流星和渔火

流星掠过了夜天的时候
渔火也已在大河上荡游

为了冲出天,流星才远走
为了摆脱梦,渔火随水流

一个违天道求彻底自由
一个随天道在晃晃悠悠

夏　梦

梦着荷花在残阳下掉落
梦着大地在霜风里萎缩

时间的河中船总需转舵
雪后的原上又红梅朵朵

那就让梦在循环里赓续
唱一曲不败的生命谣歌

炊　烟

一缕缕像蚕茧抽着银丝
抽出了迷离恍惚的心事——

有饭香,笑语,当暮色来时
有慈母,明灯,却归人迟迟

丝已织成网,网住了游子
故家的炊烟呵,你可得知?

钱江潮

潮渐近,沉着地渐近,腾跃……
浪喧哗,散乱地喧哗,迢遥……

摇撼着这座江城啊,大潮
迷蒙了这片江天啊,大潮

我听到地球在深呼吸了
我看到乾坤在浮浮漂漂

银　河

天野的星芒汇一条光流
能让沐浴吗,洗心中俗垢?

宇宙的飞船泊停在渡口
能代鹊桥吗,渡织女牵牛?

河滩的星沙净亮了双眸
能铺道路吗,邀嫦娥来游?

100

眺望八月之河（组诗）

● 吴 霖

眺望八月之河

我在枯瘦的河岸，眺望丰盈的八月之河
用银色的钓线，测量暮霭深刻的极限
至于八月的宽度，我将交给刺歌雀、短嘴鸦
　　和知更鸟
最后的乌云涨潮了，从纸页汗漫河岸
森林不语，羊齿草在清澈的细浪下
以美丽无比的笑容，仰望八月的晨光

鸟鸣的回声，掠过长柄锯齿的雪刃
时间如屑末，在未来之树下慌乱飞舞
所有的年轮都将接受细数的审问
给苦难抹点蜜，将幸福加些盐
谁也无法逃脱爱情的鱼钩
那圆满的委屈，和无法脱身的凶险谎言

感谢七月：飓风、暴雨、背叛，以及盛大的
　　双虹之门
感谢八月：晴朗、高温、歌颂、聒噪不已的
　　单调蝉鸣
感谢如磁铁般的语文，让我寻找叛逆的
　　渡船
感谢诗歌，一盏永不熄灭的灯火
即便微小如豆，也一样照亮陌路
最后，我要感谢热爱和仇恨我的亲人和
　　朋友
你们让我洞悉了生命的唯一
和伟大，在痛苦中淬炼铁剑
在孤独中雕刻剑铭

我想打听一朵云的下落

七月的幸福稍一丰腴，蕾丝花边脱线
花瓣散落，像无处可以回信的邮票
醉意的露水，从棘手的枝叶上号啕倾覆
一朵云升起，在老鹰的翅影下安然逃逸

托马斯河的激情在湾区突然迟疑
浪花打旋，小毛驴的花蹄踢翻陈旧的盐罐
认真翻看乡村地理，文字以及绘图
历史，我想打听一朵云的下落

加入晨祷洁净的行列，朝圣远行
或是在雷电的胁迫下站在乌霾的阵营
所有的流浪，都是在离开母亲和故土之后
拼命注释漫长的忠诚和背叛
形而上的情怀，抵挡形而下的粗蛮
至少，我想打听一朵云的下落

含咬最轻薄盐分的嘴唇、午寐的猫
以及廊下葡萄架甜蜜的投影
翻开的人生惊心动魄，无非起承转合
总是归结于可想而知的结局
一声无法将息的喟叹

一只、两只麻雀飞过圣拜伦湖

即刻到来的九月，将为人类奉献粮食
农田迎来年度的狂欢，汗水、歌声和收割的
　　飞舞

谷物脱粒,大部分被送入谷仓层层叠高
以粮食的尊严,倨傲历史和文学的下落
那些优美的灰尘,在光线中拼凑伟大的版图
小部分谷物,被铁质机器剥去坚硬的壳衣
在水中开始沉溺的旅行,直至抵达酩酊大醉
　　的终点

即刻到来的九月,将为少年奉献鲜美的新娘
琴弦上的祝福,悉数归于向日葵的金黄、瓦
　　脊的赭红、灰白的盐
萤火虫饱满热泪收集所有的芳香
今夜,星光铺满婚床,月亮失忆远方

即刻到来的九月,夏季的浆果汁液紧收,表
　　皮皱皱
在越来越深的秋天,开始图谋翌年春天色彩
　　的磅礴
籽粒疯狂,在落叶的掩护下飞行、漂泊
在无处不在的角落,推开秋虫的咆哮和絮叨
像散落的音符,纷纷投入泥土的怀抱

即刻到来的九月,一只、两只麻雀飞过宽阔
　　的湖面
翅膀扇动,正好俯瞰湖中的秘密
一座白雪遮头的山巅在圣拜伦湖底隐居
在寂静中不知时间地暗度岁月
哪怕有一点动静,比如鱼类的跃起、鸭蹼的
　　轻拨,或雨的伤心
都会湖面破碎,脱逸得无影无踪

托马斯河右岸一个灰色的下午

这个下午,我将写一写托马斯河的右岸
灰色的下午,恰如一张灰度刚好的纸笺
苔藓茁壮,青蛙漂亮和蟾蜍的丑陋一起声张
森林秘密的寂静此刻全部被鸟鸣占领
空气中有氦氖氩氪氙、二氧化碳,以及氮和氧
向日葵在开花之前乏味单调,生长野蛮
豆娘刚刚诞生,在波浪上惊怵着首次点水
蜉蝣已完成二十四小时的生命,纷纷死亡

一首诗的写作,永远不会按构思结束
要么戛然而止,要么略显冗长
节奏和气息如浑浊与清澈的波浪交替
河中的精灵们——鱼群在四季奔忙
即便在冰封时节,它们也集聚在温暖的河床
讨论春天,以及如何躲避候鸟侵袭的重大
　　命题

托马斯河右岸一个灰色的下午
小路被野草掩蔽,新生的阔叶缱绻,针叶
　　漫长
闪电用极其短促而明亮刺眼的字迹
在罗德山顶的天幕,草草写出简略的字母
随即雷声爆炸,用越来越高的音阶提醒:
伟大的诗歌,从来只属于爱,或源于爱的恨
当第一滴雨降落,灰色的下午失陷于无限的
　　苍茫

三个梦——致自己

第一个梦,我将成为母亲的儿子
独自穿过漫长的森林,紧紧咬住半粒粮食
我将尽可能多地认识所遇见的乔木,兼及灌
　　木和草本
高大或者低矮,古老或者年幼
喊出它们美丽的名字,如同母亲唤我的小名
当四季的风含着树叶吹出旋律
我会听到大海一样辽阔的悲伤和高山一样
　　措手不及的幸福

第二个梦,我将成为儿子的父亲
儿子,我的遗产,将是我的姓氏和一把蓬勃
　　的种子

第三个梦,我将成为一个漫游的诗人
捡拾大小不一的字、单词,负重前行
它们在河水的激流中洗尽泥垢、阳光下晒出
　　汗渍的地图
在花朵的火焰中炼制,被金翅鸟、知了和财
　　积的美声尽情诱惑
遵循万年的历法,在每一个标有年代的村落

以韵母为基础,设计词序的魔方
建起能透入光芒的玫瑰窗棂
此时,语言的层叠才彰显了全部的意义

当我醒来,欢喜和悲伤的星星跳入大海
谁的眼泪在凌晨簌簌无声,秋风横行
那美好的仗,从今天始

没有光,这世界什么都不是

粗羊毛旧军毯的桌布,桌布上翻开的诗集
被锻造的字密密麻麻,集结在一起的词句
园中玫瑰盛开,受命采蜜的小黄蜂飞越荆棘
在花香的曲径中,为回忆录存储初次的日记
晨曦的祷钟、正午发烫的邮筒和黄昏逐渐淡漠的墓碑之名
美女腕上的花链、弓弦喷溅的松香、蕾丝花裙的飞扬
托马斯河泰德角的巨石,巨石下的水,水中恋爱的鱼
楝、花楸、枫香、黑桦在四季的娇嗔、喜悦、悲痛和愤怒
田野上袒露的土地,从嫩绿、浅绿到深绿,直到灿若黄金
奔跑的奶花狗、迷茫的黑山羊、想念战场的红色老马
远山的岩石,岩石上闪亮的雪,雪上老鹰在俯冲闪电……

没有光,这世界什么都不是
为了提醒人类,上帝在每天的二十四小时中
赐以长短不一的黑夜,提醒眼睛、皮肤、身体和心灵
就像在短如朝露或流星的人生中
给人类以广阔的爱,同时也有芒刺一样坚硬的嫉妒、仇恨、贪婪……

周日,我细读二十页书

周日,我细读二十页书,或更多
让身体休息,将思想横七竖八累积在纸质的壁炉中煅烧
散发热量和喷溅哔剥的火花
当鲜花凋尽,一年生的草本狼藉横陈
木本们也华叶凋敝,坦露嶙峋的瘦骨
在预报暴雪将来之际,早春、盛夏和初秋娇美的笑颜
已然混乱不堪,溃不成军
它们撤退到人类最后的防线——书本的堡垒
以芥尘一样的花籽布阵
那些已故伟大春天们的子嗣
字迹坚硬、词义饱满、标点清晰

初版新鲜,疏忽少年无所畏惧的孟浪
修订版谨慎,胆怯的中年总是盘算敬语的毫厘之差
锯齿不齐的毛边,坚忍不吐鱼齿紧锁
被快意无限的时光,慢、慢、慢裁开
印数计算里程,曾经到达的最远乡镇和年代边际

苦茶与甜酒、暴风雪与朗晴、幸福与痛苦
距离微妙。很近!
不会厚过唇间的雪花、罂粟花妖娆的火焰、顿悟的一念
很远! 如海拔平均——峰巅和谷底跌宕豪迈的丘陵
对于文本,语文老师负责规范,诗人则承担语言运动的极限
从扉页后第一章第一行的第一个字,直至冒险抵达
最后一页最后一行最后的那个句号标点。

失眠者（组诗）

● 冰 水

靠 近

一只假鸟如何孵出一只真正的鸟
成为黄莺、山雀或者布谷

而后时间到达它的翅膀，它飞向一幅画
画中有一只真正的鸟

我们理解的真正的鸟，往往是
虚拟之物：它所触及的是我们的眼
它不能触及的是离开画面的事物
但它
可以飞，可以冒险

如果它见到的，就是真实的
如果我们正好路过，成为它安全的树枝
我们就是正在经过
虚拟的自己

如果有人在潮湿的画里生火
如果种子发芽，也同时在溃烂
所有这些，只不过是
一只鸟的迁徙

如同，有人一次次把火捧进水里

夏 夜

站在窗前。
她推开窗户、含羞草、甲虫。
她看见一轮上弦月。

她想象——寒冷蹑足进屋。而她
要生起一个火盆。
"但我并不需要睡眠，"她对自己说道。

突然，她觉察到
树影从窗边走了。"它离开，是因为
我接受了它，"于是她
笑了起来。

致群山中的她
——病中读吉皮乌斯

她的日子没有白昼。黄昏
在她倦怠的身体出没

光环和荣耀都戴着枷锁。她说，
爱，以及自己，"至死都无法抵达"

绝望是对活着的加冕——
如果侧身，词语裂片就会割断暗夜

但依然有寒气
吹拂着孤独

患病的阅读者必须脱离人间
才能接近人间，接近群山中的她

患病的阅读者必须
不停地抹去书中的灰烬，才能看见
焦虑与死亡，恐惧与罪孽

而现在她还病着,旁边站着
另一个病人

注:《致群山中的她》为吉皮乌斯诗集名

在张帅府邸,想起赵四小姐

模拟中他有一颗子弹穿过针眼
应声倒下的有旗袍、花冠,和粉色小洋楼
一个女人在斜阳里望穿秋色
高窗有盛开的丁香、洋槐、白玉兰

隔着墙,未填的新词都不属于她
隔着结局,白里透红的皮肤上住着金蝶
活着的人踮起脚尖
发出生死的喘息

一场未曾盛开的雨中
藏有失眠、偏头痛、心肺挫伤
藏有黄沙堆成的梦境,以及恍惚的马蹄
我
睡在她的身体里

前世会有多少个我在她的记忆里流浪
找寻身份,废话连篇
前世应该有无数个我,迷失,隐忍,
锻造因果

如果他是火,我就是来接应她的
那团纸

失眠者

每天梦里出现的那个人消失了
像狂风卷走一块白布。但他
一定在她的梦里更名改姓

她显然无计可施。她醒在
自己的梦里,幸福的感官
分辨不出失眠者的宜居之地

对于她,黑夜不是更残酷的白天
午夜的酒杯,定有她低估的
扭曲的响尾蛇——但它能否张开热眼
取决于她能否进入沉睡

她不能。她深知最好的睡姿就是
躺在虚空与浓雾之间。
她不断坍塌,不断失去意识
紧紧抓住"醒着的那一部分"

夜空下

喑哑的笛声自远而近,
夜色幽绝。
一只秋虫在槭树上打盹,
薄翼一张一翕。
浑圆的月色,带着印记的波纹
探入枝丫交错的芦花丛。

有孤独者的光芒靠近。
梦的语词,一尾小舢板
划进暗黑沙汀。银灰色渔网
裹住一枚金色细鱼。
水面送来迷迭香。

我们忽略这寂静中的静寂。
只有海草气息,缓缓倾身。
天空打开潮湿的盒子。
夜的深处。芦苇白茫茫
安静地凝视着我们。

致遥远

当我注视你——
星空的波纹,比岁月更古老的褶皱,
黑暗中伸展的线条,我的眼眶
竟装不下多出的空旷。

远方的你氤氲于我的名字之上。
让梦中的诀别,构造出
新梦:那些喧哗、疲惫、沉重、忧苦,

星天交响

那些取代日常生活的断章

生于火焰,止于灰烬。
没有必须遵循的古老契约,也没有
必须显现的经纬。我们的地理学
始终害怕着色彩的赋形。

那就让用流水重塑记忆。那就
让奔跑的风声改写身体里的春天。
那就喊出血液中威仪的君王,
一起观看不隐的星辰。

在纳木错

沉眠里,还有另一种生长
当牦牛在湖里濯足,马匹缓缓走下山道
纳木错,天上滚动的明珠
它的湖面呈现丰腴之美
紫色、蓝色、绿色,迷蒙的光带

你无法用一把藏刀断了前景
放弃无明的未知。纳木错,它是
散落凡尘的绝色女子
骑着飞龙。它的爱人,念青唐古拉,
正骑着白马
迎面而来。神和祭坛为他们让道

当你无法从俗世的情爱析出感动,

纳木错以一粒盐的尊严,保持不被冒犯的
　美好
——"天湖",它的明艳和圣洁
它的仙境和灵动,它的光和静谧

不去冥想十亿年前的兆始
它生长,它有真实的空旷
成为存在的另一部分
成为与湖水相伴的岁月的巢穴

雨夜读红楼

她创制了另外一个版本,
让剩余的情节与人世的喧嚣隔绝。

她开始专注于荒径之美,
灰色的辞句,从诗中分离出死亡。

她不相信石头有植物的性情,
那逼真的色彩一定牢固着
无须赞美的东西。

或者说——不吟哦,不诅咒
新枝就快折断。哪有鹊起的声名
与永久的伤悲对应?

合上这场梦。她躺着,
听睡袍里游戏着的雨滴走来走去。

一 乡 之 望（组诗）

● 王学芯

透过敞开的门

村庄里的门敞开
没有保险　没有眼睛　只有习惯和平静
蝉声像是敷在竹榻上的丝绸
居中而坐的台钟　独自
转动时针　从左到右凝望
起居室　卧室　厨房
像松开纽扣的衬衣　透出
澄澈的心理和安心

风随意地停留片刻　家什
在梦中擦净　轮廓线上的亮点
插销自动分解
珠帘里的空间
目光一直伸到深处的墙壁
歇息时　四仙桌上的烟和烟缸
杯子和白瓷凉壶中的麦茶
都在放心的位置上
净化透明的光照

这通透的午后　出现在过去
在一个静悄悄的简约年代
跨越了时间

养蚕室

蚕在桑叶上
从盘错小径靠近枝枝桠桠的山
越来越快生长的脊骨
带着身体膝盖和灵魂
默默行走

充满柔软而专注的耐心
眼睛如同日光浴中两粒细小的水珠
在草丛莽野里
日复一日
夜复一夜
凝聚一种永远战栗不已的气息
吐出亮闪的白丝

稳固进步的瞬间　魅力
融入蔓延的荆棘　在额头的高度
保持身体的姿势

而学会坠落　挣扎地爬起
缓慢而久久地蠕动　或揪心的颤动
坚韧的意志
从一条草径上
蜿蜒地转入起伏的山脊

喉咙里的方言

当方言碰到喉咙
移到嘴唇　道地说出土语
这一刻我仿佛是湿泥里钻出的树木
从空旷的田地里　接近
降临的天空

方言像熟透的谷穗沾着露珠
通向芳草萋萋的田埂　自在的感觉
种子在舌面上生长

星天交响

柔婉成为源泉
让我联想到的东西　蜘蛛毛毛虫和青蛙
动静变得更加亲切

而脸色在一口氧气中红润
内心的河流　被曾经一切隐秘的声响
形成了心情的波纹

密码一样的方言　如同头顶上
有片屋檐　自然的天空
云层中一片云朵飘向窄窄村口
浮动的气流　倏地
变成脉动的血

土　井

先是泥土　后是浆水
接着又清澈起来　像过滤的愿望
涌动的空间　幻想变真
一只提桶的泼洒
叶子从阳光四溢的田野里醒来

小孩的力气　是上个世纪最好性格
胳膊插入黏土　如同荷塘深处
拖动的泥藕

井被手指抠出了另一重天
在矮墙边的树下　像枚硬币有光
泉眼潺潺　涌入的云朵
变成一条条波纹
带着虹色

感觉幼嫩的肢体正在燃烧

而得意的脸　总在
桶和水中晃来晃去　田野靠在耳朵上
诞生一个人一辈子的记忆
绷紧的绳子　发出
骨头嘎吱嘎吱的声响

坐在谷仓里

坐在一座谷仓　呼吸
在我的呼吸里面　这一刻我同
所有的谷粒一样饱满
看飞进飞出的鸟
以光的速度穿过时光

我以自己精致的躯体
变成默然而毫无生存担忧的无知动物
排空了脑子里的一切

谷物变得抽象
形成指缝里可以流逝的微粒
没有饥饿的开阔面孔
使得瞬间
再也说不清自己曾是什么
或者已是什么　觉得我的骨骼和体重
在轻轻地天然生长

静静地坐在谷仓忘却了谷仓
我如一朵飘起的茸絮
可以直上天空

天空被远山一点点举起（组诗）

● 王文军

类似的事情

一群白鹅逆流而上
捕鱼的人披着落日的斗篷
在山影间收网
像一只孤独的鹅

扛着锄头收工的人
拖着长长的影子，趟过没膝的河水
消逝在不远处的村庄
循着他们走过的地方
我高高挽起裤腿

这是去年的事了，也许多少年前
就曾有过类似的事情
今年的河水，有些窄、有些清浅
两岸时有时无的蛙鼓和鸟语
简单、寂寥

多少年后，如果
还有乡亲们在我的身前身后
这样趟水过河，还有
安静的种子埋进我的眼睛，多好

越走越暗的阴影

越积越浓的暮色，让人想到大雾
一旦被它包围
跑得再快也逃不出它的掌心
万物不是隐居就是融化
就连村庄也丢失了

幸亏还有灯，像不慎落水的人
在水里挣扎、求救

疲惫的人，已倦于远行
却没有停下来
他们仍在跋涉，直到从遥远的天边
走回内心
才得到神明的接见
但他们究竟说了些什么
始终是一个不为人知的秘密

夜色变厚了，很多人还在路上
他们想象着天堂的样子
走得飞快，却是越走越暗
最后走成一个个阴影
像星星和灯火一样
在黑暗中耗尽一生

草

人类已经让很多物种永久灭绝
对于草，却始终无可奈何
即使石头缝里，它们也能存活
比山顶高，比坑洼低
一直向远方绵延，到天边，到永远

祖父是个农民
用锄头和草战斗了一辈子
他死后，草很快占领了他的坟头
现在，他躺在草里沉睡
草根扎进骨头里也不苏醒

星天交响

起风了,所有的草都弯下腰
也就是在那时,我才意识到
很多不为人知的内幕
草应该是知道的,它们不说
就算把它们按倒在地
也休想探听到半点儿的消息

在白桦树下发呆

我躺在白桦树下
白桦树长在山坡上
山坡长在草原上
草原上有草就足够了
还长着成群的牛羊

天蓝得近乎虚假
白云要是再低一点
伸手就能摘下来
那些悄悄溜走的云朵
一定受到了风的指使

此刻,一个困扰多年的
疑团,豁然解开
什么也不说,就这么躺着
盖着树荫,沐着风

我不知道这就是幸福
甚至也不曾知晓
你安静地坐在我的旁边
看着我安静地发呆

这些年

这些年,我远离了村庄、土地
但还是一个农民的样子
迷恋乡下的稻谷、月光甚至争吵
喜欢一身露水、一脚泥巴地
在田埂上走一走
村头小庙的诵经声
就是赞美诗,让我内心宁静

这些年,我知道村里的年轻人
纷纷搬进城市
住高楼,开轿车,泡ktv
过上了城里人的生活
我却一天比一天更迫切地
盼着回乡。那个村庄那个小院
那几棵老榆树,让我踏实

这些年,我在人间雕刻石头
建造花园,筑篱笆,绝处逢生
但我最喜欢的还是
在身体里种庄稼,并为一个中年人
找到回乡的路
尽管这些年,我始终
没有找到回乡的路

冬天里的朋友

砍完最后一棵白菜
已是日落时分
老榆树的叶子被浮光照出红晕
从天上回来的鸟雀
在院子里盘旋
叽叽喳喳叫个不停

这些小家伙,从来不会安分
即使梦里也要吵闹、飞行
我想起自己的少年时光
现在我已不再年轻
与那几棵老榆树一样
任由小生灵们飞来飞去
却一点不为所动

夜色淹没小院之前
我必须安顿好菜园里的
白菜、芥菜、萝卜……
它们是即将到来的冬天里
我最忠实的朋友
更多的东西我早已遗忘
搓一搓手上的泥土
黄昏开始变暗

每个人都有柔软的部分（组诗）

● 陈嘉奖

月　亮

我的女神　叫月亮
它披着面纱

月亮　月亮
是我背着你走
还是你围着转

哪里有难填的欲海
哪里就是我苦难的故乡

读史寻获

一只苍蝇
入侵我读书的领地
嗡嗡　嗡嗡嗡
如骚扰海岛的鬼子飞机

我不胜其烦
抄起书本
一拍

当我继续阅读时
史书上竟多出了
一个污点

故　乡

乡间小路尽是高低错落的石阶
无数间石厝生长
在同一块巨大的岩石上

眺望

每一条船都会画上乌黑的眼睛
每一具网都会张开敏锐的耳朵
渔夫的心
则被嵌入坚硬的石片
抛进无情惨烈的风暴

沙滩上搁浅的石子
吆喝着拉网的船歌
犹如一颗颗回游的心脏

大海背面

看腻了千篇一律的蔚蓝
万古不变的波涛
我住在海边
如厌倦自我的平庸
有限的才华
我日复一日地早出晚归

即使些微的变动
也能荡起心底的涟漪
比如下雨时
气雾笼罩　海被隐藏
仿佛只剩下一道画布

总以为
画面背后
一尘不染万里晴空
有场彩虹的爱情
岂知　雨的同僚
正策马追来

每个人都有柔软的部分

走进健身房
紧握横竖撇捺的钢管
有如握住一杆笔
重复地抄写同一个字

尽管吃下一罐罐动词蛋白
将偏旁部首一一操练
愈显骨力遒劲
可在那些结构夸张的肌块男面前
每每举不起一副自信重金属
我依旧瘦如柳骨

每个人都有柔软的部分
一直以来 体内多余的铁水
都被我倒入衣橱内
秘不示人

异　域

芒果金色 近黄昏
更浓稠的西瓜汁是晚霞
喝下它时 大地牛油果壳似发黑了

月牙比香蕉弯曲
星子即便在火龙果肉内也可寻获
风自远方吹来
魂魄跳跃在篝火上
你吃着一盘halohalo
我看着无边椰汁潇潇洒落
蓝色 自海平面挥发
乡愁黯然无光

注：Halohalo为菲律宾传统冰品经典，五颜六色，halo在菲语中有"混合之意"，发音近似helo，温馨亲切。

吃　鱼

吃鱼的时候
大人说
不可用筷子戳开眼珠
不然渔船会迷路

一旦船只翻覆
就有人追问
谁又将鱼偷偷翻了身

于是 盘中总剩下
剔得干干净净的骨架
而那对完好无损的鱼眼睛
仿佛还在眨巴
并随时能够洄游大海

不再像石头

摸爬滚打
江湖里
我变得愈发坚硬
而圆滑
精致如鹅卵石

回首那家乡的礁岩
仍在各自的位置
任事物冲刷
棱角依旧

谢谢你替我留住
个中固执

命　理

美国西海岸
我看着海鸥滑翔
成群结队
白色的 灰色的
不分上下高低

一个白人走过来
一个黑人走过去
斑马线
黑白分明

地摊上
东方八卦
黑鱼 白鱼
阴阳交会

行吟科尔沁（组诗）

● 宫白云

草原骑士

除了梦中，我终究与你相遇
在珠日河，在哲里木
在赛马场，在万千人的呼喊声中
你奔腾的马蹄跑出了整个草原
那是勇士出没的地方，你的另一幅肖像
打马在狼烟中穿过苍茫的墓堆
在刀的寒光与马的嘶鸣中
血的尘土与草的荣光
在这一天恢复了所有尊严

多少马背上的骄傲
被一把圣火再次点燃，豪气干云的战鼓
擂出天上的白云，献上洁白的哈达
扬鞭跃马驰骋的骑士
我呼喊你的喉咙，热得发烫
每一声都淹没雷鸣的群声
每一声都让天空颤了又颤
而你的沉默，犹如夜间的星辰
——马蹄孤远
带着火或者弯刀
夕光中的敖包

穿过光的瀑布，来到神的地方
千万株草用翠绿数着时间
横在草地上的勒勒车
羊群一样安静的白色蒙古包
缓缓的炊烟，通向山顶敖包的羊肠小道
这天上的草原掉在地上
落日像个老顽童与人赛跑……

石头堆成的敖包，这神的形貌
"一个被无限分享的源头"
在夕光中沉默
双手合十绕着敖包转圈的男女
转出三圈的虔诚

我听见风中的经幡在神秘的低诵
抛向高处的石子进入一种
幻象——一个灵魂缓缓走出
要去找回
仅属于他的时间新娘

草原篝火

在篝火旁才知道
原来人还有不怕火的一面
矜持的、羞涩的、奔放的，都在火焰旁
雪花般舞蹈

体内的音乐像火堆里的柴火噼啪作响
这可爱的荡漾
长生天照见的梦
跪拜月亮的人，一脸的精灵

推我到篝火旁的人说：快来尝尝火焰的滋
　　味吧
那炙烤，不要细说啊
不要细说眼睫毛的尖叫

在最终成为灰烬的地方
马在吃夜草

夜晚变幻着形象

科尔沁草原晨光

嫁的是蒙古人,却没穿过蒙古袍
更没睡过蒙古包
科尔沁弥补了一种缺憾
绝无仅有的感觉
像幻觉,被一再地幻想

直到黎明以格桑花的热情
挠我的脚心
倘若这是对爱的复活
它微小的亮光,唤起的甜蜜部分
像没有完结的音乐
来到唇边

就这样啊,一秒钟将另一秒钟填满
而天空一大块蓝布
谁的腰肢将它素裹——
风漫卷,人婀娜
整个草原,像一颗巨大的露珠
在清晨闪烁

当一轮红日从狗尾草上
冉冉上升
那山顶的敖包,仿佛一个信仰
被圣光注满

双合尔山白塔

在高贵的光中白得发亮
五彩的经幡仿佛无名僧的外衣
太阳为其勾勒金边

我望着它像望着命运的归宿

无论人生如何错综复杂
不久之后,我们都会从这个世上消失
去蒙受一个又一个轮回

坐在被太阳晒得发烫的石头上
想象太阳抵达石头时的暖和
石头承受阳光雨露的柔软
万物各得其所
时间归还它的影子

那重复的,正如神所要的验证
当白云端坐双合尔山
是天空抬高了白塔
还是白塔抬高了天空?

奈曼怪柳

草地上东倒西歪的怪柳
像死去的巨兽偶然留下的标本
昭示曾经的伤害
而蓝天、小草、蘑菇、马
是否神的恻隐之心
在消融一种迷茫

白云,在其上袅袅
提醒人类另外探讨自然与人性的方式
幽暗与明亮
破坏与创造
魔鬼与天使

星星与月亮同在黑夜
仰头,低头
都是自我的山水,当来这里的人
观看这些"风景"
然后离去,奈曼的怪柳
还在天地间浑噩

中年书(组诗)

● 肖 今

没什么可抛弃

此刻,我想到可怜的耶稣
把女人丢在一边,把死亡抛弃
穿过沙漠去耶路撒冷

我没有耶路撒冷
我没有什么可抛弃
我只有自己——
一具皮囊,灵魂的避难所

我不敢抛弃她,即使她在悬崖
她在断裂,她在传染
即将被时间的秃鹫吞食

重 物

与沉重的生活相比
陨落是轻,是易
如果你一出场就没有席位
干脆拒绝整个人生

不必细数埋在日子里的障碍
屏蔽日月无休止的轮回
不再看美丑同体的滑稽
用简单和短痛切断复杂

你看,这世界分分秒秒有重物砸下
砸疼涂满青草的枝叶,或砸出万道金光

风景交错

我眼睛里的风景
我心灵深处的波澜
你的脚步恐怕不能篆刻

你的眼睛能看到勤奋和奔波的我
你的心也可以想象泥沙般瘫痪的我
可谁的旅程中,两条生命线完全重合?

我们在途中偶然交错
也只能站在稍远的地方
你微扬的笑容里,海市蜃楼般出现
红苹果和旧荆棘

舞台和角色

世间有多少舞台束之高阁
曾经富丽堂皇,今日人工复现
唯不见咿咿呀呀水袖长舞的旧影

我们这人生多像一河之流
在每个水潭前,停留,旋转
却没有沉底的决心

别人的舞台,总有撤退时
自己的角色里,也有不被看好的景
天地翻覆,自然定律
永恒,便是冰火水三重奏

星天交响

一个人的墙

我像孩子一样划动船桨
主动把玩方向
任身后的眼睛默读我的背影

这走在平衡木上的背影
左手蜂蜜,右手青梅
腰间系着各方绳索,练就悬空的技艺
死神都嫌弃我啰唆与负累

他能在背影中读出什么
会是一堵结实的墙吗
一个人的墙
或许空白,或许挂满故事

耳朵里的田野

当夏天过去,当四周寂静,
那蛙声,那蝉鸣,依旧在耳畔
仿佛耳朵里住着一片田野
或者是一个森林
它们越来越热闹
鸟雀时不绝声
除了梦,什么都想占据

终于我鼓起勇气询医问诊
医生轻轻一看一掏
把我还给原声世界
——尖锐,清脆,响亮
一切都像金属或瓷器在碰撞
强烈的质感让我迷茫
原来我已习惯失真

雪

终于下雪,像一场电影

在宇宙中央连日播放
期盼她的人看她舞,看她飞,看她消逝
却没有一个人说,欢迎你回家
她是优雅的流浪者
人间再美也不久留

影 子

一束光可以从鸡蛋缝里钻出
却不能穿透我的身体
它将我扔在地上
企图让我成为自己的绊脚石
遭自己的践踏

倒在路上的我
和走在路上的我
像连体人
各怀各的心事
她们对光保留各自的意见

沙 发

几天坐下来
对沙发的体温已稔熟
甚至贪恋这发烫的暖
当我的脸靠近它
它也紧紧地挨过来
我这才认识一张沙发的孤独

女人相对

她内心似有一条拉链
对着我,两边缓缓分开
剖腹般却无血无痛
我也打开装满幽怨的口袋
搬动黑云和湖泊
眼睛卷起黄昏的潮汐
和染着夕阳的黄沙

恰卜恰的星空（组诗）

● 孔占伟

给巴颜喀拉的信

四季风雪，那是精美的白
遥不可及的沉稳里
镶嵌晶莹和踏实

人们说
白了头的巴颜喀拉
舒展高耸入云的诗意
金子般的照耀
天地万物生生不息

我们十分虔诚地捧起雪山来水
你看，连绵不绝的裙摆
植入过往的风雪云涌

我怎么也写不到神秘的顶
历史褶皱里堆积起来的
时光碎屑
想念巴颜喀拉上空的
那只鹰

我渴望描绘整个青藏
巴颜喀拉延伸的山峦中
精心布开
仰望约古宗列盆地的湖泊
像黄河，亦像长江
安顿世界的宽广

巴颜喀拉，巴颜喀拉哦
大江大河托着你
承载布满梦想的誓言
有多少事物已经脱胎换骨

告别巴颜喀拉
谁在掌控暗流与汹涌
谁在放纵黄河的桀骜不驯？

贵德黄河湿地

黄河湿地还有一个温柔的名字
千姿湖。搂在贵德的怀抱

弥漫着炊烟的村庄，跨越悲欢的混沌
当年的坍塌和突兀

泥沙俱下，凝望飘渺的远方
近看黄河似海边，赐予我们自由和辽阔

浮桥，深冬的冰，无法逾越的痛楚
岸上守望了百年的树木

旗帜，迎风飘扬的号角
森林般的手，人扛马拉的鏖战

春去秋来，河流也需要静养
婀娜的风姿在丹霞的臂弯里长成倒影

芦苇，连片的睡莲，山高水长的情意
天鹅、火烈鸟，把翅膀的消息传到高原

高天厚土，源远流长的歌谣
诗和远方栖息的温润大地，在贵德

过去和现在,同一条汹汹的河
你看过的和眼前的依然是同一条河啊

珍贵的河,善良的流淌
是智慧之手拉近了人与河水的距离!

今日简史

旷野用无垠拒绝了我
微风吹起草屑
卷起轻如鸿毛的一生
翅膀不讲究条件
在透明的天空拥抱万里清风
我的思想被色彩包围
蓝色湖水,湖水之外的草场
被沉默的波涛推到岸上的沙子
洞穿千秋的梦境呜咽
火焰安静如水
灰烬沸腾霹雳
妄想一点点收敛尘埃
山背后的空谷
敞开了飘向悬崖的门
岁月在透明的时光里藏匿
最终还要一步一步
走过潦草的人间

雪原上的牦牛

目之不及处
我看到了一团火
一团迎着茫茫风雪而来
如火焰般熊熊燃烧原野的牦牛
此时驮着厚厚的白
底色是健硕的牛背,脊梁左右摆动
深陷的脚印里迅速地落满了雪
走行走的方式一如既往
雪原深处的雪,草原如此辽阔
那洁净透明的晶体闪亮
沉稳的牦牛迈开稳重的步子
深入,再深入。这个已成的习惯
想象那一幅迷蒙的图

草地开始隆起,大雪持续飞扬
天地间飞舞的雪花
一律在牦牛的脊梁上窃窃私语
这是春意萌动的高原
雪的韵味已经是短暂的过往
是牦牛不懈的走动
把冬天背到了美好的春天!

青　海

高一点,再往高一点
青海就在眼里
格桑花拽着迷人的风
把苍茫的天空高高举起
古瀚海空蒙,歌舞连成片
用多少年的时间才能长出
飞过青海的翅膀?
昆仑长虹,马蹄飞扬的雪峰
可可西里盛产奇葩
三江源顺风顺水地流淌
青海湖沐浴着深邃的天堂
这里就是人类的地球上
最初和最后一座
生活的舞台

恰卜恰的星空

羊群走过山岗
牧羊人的吆喝声里
恰卜恰的星空
撒欢的往事呼啸

星星遥远无比
天空近在咫尺
就像在我们身边流过的河
树木　庄稼　草原和牧羊的卓玛
孤独地把守着漂渺的流淌

天地之间如此安静
我们整理生活的艰辛
我们经营繁衍生息的星空

蜻蜓拖着尖锐的火焰(组诗)

● 李建军

我与湖

在波浪声的叙述中
尝试应和起伏不定的旋律
芦花的白,水草捡起的鸟鸣
被白鹭的翅影轻轻移去

偶尔,湖面平静,波纹
像酣然入梦的罂粟花朵
我的孤岛挡得住风浪吗
扛来远处的青山和落日

在它盛满时光的魔盒里
汲取血液、教诲与创造力
于是,披上蓝天的战袍
驾驭着这匹马,这扁舟
……

石 头

填的路,造的屋,铺的床,垒的坟
满村的石头呵

它的影子
像飞雪,像泪珠,像牵引灵魂的白灯笼
让这个紧握的拳头
蜕变成出其不意的星星
它的语言是翻卷的麦浪,是我的一声吼
　震碎池塘的玻璃

油 灯

是撕不破的网,打捞行囊里的月光
是疼痛和忧伤
是粗粮、清茶和布衣裳
是与我一起流浪的苹果树
是锄头、越剧、石碑上铭刻的伤痕
是呼啸而来的乡愁

灯芯越来越短

一滴一滴少下去的,我的泪水

野果子

先有种子,是满山月光回归多情的故乡
是细碎的雨声,剪下梦的翅膀

后有叶子,在雾霾的刀山剑林中
偶尔露出狰狞的血痕

再有花蕊,天空孤悬的钟
敲不醒它寂寥的影子

而果子,是蜻蜓拖着尖锐的火焰
是牛的眼睛流出的忧伤

雪压枝头,谁来悼念这流浪者的亡魂

野山溪

几声鸟鸣像一枚针线
缝补了野山的喧闹
一支清溪,像无邪的眼睛
阅读沿路的巨石

它像一册未翻过的书卷
水珠跳动着新奇的语言
野兰花轻盈地绽放——
也是一种负重欲望的抛弃

从源源不断的上游中来
到一望无际的下游中去
这唯一的流水,让我放下,举起
像漂浮、倔强的草叶
拒绝一切的挽留与芬芳

四月的雨

四月的雨,一落起
我就忧伤痛苦起来
梨花桐花桃花开得欣喜
连麻雀的翅都沾上粉黛
而我的窗里却结满雪籽

四月的雨,流入海
我便汹涌澎湃起来
一尾鱼摆动千思万绪
整个天空满是漆黑的云
都是从我眼里溢出的泪

母亲!您的影子
在季节,在时间之外

村　庄

它像一口土锅灶
炊烟充满着历史的秘密
明清的飞燕,筑巢在
四合院消失的屋檐

溪流波光里的村庄
像一只飞翔的白兔
是一双沉甸甸的金筷子
是一片燃烧绿火焰的竹海

花枝牵出钢铁的耕牛
蜂翅舞动天空与麦田
播种风雨,播种深蓝的忧伤
蜜甜的诗,生产倾斜、深情的秋天
青峰仰望的月亮
像一只悬浮的红苹果
村庄是一把今生的剪刀
能否剪下来世的夕阳
它像炊圆,蒸在暖暖的河岸上
里面是大资本香喷喷的馅
像一张糖纸包裹着城市
笑嘻嘻地含在时间的嘴唇里

读杏树

月光和星点明的杏花
像父老乡亲亮晃晃的白发
爱这芬芳的泪滴——将大把的盐,撒进
谁深至骨头的伤口

斜阳与风射中的杏子
是摇动阳光的铜铃铛
爱这绝世的旋律——无与伦比的甜蜜
是乡村与人的盛情

时光与刀剥开的杏仁
是池塘里草鱼游动的眼睛
爱这乡愁的种子——像母亲额头的痣
在天空,闪耀麦穗的光芒

熟悉的风吹在脸上（组诗）

● 费一飞

力 量

大集在城墙下懒散稀疏
天空中飘荡着战争的阴云
死亡的影子随处可见
一条走狗叼着一根烟
慢吞吞地刷了一条标语——
有粮不卖给八路军
一行白字在寒风中张牙舞爪

可是天要黑的
第二天早晨
当人们再一次来到这里
发现中间被人轻轻一点
仅仅一个逗号
变成了一声号角——
有粮不卖,给八路军
整个集市顿时兴奋起来
所有的人都充满了力量

我断定昨晚
有一个诗人
路过了这里

老兵与鲜花

昨晚的战斗没有打赢
部队撤下来了
脚步沉重而踉跄
互相搀扶着跌倒
他们又少了几个兄弟

最后那个老兵衣服破了
脸上多了两道伤痕
疲惫和伤痛一起袭来
年级小的哭了起来
胜利比想像要更加艰难

太阳已经升起
他们还有很多路要走
这时那个老兵跑到了前面
弯腰掐了一朵早晨刚开的野花
插在他已经打完子弹的枪口
那朵花就在他的肩头
像旗帜般高高地闪亮
让所有的人都抬起了头
刹那间
队伍走得快了起来

早 晨

一个孤单的老人
坐在河边拉二胡
音不太准
让人想起西风刮过树林

河水听得很耐心
不紧不慢地倾听
听懂走过远路的况味
听懂忍受平淡的旅行

老人的曲子太老了
但那时候他还很小
人都是在河水的流淌中变老的

旧曲让他想起了年轻

只有几只调皮鸟跳到他的跟前
陪着他,在自己的琴声里
徜徉于曾经的时光
经久忘情

无 题

有一天下午
我专门跑到普陀
请教一位大师
怎样跨进庙门

大师跟我讲了很多
我似懂非懂
不忍心打断他,那么多
听上去很像哲学的道理

他的茶有点粗苦
我假装喜欢简饮
一直把苦涩喝得很淡
让他相信,我有点佛缘

送到门口
我又直接地问了一遍
大师,先出左脚
还是右脚

回 去

如果有一天
沿我初行的足印
倒着走回去
一直走到底
来到一条河的桥边
那就是我出生的地方

许多鲜花盛开的日子
已在我流浪中凋谢
归来时,想起我的乳名

两鬓已是落霜的景象

小巷早被岁月淹没
那棵香椿树却是个奇迹
竟还站着等我
用竿去撩它的嫩芽

熟悉的风吹在脸上
我听到许多熟悉的声音
曾经住在这里的人
从眼前无声地走过
一些人朝我点头微笑
然后消失在桥的那头

船 夫

光背,赤足
青筋暴突额头
撑住一条大河
朝太阳,逆流而上
那一腔号子
如血喷涌

呐喊,狂歌
扛住千钧痛苦
踏平惊涛骇浪
将生命,掷入激流
那一身胆魄
气壮山河

只有到岸时
才挽起裤腿
走进河妹的眼泪
倒在,杯中

秋 语

秋天的开始
踏过夏日的脊背
从后路溜进树林,草地
最后淹没城市的楼顶

那个日子已经远去了
我走的时候
没有向你告别
怕你沉默不语
让我找不到离别的理由
但我总要去寻找些什么
向北出发
去那边苍茫的风景线
打硬我这副南方的身骨
让血,在劲风中
像海一样汹涌
有淬火的感觉
获得一次脱胎换骨的重生
就像一个蜕变的梦
叫故事重新开始
风,已经有点凉意

上　钩

黑夜不再争论归属
太阳掉在河里
鸟救不起来
沉默无语地飞过
青草挂着相思泪
在雾里冥思苦想
昨晚虫的情歌

我从紫荆花下走过
呼吸空气
盯着水面
让鱼来钓我
很想上一次钩
拼命地甩尾
装进猫的篮子

北方的风铃

天空向黑处走去
缓慢得让人窒息
远道而来的人们
渐次散开,森林

甘愿沉默不语
只剩下我,站在路边
回望林中兀立的石塔
想起登到半空处
望到辽阔的孤寂
黑暗无声地扑来
我与每一棵大树,与塔
都不能幸免

风还在高处游荡
但已经很近了
凉意已经渗透骨髓
露出一个季节的霸气
我想要打开灯
让忧愁的身旁
有一只睁开的眼睛
陪伴正在走失的灵魂
这是即将沉睡的北方
不用关上门
到明年初夏
不会再有人来

这时我听到了风铃
从塔檐的高挑处
从漫长的岁月里
从深刻的寂静中
从树们的梦境里
兀自
叮叮,叮叮

残　佛

时间已经淹没一切
包括辉煌和惨烈
包括无数曾经跪倒的膝盖
以及虔诚合十的手掌
一切都过去了
香烟随风飘散
现在的样子就像历史本身
再也无法补缀完整
半垂的眼帘里

星天交响

隐藏着岁月的深邃
命运的不测
还有忍痛的慈悲
落日映照荒凉
鸟落到肩上休憩
弄脏了翩翩衣袂
草长齐腰,身陷腐泥
蛇鼠为冷僻感到快乐
而真相在遗弃中渐渐走远
没人想为扑朔离迷的来历争论
没人相信苦难可以超度苦难
考古者来过
偷盗者来过
除旧者来过
都留下了不同的残缺
然后一去不返,据说
残缺的部分
后来在文物黑市里沉浮
变成谎言,以及
可怜的金钱

天亮了

天又有点亮了起来
我喜欢早晨醒来时
看见天边挂着新的光明
有时只有一点点亮光
但够了,就像火炬的指引
后面的大部队将汹涌而至
直至洒满整个世界
照亮每一个角落
温暖每一个生命
包括我,知道吗
我因此成为新一天的主人
走进正在到来的阳光
呼吸晨间芬芳的空气
迎接盼望已久的幸福

天真的有点亮了起来
这是我狂喜的时刻

又一次送走了漫漫长夜
无比幸运地回到黎明
多好啊,那么宁静的早晨
没有号角和夜灯下的苦吟
完全告别这一切吧
就像回到了童年
就像仍在甜梦里
微笑着,知道吗
我已经回到了出生的地方
在我有点陈旧的屋里
听见孩子叫我的声音
竟然高兴得不敢相信

猫在瓦上

我一抬头
看见猫还蹲在老屋的瓦上
心里刷地一痛
往事顿时挤破回忆

我看着猫,猫呢
看着外婆坐过的那只矮凳
很久,母鸡已经走远
豆壳洒落一地

风

你用巨大的手
温柔地抚摸
我的全身
令我一阵阵动情
或者鞭挞
但你不停留

然后用同样的手
去抚摸别人
鞭挞别人
更多的别人
让我感觉
五味杂陈

给写旧了的爱情重新着色（组诗）

● 东方惠

爱是一匹沙漠里的骆驼

把你定位在生命最柔软的
部位。寒霜退步。风雨绕行
任一树繁花，日夜研读你的心声

花惜花，叶惜叶。爱是一匹
沙漠里的骆驼，载你载我，牵出
缠缠绵绵的一缕真情

不问彼此的路还有多远
只要牵手，再长的路也能走出
迷人的风景

走长了相思，走短了岁月
走甜了回味。像一条飘进梦中的彩带
连着彼此挥之不去的生活

给写旧了的爱情重新着色

如果能给写旧了的爱情
重新着色，我会用自己的热血
做染料，一遍遍刷新
再一次次保鲜，最后在心里
重新定格

我知道自己一点都不伟大
但我绝对愿意让自己的爱河
涌起更多更新的浪波。并在河面上
摇渡一条小船，载着你我

不管能不能摇进你的心里
我都会打上一个注解。我来过也爱过
然后让小船顺利靠岸，听听
你对它的感觉，是不是像我一样
有宠有懂，有疼有热

日子过着过着就短了

日子过着过着就短了
当夜抢劫了昼，月亮篡夺了太阳的
皇位，满天星星也不知深浅地
跟着附庸

太阳仿佛没有半点愤怒，也许
它更懂得，失去与拥有都是常有的事
它把所有的不悦放在了一边
看月亮的表演，最终能不能取代了
它的光辉……

日子过着过着就短了，而人生
在短下去的瞬间，看到自己也是一根
燃烧的蜡烛，生命中所有的替代
都在失与得中转换和延续

日子过着过着就短了，随之
短下去的，还有那些老化而又
锈迹斑斑的故事

别怪我把你当成一只小鸟

别怪我把你当成一只小鸟
总担心一只小鸟的翅膀是瘦弱的

担心你飞不高,担心你经不起
风浪的撕扯……

我的心,或许比你的翅膀
更瘦弱。你不该被我的善念所击伤
我所有的思想,都是包裹了一层层的
爱和疼,都是滚出了太多坎坷之后
捧给你的

别怪我把你想得太单薄,也许
你比我更强大。是我没看出你本来就是
一枚果实的核,坚硬而个性,内敛
而丰盈

别怪我,即使我把自己的心
裹上了一层自私的膜,那也是爱
衍生的孩子,渴望一个饱含爱的孩子
送给你一首平安的歌

诗句像种子饱满而坚硬

满脸的地垄沟,从来不
谈论农事。而流下的汗水
却照出从种到收的印记

阳光一粒一粒地说着收获
让农家的院落和房顶
像稿纸一样,写满新农村的话题

写得诗句像种子一样坚硬
白墙红瓦的村落,在乡村公路旁
站成时代的影子

大片的庄家,准备向土地述职
而诗和远方,在低下的
稻穗里提炼和构思

做梦都渴望收获的田亩
得到雨水足额的援助
向生活憨厚地捧出自己

一条古典的勾魂启事

一行诗,一条挂在钩上的饵
甩出去,就使劲儿地对一个人的心
尽显温情。十月的阳光看得很清
很清。而那条鱼始终没有出场

一行诗,一行古体的平仄
试图把一个人的心,也敲出
古典的猎物。而那个人一直在
一捆捆稻草上,躲闪诱饵

一行诗,一条古典的勾魂启事
在阳光下舞蹈,使出最大的诱惑
说出抛饵人内心的故事

把每一块柴火提炼成诗

像一阵风一样进入山里
所有的举动,都挤进了
鸟的眼睛、山菊花的目光
阳光清点着你的每个动作
看拾柴的你,比柴火更热

你把每一块柴火提炼成诗
在心里淬火,点燃心里的
那些生动的诗句。装上车
让所有路过的人阅读一遍
并从中读出,汗水的味道
也读出生命的意志和自觉

若这首诗,能使你的火焰
更高,我就是站在你生命
制高点的那一把助燃的薪
伴你一生,有疼有热,有诗
有歌,也有真情和美德

在低处收纳落日(组诗)

● 周西西

秋日饮金丝皇菊茶

大河之畔,我看见一座花园盛大
经年的流水向着秋天缓缓靠拢。好天气
从一支楚楚燃烧的菊花开始

适宜的温度里,丝丝暗香绽放,仿佛
所有的日月精华和天地灵气
都被金丝皇菊聚拢。看那些蕾
多么像一盏盏大地的灯,照亮村庄的黄昏
它们的呼吸,暗暗契合了乡间亲人们心跳
　的节奏
这些农村户口的花朵,把远近处的群峰
定义成忙碌的动词
它们含羞欲放的意义,远高于悠然的南山

且上茶,且上金丝皇菊茶——

菊香平缓,像朴素的日子展开岁月静美
金丝皇菊,这个好听的名字
这原初的爱与美之源,在低处的时光里
收纳了落日。只有它
才能以缓慢的绽放打开秋天辽阔
用隽逸文字,写下不朽的传世诗章

九月高悬,流水汤汤。花园盛大如远眺的
　海洋
在暗香蚀骨的微醺中,亲人
且容我以茶代酒,为你们献上深深敬意
并遥致问候与花骨朵般美好的祝愿

大蚕时节

那些叶子青翠,挂在低矮的老桑树上
扛着不锋利的锯子
给春风拉出一个豁口,喂养清白的日子

作为润滑剂的露水和星光,各自
从夜空滴下来。桑葚举起暗红的小小灯笼
在蚕们作茧自缚的梦境里穿行

爬出蚕蜕的蚕,抱着沙沙的雨声咀嚼
互相打探天气里退去的风,蚕娘的脾性
春天流水主义的誓词,念了一遍又一遍

蚕要蚕食最后的白云、日月和名字
在一个丝质的初夏寻找余生

这一夜月光汹涌。睡在桑叶上的人
通体透明,像一条蚕
比桑叶宽厚的绸缎,如湖面缓缓展开

在白荡漾坐手摇船

白荡漾的南风很薄,阳光也很薄
橹声又厚又重,盖过乌龟墩飘起的杨絮
灰鹭的叫声从林间次第升起

在船舷边,我划动手掌劈波斩浪,带着
晚来的歉意。水跃上水面,南墩之南
一片连绵的鱼簖沉浸在微微的颠簸中

一群人坐在白云里荡漾,确信
更多的光出自流水和草木,并不随波逐流
我们探讨元宝墩的面积,却疑惑于

如何区分这夏日的左右两岸
河水与岁月一起流淌,树木的根须紧紧
抓住泥土,像多年前悬而未决的钟声

时间流逝的证据,有的已经沉没
有的还浮在水面上
我没带走云彩,只私藏了几句越飞越蓝的
　鸟鸣

石埠头

鱼群游过石埠的时候,落日
被树梢顶了一下,回了最后一次头
青苔往上又爬半阶
水里的石头,比岸上的草轻一点
仿佛岁月搁浅。从来
没有人,能在石埠上大声喊出自己的名字

那时候荇草开在白云间
那时候,石埠头也是小小的渡口
很多远行的人,至今没有回来
石埠头有口不言,对着迟到的黄昏
吐出渺渺灯火
新的一天,仿佛从此刻刚刚开始
河流畅远,被自己泛起的微波蓦然惊醒

石埠咽下妥协的舌头
通向天边

梁家墩观潮

烈日如盛宴。钱塘江宽阔处
略小于"梁"姓男子的肩膀
一个呼吸的距离,目光跃过千堆雪
白鹭波浪形的低飞,仿佛异乡人
提着涛声洗盐

潮水扑上来,石塘化作无数游动的鱼鳞
乌云浮出水面
"我激动犹如大海",体内有小风暴
泥沙俱下。而他们善于怀旧,用一个土质
永不后退的地址,堵住岁月的缺口

我理解的平静,在身后
在目光最深处,提前升起一轮明月

麦子黄

一寸光阴一寸金啊——
麦子黄了,麦子枯了,麦子交出夏天的命

不值钱的东南风吹过,麦子落了一地
草像人一样站起来,伸了伸腰

徐来亭

时光辽远,借一座亭眺望
盐嘉塘在背后流得平静
没有河水重新回来,有的人走过也从不
　回头
微风穿膛而过,旁边草地绿得小心翼翼

徐来亭简陋、通透,像一把
插在土堆上的大伞,遮不住斜风飘雨
在慕名而来的人眼里,它高于目光
而小于想象,要把它归类于象征还是抒情?

清晨,第一缕响亮的阳光插入徐来亭
石头和流水,这天生命理不和的对头
刚刚握手言欢。省亲归来的燕子
立飞檐,借用风磨剪刀,裁取春色的布匹

集市喧闹,徐来亭孤傲而清寂,像一个人
隐藏心事,抹平峰峦起伏。倾听的表情
仿佛在呼应河面的汽笛和鸟鸣
风从远方来。徐来亭见证每一段流水老去

黄秋葵

在我家乡,一到秋天,这个姓氏就长势汹汹
比如秋葵,姓黄的秋葵
漫不经心地绿,正儿八经扶着阳光往上爬

它在身体里蓄养了数不尽的白色小妖精
我操起剪刀,修剪与之不匹配的早晨或黄昏
为它重建新的生长秩序

修不修剪,它都在那儿,领取雨露、空气和
　时间
一朵又一朵粉黄的花,悄悄地,盖过了春天
它们这么小,竟已怀上枯萎的决心

与王二夜行在湿地公园

在夜晚,我们所持的黑暗基本是一致的
细微的差异,在于
你的步子略微快一些,但起伏的呼吸
会缩短两者的距离。风吹过林梢
在树木间穿梭,像抒情,带着湿漉漉的口吻
强调,每一颗新绽的嫩芽
都叫作春天

我们惊动的几双翅膀,已经消失在天空
暗地里生长的草木
暗地里抽枝,举着秘不示人的安静。这时候
只有类似于神的声音
从星光里落下来,引领回到煤油灯里的村庄

风落进草丛,低低地吹

我们有互相沉默的寂静和孤独
仿佛素昧平生毫不相干的两个人,从身体里
抽出各自的月光
像风那样没有回头。当某个时间段悄悄合拢
白日里被燕子修剪过的枝条
微微抖动了几下

桑与桑果

现在,这里有沧桑的雨水
风吹走鸟雀
如果忽略泥泞的脚步,你擦过桑叶的身体
那声音,就像蚕在嚼它的叶
蚕在嚼它的五月,蚕食最后的光阴

桑条枝递上绿的桑叶,和红的
紫的桑果
(桑果是桑树上多余的部分。)在等待的过
　程中
它们逐渐变成白色
你盯住了看,仿佛这是雪做的桑果

采桑叶的人一头扎进桑园,没有看见身后
桑树微微抖动了一下
哦,潮湿的五月。一绺白发垂下来

与蝉为邻

它们搬家来那天
把我从薄如蝉翼的梦中叫醒
每一声嘶鸣,都要飞离自己的身体
点燃空气中的火焰

每一声鸣叫都相似,每一声相似的鸣叫
都挂在树枝、耳畔和云朵边
我尊重这些邻居日以继夜的热情
在几近沸腾的喧嚣中,我只提取自己的声音

穿过田野（组诗）

● 若 水

前江村，坝屋村，东浦农场。这是一路的
　田野
招引我
这是接受阳光而不是沿途消遣
这是一次转身和膜拜
这样一个昔日生长着炊烟，和老水车消失
　的地方
祖辈的手指
在一片洪荒之上开拓生命的疆土
哪怕是荞菜果腹的日子
天是蓝的
流水是清澈的流水
那时，风从海的堤坝那边吹下来
一直吹
在午后的天空，在一个人走向麦地的尽头
留下它的印迹
就像这个下午，我穿过的这片田野
一定有一些野菊在燃烧
一定会遇见觅食的麻雀，惊慌地飞过头顶
落在那边的屋檐
和在一颗草籽，留下过往的时光
和在那边的土坎，留下一株榆钱的身影
被风吹动

这是个多么单纯的下午

风吹过树梢，风从海堤上大面积吹过来
不留死角
这是个多么单纯的季节
大地用所有的叶子和耐心，长出更大的
　青色
这是沿途派驻的西蓝花
它的纯粹，一直不断强大的青色
吃下整片领地
这是下午两点的我，不问南北，不辨西东地
　闯入
让眼下的抱怨，变为寂寞
以至于被完全围堵以后，找不到一点退路
这是个多么单纯的下午，像所有的生长
从视觉听觉都一齐消失，我同样被它
毫不费力地吃掉

午　后

只适合玉米地，蚂蚱，和秋后的阳光
只适合一小段时光，打个盹
梦里的人和事，风一吹就都散了
风吹着，几片叶子飘落下来，一忽儿眼前
一忽儿从前
这是怎样的一个轮回
仿佛一些记忆碎片，一并都从时光隧道
　赶来
它呈现，旋转着
我无法躲避

以为，这是繁华将尽。风寒了，草木变薄了
以为这便是世态
要在这个下午，在我处身的坝屋村
突然静默下来

光与影，静默下来
西边的河流，像一个人顾自赶路

它有自己的孤独尘世
而眼前,一群低头觅食的麻雀
它们的惆怅
和我在一粒玉米里流浪多么相似

故　土

尘埃都已落定
天空里,看不见有半片叶子落下来
路的两边是枯草
踩着破棉絮一样的感觉

此前,树上长满了想象的叶子
桃李开花
众鸟归林
可以有诉说不完的欲望

此前,比这更早些时候
一个从一粒谷子剥出的时光里
男女相爱,月亮害羞
随地抓一把草也能说上大半天的
悄悄话

现在,故土离我而去
没有人问我在找他们其中的一个人
甚至没有人问我从哪里来
晚风不给我指引方向,被称为野草的植物
覆盖了全部的过去
活着的事物,正在我的身体里生病
失忆

愧　疚

半山腰人家
被树和竹子遮挡。声音,和过去的岁月
也被掩在里面

风雨光顾这里。树木和房子一天天变老
心慌。像一天,我们单膝跪地
从一垄滥田里取出蛙鸣,谷粒
和脆弱的雷声,来安顿我们漫长的一生
重返故园
一头牛死了
没来得及痛恨一根荆条
一头牛来不及痛恨
就死了
与一万朵桃花落地
有着同样的愧疚

里垄谷

一个就要逝去的村庄
墙塌下来,像患骨质疏松的那位远亲
一只手扶在夕阳
风还是要继续吹破窗户,吹尽一万朵梨花
落地
可是,太阳还是每天从东山升起
村头的油桐还是五月的花期,不比往年
晚来几天
而那些啄食的麻雀会更放肆些
吃着地里长的谷子,并不担心下一顿的
　　饥饿
要立即提上议事日程
而我们这些游玩的人,也多少偏激于落寞
荒芜更喜于葱茏
衰落更比于繁华的意义
进入无人的屋弄,想象如风拂枝荡
拽住一根墙草也会唏嘘半天
溪流婉转,叮咚作响
天上的云朵是从未有过的白
听落花的声音
以此来打发一个下午的慢时光

穿越时间的一束光（组诗）

● 周天红

半山月

你在村庄上行走
那半山月是一帘围幕
看见朦胧的影踪
像一缕炊烟抚过额头的感动

月如水
在花的彼岸
在望不见你的时空
那些月光就在半堵墙上等候

多么简单的诗行
也许被一只蚂蚁或蝶儿叼着
跑入梦的空洞
那一枕绣花

或是吊脚楼下的流水
还有谁能把时间翻晒
把一盏灯读到厚重
一瞬间或一辈子的香浓

风破墙

风就穿破那堵墙
风就过了那座房
冷月一轮
寒意上窗
来来去去的你
是否被一粒尘埃感伤

走过那条石板古道
一缕残鸦声里
有谁在细数窗外的月光
一双影子已经老了
路上已少有人来人往
一朵花终要凋谢

许多事还未来得及记在纸上
风冷了
风还在吹过那道山梁
岭上无霜
只一杯残酒
温暖梦里他乡

屋檐下的鸟窝

把记忆囚牢在低矮的屋檐
一个鸟窝
时间是那个永不翻新的巢
炊烟在童年的飘
一瓦井台
一次离家的呼唤

母亲在缝补谁的破棉袄
在那道山岭
落花已飘上谁的花书包
一只鸟落在树梢
看见自己破碎的脚印
山花红了，秋红落了

和谁一起记起冬雪的味道
一只鸟

一只鸟留下的鸣叫
而窝只是一个梦的符号
让自己无法抹去离家的一秒
醉在半山腰

一轮残阳的渡口

想拥抱一片月影
却是一轮残阳尘封的渡口
多少残阳尘封了时间的去路
没有船
只是一波水把影子拨弄

路上莲蓬还是你来时的舞动
唱山歌的人已经老了
就在一间房子里
守住一盏灯火
那缕炊烟还飘在梦中

航标紧握手心
把想象的人儿抛在夜的虚空
也许有人许多人喊渡
只是一个时间的渡口
听见彼岸和风

时间的出口遇见

在每一次车来车往的停歇
在每一个街口听见某一个人的呼吸
想像在时间的出口
遇见每一次心弦的蹦极
知道自己是醉了

在一堆火和酒的味道里简单梳理

慌乱的过去一朵云和霓虹的距离
在音乐爬上杯沿之前
一瓣花,一根管
弹奏一片影儿的离去

遇见,只是一次想念
那些人,那些光
就倒在巷子口
比画着青春和失散的道具
让街灯吞食,一点一滴

面　对

隔一缕烟云或茶香
面对面
没有距离和终点
结束还是最后的晚宴
音乐和城市的倒影爬上杯沿
一条路,多少人迷恋的出口

谁还会在十四层等候
一盏残灯
蜡烛的光景里
照见你和壁画的另一面
那个人
那曲琵琶

把爱恨与恩怨弹奏千年
所有的河流都枯了
还有一株草迎接风吹来的地点
化雨或化着经卷
双手合十
听见时间点点滴落窗前

撒玛尔罕诗十四首

梦,都不属于我
"就连你的梦并非属于你"

还有我的皮肤
健壮的身体和精美的文身
血管,血液里聚集的野兽
相互撕咬,还有吞噬和死亡
我的骨骼,我的脊梁
韧性十足的双脚在跋涉
还有搏斗中的夕阳
是更加悲壮的牺牲

还有那颗拳拳之心
那么小,仍在滴血
成了缄默的石头和历史
容纳宇宙的风暴
还有从远到远的脚印
从深到深的凝望与思考
就连梦和影子
声音与大地上的殿宇
最终,并非都属于我

光明是细碎的翅膀

"我常常模仿夜晚
只为学会如何披戴光明"

光明不是衣裳,是细碎的翅膀
只要展开,就会飞翔
触摸山川,河流和森林
触摸身体的每一个部分
红润透亮的肌肤和纹理
花朵般绽放的毛孔
藏于骨血的最阴柔的情愫
都能摸透
光明还是一匹烈焰中奔驰的马
从远古就追逐黄昏
追逐阁楼和村庄
翻腾在尘埃的光华里
盛开成桃花,有时泛出清冷的剑气
刺痛荣耀和孤独
光明,却怎么也逃不出煌煌殿宇
宝座下的一束火花
一双无形的手
才能撕开

我的时光隐于血液

"时光道出了一切
除了时光自己"

我曾在奥古斯汗的时光里
隐于血液,挥舞刀剑
用牛筋制作的弓箭
射杀黑压压扑来的部落男子
千年的月亮窥视了这一切
在一条河流边独坐独语
更远的村庄炊烟袅袅
男子远行,女子掩面作泣
波涛拒绝打开波涛的大门
今夜,月色朗朗
守夜的孩子数着闪烁的燐火
从一到九十九,总是数不清

我的那团燐火
远远地辉映千年后的月亮

打开世界的叹息

"去打开一首诗的脏腑
从中阅读世界的命运"

打开一条河流
阅读波浪的破碎与绽放的微笑
打开一眼泉水
阅读滴淌的倾诉和清澈的心灵
打开风,阅读树的飘洒
打开石头,阅读太阳的风
阅读掌纹的秘密
阅读童年月亮的记忆
阅读置于房梁的绿色经典
阅读刚刚吹灭的一盏灯

打开一扇木门
阅读皮绳和利斧的命运
绿盖头下一双眼睛的命运
浪尖上谋求生活的命运
打开一堵墙,一声叹息
打开女人的声音和喘息
打开村庄里的村庄
打开故事里的故事
打开沉闷的叹息
阅读自己的肌肤
阅读光,阅读云彩与鸽群
阅读老人的低首与沉默

远方就在自己的体内

"无论你远行到哪里
你不会抵达比内心更远的所在"

你从自家门口匍匐向西
用身体丈量着大地
阳光烤炙你的额头和皮肤
雨水浸润你的哭泣和祈祷
狂风撕裂你的道路与梦想
有人曾劝你乘坐汽车或者马匹
你说:那地方不远
却要用自己的心慢慢走
用心慢慢走
从黎明到午夜
从额首触地的叩伏到感动石头的赞美
只为铺展一条金色大道
只为抵达远在心口的高地
向西有麦加
面西而跪,面西而祷
面西而泣,面西而求
远方,就在自己体内

聆 听

"风不停地言说
却从不要求任何人聆听"

向着树叶不停地说,整个森林在聆听
向着石头不停地说,整个大山在聆听
向着云彩不停地说,整个天空在聆听
向着波浪不停地说,整个海洋在聆听
向着窗口不停地说,整个村庄在聆听
向着自己不停地说,整个人类在聆听
聆听了什么?心在不停地问
宇宙沉默

每天脱着的衣裳

"生命为死亡着装
死亡,脱下生命的衣裳"

似乎还可以这样
理解:诞生是为呼吸着装
蹒跚学步是为跋涉着装
呀呀学语是为歌唱着装
呼唤是为聚集着装
忧伤是为悲痛着装
憔悴是为思念着装
似乎还可以说:每一步

都在缩短一个人的光阴
每一天的黄昏都在演绎一场悲剧
还可以说:我在你的额纹里衰老
你在我的白发间回首
每一个人,每天都在脱着
不同的衣裳
最终脱掉肉体和骨头

不过是一场幻梦

"我们在这道影子里
只不过是一场幻梦"

只不过是把幻梦里的驼队
叙述得更神秘一些
传说中的泉水流淌得更清澈一些
歌谣唱得更悲凉一些
美人描绘得更动人一些
只不过是远古的陶罐出现了裂痕
图案中的舞女被拦腰斩断
不过是风在风中腐蚀
不过是石头在石头中龟裂
连影子也在影子里佝偻着背
只不过是一场幻梦
一切终将在幻梦中坍塌

驼铃的召唤

血管里流淌的不像马蹄的声音
不像电闪雷鸣,也不是咆哮
仿佛是一种呻吟
是隐隐约约的口弦,是沙漠深处
细碎的驼铃声
是风与风的撕咬
是俯身驼蹄印里的
沙与沙的隐忍
把红色的牺牲变成夕阳之前
告诉自己:再难也要挺下去
挺下去!无论忍受怎样的屈辱
无论卑贱,贫穷还是苦难
血,依旧是一脉高贵的血统

从心的中央
流遍身体的骨骼与肌肤
再难也得挺直脊梁
告诉自己:走下去!

阅 读

"每一个黑夜
忧愁都在欢乐的床边点一盏灯
然后阅读爱的传记"

阅读黎明前星光滴下的泪水
悄然跃上花蕊草尖
阅读曙光喷射万道光芒
阴山脚下,阁楼依然泛潮
阅读刚刚起床的女子
黑发闪闪,散发情季的诱惑
阅读凭栏观河的眼神
仿佛在波浪之间
看到了木桨和划船的男子
阅读两只鸽子
房檐下,相互偎依倾诉衷肠
而心中起飞的白鸽子
奋力飞翔
它疲惫,盘旋,低低地嘶鸣
我是说,每时每刻
世界都在阅读中隐身变幻
每个人的阅读
也在时间的风暴中
越来越变得忧伤无比

风的翅膀

"今天,太阳出家了
我见它身披雾的袈裟"

还看到恍如梦幻的太阳
展开风的翅膀,尽情翱翔
看到山外有人独坐
一束一束数着光线
看到鹰从峭壁起飞

翅膀与翅膀间电闪雷鸣
看到山川与河流
滴满血,滴满哀伤与愤怒
月亮就要睡觉
星星也学清凉的衣衫

沉默中的独白

我沉默,虔诚
有时候唯我独尊
心渊深处藏着累累罪恶
它们有时候骚动不安
泛着冷光,眯着眼睛
折磨我,摧残我
那种痛,扎入骨髓
把心榨成血,把痛苦削成剑
我在西宁以南的山巅
面西独坐
我孤独,忧虑,心力交瘁
有时候也在花前月下
吟诗赋词,扼腕叹息
人世间,有一种叫时间的魔力
刻画每一个人的肌肤
让风长出一双翅膀
让梦在梦中说一种梦
夜夜降临的半点黑暗
层层挤压我
碾碎婴啼,碾碎女人的呻吟
让我又一次听到十一楼的猫唤
令人烦躁,难以忍耐
第一次看见自己的身体
肌腹饱满,那么无畏地
审视我的一切

时光伤口的痛

谁也未曾见过时光的翅膀

他无形无影,硕大无比
覆盖宇宙,潜入一切内核
羽毛间隐藏刀剑与矛锤
把石头筛成粉尘
把月亮切成心,太阳铸成血
把思想撕成书
把人类画在大地的胸膛
把生命刻成皱纹和碑文
我静静地凝望星空
只见星星从深渊不断跌落
时间在时间里沦陷
伤痕在伤痕里绽放
我的影子蹒跚着
从早到晚,佝偻着揖别夕阳
那伤口的痛
一层层地被剥开,被腐蚀
蛋壳般光滑
期待最终的啄碎或吞噬

爱一条河流

爱一条河流
就面河独坐,与它沉默相对
就在它的涛声里沉醉,流泪
午后的风吹中掌手祈祷
早晨的阳光下凝神伫望
爱一条河流
就得从它的倾诉中抽出血丝
就得从它的悲怆中燃起血火
用一生定格它的呼吸
用一生感应它的召唤
用血与泪把汹涌的波涛
盛开的浪花
破碎在心里
时时刻刻,破碎成梦想和家

闽北阿秀诗十二首

远 望

只要天气晴好,远处山顶
就会出现一座寺庙
如果太阳照耀着
就会闪着金色光芒
至于有哪些人常来常往,香火是否旺盛
我看不见。是否天天响起
慢歌般的诵经声
也听不到。我住在城市中心
隔着一栋栋楼房,隔着一道河
隔着几条公路
还隔着几座高高低低的山
我多次想过在某一天,登上那远山
沐浴不同寻常的阳光
进入寺庙,聆听木鱼之声
但总借口被繁杂的俗世生活羁绊
我不记得计划多久了,至今尚未付诸行动

春 光

天气很好,你站在窗前
楼房洒满阳光
昨天立春
今天算是入春了吧
季节里的美好,会渐渐显现
我们又可以谈论
春天,做些愉悦的事情
你朝窗外看了很久了,一直背对我不说话
我不知道你在看什么,想什么
藏着什么秘密

好在我并不着急
对你,我很有耐心
这么多年
一直在等你说喜欢,说爱
包括你对我若即若离的感情
春天来了,我想,很快就会有答案

在岸上

停泊在水边的小船
如佛安定,除了微波轻荡
看不到更大的动静
河岸,远离喧嚣的城市中心
如山涧居于森林深处。我在岸边
只要停留片刻,只要呆望一会儿
就会安静许多,就没有太多想法
内心被过滤、清空
只剩皮囊,却不荒芜
有时,这样也很好
曾经的爱恨情仇,何必念念不忘
如果摇橹声响起,有人要去远方
我会在原地目送
路途漫漫,或藏凶险,何处是最后的终点
只要微水波澜,阳光正好,我一样热爱

存 在

栈道上原来走着那么多人
我不知道他们的名字
但他们走着
存在着,走得比我快,或比我慢
他们都在我身边出现过

只是突然的雨,使他们的身影很快消失
雨水,很容易也很快会抹去
木板上所有的足迹
像乌云和黑暗,抹去天空和光芒
好像刚才他们的存在
只是幻影。我还在走
孤独而执着。在他们的眼里
我或许非常另类
但直觉告诉我,这雨不会下得长久
天边已经发亮,稀疏的雨点,做不了坏事

想起你

突然想起你
当我走进山谷桃树林
阳光洒在桃花上
清晰,透亮,薄如蝉翼的花瓣
照得见天空的蔚蓝
在这一刻
我仿佛回到曾经的时光
那年,我们一起进入峡谷
在洒满阳光的山坡,观赏三月桃花
你上衣的小图案,如洁白梨花
虽然没有桃花艳丽
却更干净,纯白无瑕
你脸庞的红晕
跟桃花一样,映在我心里
从此,每当一夜春雨催开桃花
无尽的思念和爱,也在突然间绽放

缝 隙

最初,我穿行在树林里
那么多,那么密集的梨花绽放
像雪一样覆盖整座山
用蝴蝶做比喻已经不恰当
但我依然
透过它们的缝隙
看到天空。天上也有那么多雪白的云朵
像聚集的梨花,它们也有缝隙
透出高远的天空

于是,我躺在梨树下
仰望着。白色的花,白色的云
在视野里泛滥成片,我依然看得见淡蓝的天

一缕光

我醒来,房间还有些暗淡
竟然有一缕光照着在
白墙的空白处
它的高度和位置,恰好被我眼睛看到
我盯着它,试图找到一粒灰尘
或者某种小动物,或者一个袖珍人的图案
但它什么也没有,除了一个光圈
它那么心虚,胆怯地
隐藏着不为人知的秘密
包括可能透露出来的一点信息
于是,我失望地闭上眼睛
躺在被窝里。突然间,一些遥远的事物
从来没有想念过的人,在脑海里飞快地闪现

安 宁

我是第一次来到这山谷
小溪安静地流淌
我蹲下身子,凝视它的清澈
漂浮的枯叶也那么干净
我不知道它是什么树的落叶
从何处漂到这里
为何不继续前进
是不是像我一样,没有缘由地来到这里
为了和它相见。其实
我更喜欢那些树的倒影
它比落叶更安静
在流水里,陪伴着沉默的砂石
和静谧的时光
可能一辈子都不会离开
此时的阳光、鸟鸣和我靠近的脚步
也没能扰乱它原来的样子

陋室

走进门，我才是安全的
这是身体寄托的地方
我不富有，但没人在意我卑微的身份
并产生邪念。我像爱自己一样
爱着简陋的小空间
又像我爱着
世间的一草一木，每一点从屋檐
滴滴答答落下来的雨水。我还爱着
从窗户的缝隙里
歪斜地漏进来的每一缕阳光
它们那么喜欢我屋内
在光圈里飞扬、舞蹈的尘埃
寂静的夜晚，我凭窗而立
仰望明月，阳台虽然狭窄
但是无拘无束，还可以尽情想象

我和它

离我再远，我也知道
那就是石榴。满树的绿，突出的艳红
暴露了它身份。我站在高处俯视
此刻，我是至高无上的
无论绿还是红，都为我绽放，为我而生
而我对它萌生的宠爱
只属于它拥有
在这方面，我们是平等的
如果有人问我，你走近它
跟它在一起，会有什么说法
对不起，我无可奉告
只想它越来越高大，到了那一年
高过三楼的走廊，跟我齐平
把鲜红花瓣送入我怀抱，我宁愿俯首称臣

观感

我意外地来到这里
不求艳遇，也没遭遇爱情
一片荒芜的田野
看不到一个人
空空荡荡的，因为空更显得辽阔
显得寂寥。只有几株小黄花
在微微摇曳，摇着微风
摇着寂寞的空洞
我坐在高高的田埂上
望着远处，望着远处山顶上的天空
几朵白云飘浮在那里
许久没离开
好像跟我一样
看着这片田野。它站得更高
应该看得更明了，但我不知道
它俯视之后的感觉，是不是跟我一样

一条小路

它跟其他的小路相似
蜿蜒曲折，一样的狭窄，悠长
此刻，黄昏降临
我要离开这里
我没有走上这条小路
我不知道它会引导我向哪里去
它的前方被灌木遮蔽，看不到远处
仿佛一个人，走着走着
突然消失，消失在灌木丛深处
再也看不见
再也叫不醒他的名字
我只能原路返回
回到起点，回到拥挤人群
我不能沿着不知终点的小路
走着走着就回不来
甚至消失，大街小巷贴满寻我启事

冯玥瑛诗十二首

红 雪

为奔赴一个夜晚
我把自己的浅红加深
血一样，流经你的心脏
然后从你的肋骨
抽出一个我的模样

而你，正在遭遇上一场雪
红色的纷扬
一面枫叶托举的旗
飘落了山岗、河流、思想
黑暗里，你站在半截烟头上
闪着微光

一些七情六欲在醒着

站成一堵墙
七情六欲攀缘而上

它们有着地毯式的腰身
风花雪月的容颜
在夜晚，沙沙作响

我看见我的诗句破碎
一行行凋零
而那些七情六欲郁郁葱葱
白天黑夜都在醒着

我不太适合诵读

着普通的衣衫
走在世俗的路上
我踩着碎步，低到尘埃

天上的云
见证过我的得与失
见证过我的拥抱和哭泣都草草收兵

一路走来，跌跌跄跄
心事背靠着背

与风说，与雨说
我适合赤脚赶路，不适合诵读

刀

我在我的刀上种植莲花
用水的执着等你路过

借用桃花、细雨和春天的颜色
借天空的蔚蓝和优美的和弦
以山为背景，在三月春风里修行

你涉水而至
我把刀指向你
风一吹，花就落了
夜风发了神经
又哭又笑，又笑又哭

左看右看
我与你,互为刀子

身上的拆字永远鲜红

时间是最好的搬运工
把外面的世界都搬到我体内
我被这喧嚣的人间填得天衣无缝

北风在血管里呼啸
倒伏的树木在心里七上八下
还有岁月留下的一些光影五颜六色

偶尔有几只鸟飞过
有落花、残荷穿旧棉袄走过
月色下,你伴着我的脉动唱歌

我用红漆
给自己刷上一个拆字
在异乡的车站,在故乡的老屋
从此岸,到彼岸

剥　离

把衣服一件件剥去
再一次放平自己
找找身体上那些多余的部分
比如暗流,比如欲望
趁夜色正好,窗外有风

把骨子里的孤傲剔除
把血液中的世俗抽离
把一个叫爱情的词语删掉
再从我的血肉剥掉一个虚构的你

在夜深人静之时
一层层剥开自己
我只看到一个空壳的躯体
晚风忍着疼,逃走

召　唤

彷徨、不安
烦躁、多汗
翻过几道沟,越过几道坎
然后义无反顾,走进夜的深处
身后,留下风尘仆仆

前方,星星还在醒着
有歌声穿过夜色,女妖一般
这是让人多么恐惧的美好
一些涛声迎面而来
远远的,感应着你的脉动

来吧,这湍急而危险的漩涡
没过我额头、心房
我愿意用生命的长和宽拥抱你
不做任何抗拒,然后自焚
2018.2.2

霸王别姬

四面楚歌,十里埋伏
最后时刻,交出江山、美人
然后拔剑出鞘,指向自己
身上的热血是殷红的
脚下的土地是殷红的

亲爱的虞姬,为了等你
我潜入京剧,等你再次将我温柔收割
等你三月的花瓣飞落我的舞台
在时光的河里,我们不再招摇,不再远离

下一个春天,桃花开的时候
我们从历史走出
改写那个哭泣两千年的故事
世上,再无《霸王别姬》

转身，遇见秋

许我，踮起脚尖
最后一次回望
那池荷花正艳，如宫廷词
手里捏着35°，转身
遇见秋，身后是三千亩的夏

那盏灯，离我一步之遥，如你
给自己一个理由，走下去
黄昏的河边，一棵柳下，夕阳独坐
很多记忆，深深流淌
虚构出那个昨天，一行归雁

私 奔

我遇见我
在一个熟悉的路口
三月穿堂而过，绿柳摆弄春风
伸出岁月的手，抚平一川江水
许多朋友还在河的对岸

我有七十二个化身
它们分别行走在日出月落
失眠、呓语，在俗事里一次次出轨
有的怀抱琵琶，有的诗酒里纵情
我习惯用自己的方式演奏自己
艳丽的羽毛，伤口一律朝下

飞起，落下
看不见的私奔，张牙舞爪
这么多年，陪我走过一场又一场风雨
唯有你，双目如炬
站在大地的尽头，听画外音

纸 歌

排版、印刷，渴望的眼睛
流浪的心情，从沙漠到绿洲
纸上江湖，五味杂陈的喧哗
寂静的诞下，守望内心的阳光

每一次都会有一个故事
真相总是难以大白
清风翻开，义无反顾的飘落
从东汉蔡伦那里出发，途径树皮、麻头、破布
最后归类在文房四宝

三流九教，无孔不入
盛世天下，皇帝诏曰
这些有思想的纸，孕育金木水火土
苦或乐，悲与喜，喊出三皇五帝
喊醒道德和良知，然后装订裱封

纸上行走
直线或者曲线，都是脚印
篱笆上的风，吹开岁月波纹
从黑夜里破壳，看见黎明
和长势良好的文字、绘画

巢

把月光和风声挤走
今夜，我以草木为巢
写诗、筑梦，圈养往事
取一朵云，邮寄给你
用世间万物，看护有你的曾经

不为人知的秘密，翻开
老气横秋的相册，枝叶斜生
霓虹灯影里，一声叹息
把几朵梅花藏进衣袖
在骨子里，深深沉睡

永不褪色的记忆，饱满多年
插进泥土，沉默不语
密不透风的巢，辗转反侧
必须承认，此刻的眼泪
奔腾，最后枯萎到标本状态

画地为牢，其实一直以你为巢
从有梦到无梦，都很真实
锻造一腔热血，柔情似水
比月色更朦胧，更辽远
有谁陪我饮下，牛毛一样多的寂寥

风舞诗七首

荆棘鸟

父亲的地头总有一只荆棘鸟
毛色炫丽，眼神气派
不鸣不叫看护着地下的芽尖
向下汲水，向上取光
让种子在暗夜将晓的时候拱土
催促绿叶从父亲的眼中摊开
风和日丽地生长

我会在阳光下背一桶汗水
像荆棘鸟一样去逡巡田地
顺手浇灌，拨去纠结满脑的野草
我坐在田埂与长带豆的藤蔓对话
昨日的雨水梳理了豆荚的心思
那些结籽的苋菜满腹忧愁
它们即将告别农夫的手掌
岔小芋终会被上级的公文扼杀
为的是确保主线的根正苗红

我没有注意那小鸟的鸣叫
抑或是远山的风声穿过荆棘的尖刺
再者地头的溪流击打着午后的平庸
我听不见它刀割一般的绝望
无法体察它毛管树立起惊涛骇浪
在小小的身躯内排山倒海
扑闪的翅介于飞腾和惊恐
在春天的时候荆棘尚且娇嫩
它是要拉长日子，延缓刽子手的刀锋

在父亲的田埂读荆棘鸟

我看到年轻的梅吉身姿绰约地行走
目光飞向每一扇神秘的窗户
织针左右碰撞出喋喋的声音
神父把一粒火花射进少女的心
比任何事情都危险，迷人
圣经里的油汀滋滋地响着
克利里的焦虑长得像一组陈旧的沙发

鸟的飞扑是为了激活那根悲怆的唱针
而拉尔夫的教堂穹顶纠集了最大的电阻
像乌云中密布了阻止往生的机关
教袍的权力掩盖不了人性的虚惘
我宁可在漫山遍野的蝉鸣里
为荆棘鸟编织一个柔软的谎言
设下鲜花盛开的陷阱，诱惑爱情进入
合理的射程。让梅吉的歌声
在我父亲的溪边婉转如霞

回形针

邮差传递的公文总是在午后延误
那平时尽职的人喜欢在街口的店面滞留
他带不走少妇帽檐上的鸢尾
也不甘离开女店主流动的星眸

邮件流转中是否遭遇飞扬的尘土
或者斜倚在门墙上少年的好奇
这画面喧嚣而杂乱的情景像无声的电影
一格一格地播放天空中散漫的流云

有些档案固定在飞机的行李仓
以快递的方式穿梭在遥远的两地

而各地收集起来的思念、惦记和牵挂
以及正式的函告、声明、律师信
被机器分拣，重新捆绑、投递

办公桌机构齐全，它自有街区
和隐藏在腹部的地下通道
草稿始终在桌面上研磨新的词语
电子版的申请缺乏原件的初衷
打印件还没有盖上鲜红的公章
而坐在桌边的人到处在寻找那枚
嵌入了时间缝隙的回形针

后巷的蝉

你靠在后巷的木栏
守着那片蝉声啃食的树叶落下来
我还在远方的水上
挥汗如雨地划着七月
练习把鱼儿放生，照看船上的花

巷子深得像一个人烟稀少的峡谷
你在的时候，心中住着一座花园
货物丰盛，车水马龙
你不在的日子
满目雨重烟凉，柳暗梅青

我有时在杨柳岸骑马、射箭
腰带断裂，声音嘶哑
我有时从水中站起，身上挂满水草
月亮轻轻地移向西窗
你没有发现我伐木的声音
你在编织一个什么呢

河商盛传一个悲伤的消息
夏季的硅胶开始泄漏
就像一些陈旧的词语从语系中流出来
就像几只落单的蚂蚁
枯叶上的单蝗，噤若寒蝉

我知道那条青青的后巷
墨汁泅开，记忆是木栏上的绳结

你离愁的背影在雨雾中薄凉
翼瓣透明，失重一样飞起
我被官差挡在雎鸠唤醒的埠头

后窗木槿花

新人的窗口浅浅地挂着
木槿展开墨绿的平面灯
夜色中白马远去，叶片轻鸣
我该用哪一盏灯浅吟刚写的词语

河水缠绕的后窗
少年赶着白羊上坡
那些开花的木槿发出细小的声音
叮咛装入营养罐，合上一本盐的史书
带着盐帮走入苍茫的原野

温柔地坚持开花，颜如舜华
案头放着雨声托付的锦书
浮生亏欠一朵花的凋谢
在暗夜里磨亮书帛的描摹
用一支笔的疾行
扶住那些忧伤的枝条吧

蚯　蚓

在土地的深处，找灯火
小心，要避开树枝的脆裂声
要敬仰泥土，善待煤炭
负有疾病的躯体安上助行器
在约定的楼层交换信仰的帛书
天空有时塌陷，又被弥补
灰色的瓷器匠手指粗糙，走街串巷
吆喝声在云层中寻找裂缝
地层之下也会下一场绵长的雨
浸湿抽象的呼吸长出松毛般苔藓
四壁的敌意森严，石块有祖母绿
泥土慵懒而稀疏地排成颓废的黄金甲
躬身前行的卑微总是被刺得无地自容
那些散落的兵器、盔甲
被一个崛起的王朝集体屠杀

还有几尾活着的鱼即将变成时间的化石
一些花朵失去阳光和空气安然沉没
这些原本色泽鲜艳的事物无法还原
它爬到了骨刺长出的地方
疼痛连接着一个可以容身的巷道
不要拒绝裂缝,那是光可以照进的地方
有时候,无法转身就试着倒退
绕开因果,像一株草
在湿润的地表探出身来

大暑门前的罚单

岁月是一件玲珑的口器
缺乏味蕾却精于咀嚼
它喜欢轻咬陈旧而脆弱的唱片
牙口破败成一扇脱臼的门框
纹路趁转动到阴面的时候纷纷出逃
那只门口的邮箱油漆剥落
像一口被野草埋没的荒冢
天堂、地狱和人间的来信
现在都通过网络传送
邮差无所事事,兼职送外卖和做微商
帮老婆翻些袜子赚点小钱
我从去年开始就没有收到过信件
常常坐在屋外的山坡上怀想一封来信
那些曾经的翅膀不分季节,纷至沓来
在我年轻的天空穿梭往来
它们编织春花夏雨,秋霜冬雪
神奇的情景铺满了旺盛的香草
现在我不敢面对门口的邮箱
假装对不断到来的罚单置之不理
而内心的担忧像盐粒一样越积越厚
我的行走最终逃不过路上追缉的官差
他们对常用的法律条文倒背如流
如同陈腐的教义烂熟于心
而我们必须接受这些教义的捆绑
向大暑交出一些滚烫的汗珠
以赎回那一叠罚单的判词

木楼梯

雷声挂着双拐在楼板上走过
像一个臃肿的老妇般怀揣神经质
她的脾气会突然炸开一个人生的豁口
拐杖追打顽劣的午后,骂骂咧咧的布袍
油腻的领口停着那只布谷鸟的铅丝
你在木楼梯上穿着青年的旗袍
下楼便是苍翠的雨林
阳光照亮一半的楼道
另一半是幽暗和迷离的,就像年龄
分界似乎是模糊而暧昧的
那件中年的旗袍已经制作完毕
挂在楼上,跟阳光中的雷声更加接近
等待你褪去亮色,卸下妆容走入
就像走入缝纫师的皮尺
傲慢与偏见在窗台的布花上枯去
青春偶尔像芨芨草一样席卷过来
你所带的银两够不够
去买回一架过去的楼梯
可以随意升降、切换生物钟上的发条
阻止肉体的塌陷和瞳孔的老花
高跟鞋排满了每一级楼梯
一如琴师很少弹及的琴键
已经无法捕猎轻佻的手指
昨夜川流不息的雨中
又打错一个将错就错的字眼

李佳妮诗十一首

木瓜记

父亲常在年关打来电话
一句今年不回来了,让成双的对联
异常孤单
送我去广西读大学
火车的硬座上,父亲的腿我枕了一宿
可这木讷的傻瓜
就是不多说一句话
临走时,买了一袋木瓜
只丢下一句
——木瓜养胃,多吃
这个大木瓜呀
他的话都变成木瓜籽,宁愿在肚里抽搐打滚
也不愿,泄露半点苦意

迟钝的剪刀

快递来的包裹,缠满了胶带
里面有我新买的剪刀
里三层外三层的缠绕,让我
束手无策

这让我想起以前
去医院看望一个脖子扭伤的朋友
她的头困在白色绷带里
像一只不能挣脱冰原的企鹅,眼里
是锋利的绝望
我削着苹果,不知怎么安慰她

我找来一把剪刀,救出
另一把被困的剪刀
可我的悲伤无法解救他人的悲伤
能斩断心魔的利剪,我都还没找到

缄言

爷爷抱回来的那只狗
当了妈妈
一辆卡车碾死了一只狗娃娃
她舔了舔孩子闭上的眼睛
然后疯狂地朝卡车冲去
她终究没有斗过死神的轮子
我把她搂在怀里
安慰她,别难过啦
来世它还是你的孩子
你还是它的妈妈
无法沟通隐秘的疼痛
我只能搂紧她
让她听听我的心跳
诉求羸弱的世界
那个经常和狗说话的人
已经不愿多说了

空酒瓶

冬日,店铺早已紧闭
我怀揣不能倾诉的方言
像个赤裸的游魂
这些年
置办的器物越来越多
身体却还遗留在行李箱里
等着归去

归去于我逐渐失去含义
我的亲人都有各自要爱的人
我的狗已离开多年
门前柿树已砍
儿时的溪流面目全非

故乡已如我一般
散尽浓郁,独剩一座空瓶
怀念着一起饮酒的人

老银匠

打了一辈子银器
赚回一场丰厚的葬礼
送葬的队伍,从家门口一直排到墓地
至此滞留在匠台的银器,丢了归宿

往日满地的穿心莲,藏宝似的
栽到后院
祠堂不打眼的木雕,被偷走后
每年都有人念叨

一同被偷走的
还有牛车 老屋和会唱童谣的老人
隔夜茶拭去暗灰,村庄洗得锃亮
余烬随流水长眠地下

摇荡的野柳

浦阳江边
她们昂着头,没有顺从命运
没有把柔软弥散在公园、池塘
和情人的黑发上
她们追着太阳、落花和流水
四处流浪

日子消解着草木对地心的反抗
也消解着一个孩子的野性
她已遗忘
自己也曾是江边的一株野柳

曾抗衡地心的牵引

桃花已飞,梨花正盛
沉迷于眼前的摇荡
她扬起柳絮,渴望一场脱离肉体的飞翔

野蛮生长

七年了
还是一股新家的味道
回家前先开窗,让空气
和邻居的煎带鱼味涌来
假装—— 一位母亲的在场

母亲再次归来照顾高考的弟弟
我把宿舍的衣物搬回家,退让领地和习惯
来缓解弟弟和母亲之间的对垒

她缺席的这些年
客厅的绿萝、吊兰相继枯萎
只有窗边的牵牛,靠雨泽冲破铁网
纠缠了孩子完整的青春

天堂和泥沼都已被时间填平
荒芜里,我们已拥有自己的形状

杀鱼僧

敲晕鱼头
削尖的木头捅进喉腔
锃亮的刀片
像扫一场无关紧要的雪

十七岁离家后,他卖过香菇
用烧鱼的手艺娶妻生女
沉迷赌博后,赔光了父亲的棺材本
要债的人赖在父亲门前
躲在厨房的妻子,抵紧门板
从此,查无此人

他隐去姓名

又干起杀鱼的活儿
在后厨,砧板上鱼鳞纷纷扬起
像是他在用最后一把力气掸落肩头的积雪

老来五味

暑假,路旁的荒藤已挂满五味子
晚辈们都没回去陪外婆散步
她不久前又摔了一次,身体大不如前
年轻时也生过儿子,老来
只剩三个女儿
她反复询问去了母亲那里的弟弟
之前每个周末,她都去给他烧饭

苦夏快要熬尽,她说等到中秋
果子就红了
我想起书上记载
"皮肉甘酸,核中辛苦,都有咸味"
不知不觉间
她已活成了五味子

寻找桃花源

洞里有光
脚下,石菖蒲怯懦地抵御
探险的青年

滴水声、石块、隐身的蝙蝠

打开手机的光,小心试探
回望来处的人,是黑色的
沉默那么响
快把童年的底色,泄露干净

洞外,一片开阔的溪滩
散乱着锋利的石块
原来,原斧凿的岩壁
早已埋下伏笔
寻不到的桃花源,才会有
永不熄灭的日落

送给城市的叙事诗

搬空的旧楼,像战栗的破风箱
接受处决
路过的老人哄睡襁褓的孙女,目送
一场失孤的葬礼

环城路上,向阳的玉米地
迁进高楼后,只剩苦苣和空心菜
缝隙里喘息
旧村的犬吠,已逐渐干涸

阉割一座城市,只需
剥夺她农耕的叙事
秋雨,已按住硝烟
怀中,睡熟的婴儿睁开了眼

望秦诗十一首

潜逃的时光

生命是一场牌局,在未输光时间
之前,我们无法获得准许离开
只是灵魂时而脱轨,向着未知的方向
泗渡,泗渡,这些永不会抵达的
虚无的神,在命运的惯性里
被一次次排挤,淡如一缕青烟
无法参与肉体和世界的博弈

当暮色倾斜,我就知道体内有一盏灯
从灵魂的笼子里透昏黄的光
无数影子集体沉默
未结果的夜晚,没有人说出
一朵花的下落,道路在交错中迷失
到处都是时间打滑的轮子
音乐与冬夜相互取暖
梦太深了,我坐在一把空椅子上
不知该如何下注……

深冬,在大佛寺

暮雨纷纷,大佛止言
在放生池和枫香之间,我等待
一个带来色彩的人
天色将暮,黄墙,真言,残冬
以一种沉默的方式
守着倒影里截然不同的尘世

腊梅开到了佛前
雪事也就不远了,那些红灯笼
点燃的夜晚,是谁对着一树梅花
倾吐往事,一盏大佛龙井
漾开绿色的涟漪,佛前不妄言
从心房里流露的欲念,仍是花期
绽放着前世

雨中一炷香,灰烬在花枝下
与时光一起零落成泥
草的梦,雨的梦,深陷在风铃里
暮色边缘,我是一个失语的人
在内心翻找着爱和远方

之 后

一切关于时间的概念
都有种模糊性,我无法准确定位
在身体和灵魂之间,需要一个怎样的长度
来完成命运和道路的融合

冷风吹着街道
我在寻找一家打印店,将自己的
身份打印出来,灯光照到柜台上
卷起的白纸里,一些身份等待认领

在被确认之前
是谁给了我身份?在举目无亲的
尘世,我的孤独并不比蚂蚁更多
当然也不会更少

之后,我被银行反复确认
签字、盖章,并等待主管的授权
之后,我在阳光下恍若重生

时间还是干燥的,文字也是

戏里戏外

只是一个人的正反两面
依次呈现,心灵是一件最巧妙的
戏服,当雨落在舞台中央
你踮起脚尖行走在某个情节
风掀起衣服一角,无数想象停留在一瞬
浑身是戏的人不会是生活的主角

近景,远景,是谁不断翻新
老旧的布景,时间推动着焦距变化
突然近视的人,看见屋檐下
滴落的水是没有形状的
撑伞的少女从出现到消失
并未在视觉上产生多少游移

远是一种毒液,注入空无一人的
夜晚,想太多的人
注定与夜色不太和睦,空——
成为时间和灵魂的裂隙

答 案

雨天,我翻着纸牌
先把大小鬼扔到牌局之外
在世界上,我以为没有对错的人
只有在灵魂里迷路的人
如果水是时间之初
那么火,必定是一枚种子

翻到了红桃J,我突然意识到
那么多深陷牌局的人
花了多少时间,才解开一个个死局
在夜晚的另一头
没有入局的人,花了多少根烟
为自己织了一张网

再次翻到暮色,不必担心
窗户陷入寂静,灯光将替代世界

翻不翻牌都无所谓了
未知依然是未知
已知也很快变成未知

夜 半

我一直想写好这个时辰
灯光和影子和谐相处,雨下过之后
玻璃和地面的反光
在何处短兵相接,又在何处
相濡以沫,一道虚无的电流
从夜的深处穿过

是烟雾诞生了梦,还是梦诞生了
错觉,我在一首诗里
反复失眠,而夜色太深
始终找不到缺口,影子已深入黑暗
车灯闪过,偶尔捞出一部分
形状怪异的轮廓

我该往其中填充着什么?
一杯茶或者咖啡,音乐或者《圣经》
其实我一直明白
只有眼睛和灵魂在相互切磋
在擦去肉体桎梏的同时
也擦去了它本身

夜的随想

睡眠宽恕了肉体的罪恶
梦却将灵魂的罪孽一再加深
我躺在灯光营造的阴影里
呼吸时断时续,向夜晚提出的抗议
从未得到承认

窗外,声音和光线相互碾压
凌乱的床单上,肉体正在抵抗着
虚无,血液逆流带来
毫无规律地恐慌和怀疑
没有什么比自身存在更值得探讨

星系探奇

梦胡乱地搭在床沿
灵魂正在经历着漫游或劫难
在这个失序的独立王国
无数次经历死亡和重生,经历重逢
和失恋,遍尝不可能之事

时间追白马

草木凡心未了。匍匐在三月的
眼波上,水柔软到极致,时间就开出了桃花
村庄的腮红未退,春风早已绿了山坡
野花开到跟前,从不言语的石径
在绕过院子的时候,突然与一声犬吠纠缠
辨不清这互不相让的交锋
是谁获得了寂静?
屋顶上,炊烟若有若无,生活的气息
洒落下来,应和漫上来的暮色
明月在天边隐现
我将灵魂放牧
做一棵草,或一匹马

春 天

枝头结满了谶言,风吹过来
在一把利刃前,远方和梦想正自行了断
殿堂太高了,隔着雨水,隔着帘子
灵魂的面目模糊不清
在阴谋家的院子里,每片叶子
都有诡异的力量,路只是一个借口
往南走,或者往北走
其实都不会抵达目的地,路边设置的标语
只是给风听的
当雨水漫无边际地落下来
瘦骨嶙峋的春天
开始丰盈起来,那些筑堤坝的人
多么傻
水无骨,风无骨
最终是谁替人立起一块骨头

黄 昏

再次转过白塔,雪山顶上的白云
和雨崩保持神秘的联系
光线在消散,在聚合
还未落到山巅,就化作颗粒弥散在天地间
流水从卡瓦格博的琉璃心里
哼一路小曲,带动转经筒
发出清脆如心灵破壳的轻响
瞬间,感觉有无数个我,在各自的时空里
找回了最初的信仰

村外,大片森林静默着
拥有着比人类更纯粹的生存观
枝丫与天空交流梦想,根系与大地
默守着陈规。黄昏毫无痕迹地
覆盖了大地,夕光多么轻
我们偶尔回转身,看着来时的路
一点点融化在暮色里

约 定

设想有一种时间,因我的到达
些微地偏离了最初的轨道
以至两个灵魂越过了千里之遥
遇见
在彩云翩飞的湖岸
一个个黎明乘着透明的风,从天空的
枝条上,涤荡开无形的涟漪
在两个灵魂之间
该有一条街巷,开满鲜花和窗户
该有一条小溪,从花丛间流过
你在河岸
倾听阳光在运行,影子抵达秘密深处
守着承袭了无数载的领土

该有一条小舟,穿过浅浅的草海
载着你,来完成宿命的约定

铎木诗十三首

巷　道

青春从这进去,阳光
从这进射
你是隐身于我生命中的血管
如此透彻

我支起的衬木还在
我铆下的铁钉还在
我吼出的吆喝还在
我拧亮的灯光还在
铃声还在,汗味还在,风还在,梦还在……
黑暗与寂寞还在

人生必须经过这条通道,才会
遇见曙光
头顶的并不是蓝天,但有蓝天一样的辽阔
有满天的星辰

那日,我亲吻了铁轨和矿车
巷道,成了一生的牵挂
它引领我走向生命的彼岸

地心深处

尘雾厚了点,生活呵
我已拓印了天空,把阳光藏进了心头
现在,我在与黑暗对白
说出各自的谚语

并不苦涩,我的苦涩是灵魂上钙化的

泪光,它让我有过短暂的伤感
这些来自黑暗的时间
从八点到下午四点,阳光与爱情
依次落着,落着……

好像永远不会结束,巷道依旧保持着
对梦的控制
但是汗水,汗水来自洁净
一千种理由不是理由,它汇集内心的光

带着黑色的歌声,颂唱
通往地心的路穿过瓦斯与暗河,灯光
在骨髓中觅寻
那条人生的矿脉

矿　车

寂静又被惊醒,岁月被追赶
带动着风
从工业广场到工作面
从巷道到井口,无数次俯视,仰望
用铁质的声音回应

藏青色的秉性牵引着这个矿山
那么多希望被呈现
它们依仗的是深度的热量
说出前世的梦,夙愿
等待阳光的淋湿

在翻笼架上撒下满天的星光
转身,找一个满脸煤尘的兄弟
聊聊,捎上一句话

或在侧旁写上一串阿拉伯数字

天轮架又在转动了
铁轨上响起一首矿山之曲

窑话

如果风再执意些，它便会从一块团钵石中
逸出。让阳光听懂这独一无二的
黑色之语，绽放出内心之花

戏谑，谑而不虐
只有生命中布满巷道的人才能悟懂
像航海人的旗语
像，已走兄弟的墓志铭

一首渴念的歌，如此饱满
它释稀了绵绵滚动的黑，它的纯朴
应有七千大卡的热量
将岁月点亮

他们用地心的语言歌唱，像母亲赐予的
阳光与爱，执着与梦
直到眼前升起一盏圆灯

窑衣

已看不清原来的颜色，女人在木盆中
清洗一幅画。时光需要寻觅
比如，线缝中的煤尘
和灯光，汗渍不必追问了

她坐在木凳上缝补，从松动的纽扣开始
到撕开的裂口，一针一线
像他穿过的巷道
窗口那缕月光。他盯着她花白的鬓角
三十年了，她缝补的梦构成一个完整的夜

此时，野哥坐在妻子的对面
他喝着五加皮酒
在渐渐宽敞的日子里看着她佝偻的背影

灯光很亮，足以明白这段生活

明天就要退休了，她说，这窑衣
补好后就放进樟木箱子
他知道那里放着结婚时她穿的红嫁衣
她要把这件窑衣烫平
和嫁衣叠放在一起

矿灯

光芒聚于一身，必穿过尘雾
准确地照亮岩壁上的每个箭头
引领着脚步
朝向一个既定的场景
一段人生

从+60下降到-200，再返回到井下车场
在一个躲避洞里看着上升的矿车
墙壁上留着一些数字
我可以有多种解释

但灯光只有一种，必须加进稀释的酸液
待矿车走过
一群高低不一的兄弟走来
矿灯下
他们有同一种面容

灯束交织，在岩壁上折回
溅落，像春天夜里的一道道闪电
带来锃亮的画卷

在天轮架上鸣唱的布谷鸟

时光停下来，便有了春天的布谷鸟
带来阳光的弧线，和一连串的歌唱

矿工们下井了，他们
正在搬运一座远古的森林
天轮的片刻宁静，给足了布谷鸟的想象
她的连衣裙，给足了矿山的花香

歌声对着井口,眼神与阳光对着井口
春天的灵性描出了人世间的美章
牵引出一段段佳话
她身上开着鲜丽的杜鹃花
歌声从天轮上流过

这些,会沿着钢索绳流到-200的工作面
如你有应答,请开绞车的妹妹
放下矿车,拉上哥哥的词赋

衬　木

用一块团钵石垫着,木头便有了灵气
如果用铁钉铆住
声音富有节奏,传向远处
这些井下的松树衬木,它们在寻找
失散多年的兄弟

或,一只黑色的虫子
"爱的伊甸园,必须支撑起仰望的天空"
在-200的深处
和这些木头感受灵魂的对白
拓下一幅黑白的画

这些舍弃了光明的木头,默默地
望着我,像一队整齐的士兵
我想,它们等待的一定是号角
是曙光

我不会忘记这些充满灵性的衬木
它们是我的兄弟
在一个梦中,我们灵犀相通

棚　房

灰色的屋顶,如此低矮
从一幢到十二幢,像一个转动的车轮
一页翻动的书
家和女人在书中,孩子们朗读着诗句
将明亮的灯光滚出

钟声是神圣的,温柔摆在画中
生活给了一大堆理由
去爱,去思,去孕育和保护
因为我们是矿工
像山谷中仰望的向日葵。头顶是阳光

在日子和日子之间,这些瓦灰色的棚房
呈现出一幅圣洁的画
如果等来一场雪,一群人会用铁铲
堆出一群雪人,有各自言笑的形状

大多时候,会留给落日与黄昏
她们唤着男人和孩子的名字
喊声从一幢窜出又从十二幢弹回
清亮,清亮的
像肉质般的月色,如此恰当

晨　曲

仿佛蓝色的天空,渐渐明亮
阳光从梅山的腋下升起
悬浮于天轮。梦鸟一只只醒来
晨曦与灯塔相接
垂落的是一片沾上露水的树叶

女人们开始拭擦木器
四处转动着读书声
过道的尽头有一只桔黄色的猫
它从一个破旧的矿帽中起身
伸了一下腰

我站在窗前,寻找着隐身之物
风也是隐身的,称之为矿山的信笺
一个采煤工在诉说,"给我一条驿道,我便
　　可以
在一张邮票上舞蹈"
那天,他戴着崭新的矿帽

矿帽上有灯,照亮早年的绘画
一条废置的巷道
现在,我紧盯着那个洗工作服的女人

眼光如此贪婪

挡　头

做一个拖煤的小工,见证一场破碎
比如亘古
岩壁的裂缝、零落的骨骼
甚至,急骤释放的阳光与炭气

在正负零以下的工作面,他
凝神,快速在师傅的胯下布置好溜槽
将天空滑进矿车之中

黄卫东默契的动作被煤尘掩盖
黑口罩给了他一口气
情急时,他放下铁锹用一双手爬着
直到师傅转过身

他们又开始镶衬木了
用一些篾搭子,堵住篓子
整个过程,不宜歌唱

开启光明的钥匙

内心的明亮须有一个黑色的坚壳
如一盏灯
它的侧面立着一些影子
比如,一块煤,它藏着时光的锋芒
和,煤矿人的渴望

通向阳光的路必先经过黑暗
放下妄言
去寻找真正的豁口
在敲绑问顶之后,呈现一条矿脉
像天空惊现的翅膀

有雾障,有雷电,有风雨

有带血泪的号语
在黑暗中留下印记和箭头,希望之鸟
从光明起飞飞越黑暗,抵达更深的黑

用黑向黑表白,一场旷世之恋
黑珍珠,黑美人
黑色的阳光将爱情熠烁
我不说兑换
应是我的兄弟真的悟出了黑,找到了那把
开启光明的钥匙

纯粹的黑

想把这纯粹的黑色留住,这是
我的妄念
从正负0到-170,再到-200
我手里攥着的是一把斧子,梦站立一边
任一个女人进来

她撑着一盏灯,在灯光下诵读
马鬃色的诗
我给出的黑除了黑夜,还有黑暗过滤过的
阳光
它拉动天空从岸边走过
拖走鸟道

这黑隐藏了一些,比如腋毛
像庄稼地里的虫鸣
我们彼此相识。那一夜,我想被人忘记
在井下车场的衬木上拧熄矿灯
盯着那扇石门

黑色的东西进进去去,填充着我的瞳孔
我看得清一个豁口
她站在那里,等待被黑暗融化
我想,事情就这样开始了
那黑色,那灯光,那带磁的窗帘

金华"八婺清风"诗歌会大奖赛 >>>

以双龙命名的故乡（一等奖）

● 木 汀

有龙途经和栖居过土地都是幸运的
何况不只一条龙　而是两条
何况不是途经和栖居过
而是盘踞在这里
一动不动地佑护着这里的山脉和江河
佑护这里的乡野阡陌和一切生灵

这座古城一千八百个韶华的臻美
是因这两条龙无时无刻不与古城一同面朝
　苍穹
迎送婺女星的光芒和灿烂
正如李清照恋恋着的双溪
它以独特的浪花和清流
涌动张志和、吕祖谦、黄宾虹、邵飘萍和何
　氏三杰的涛声

在我登上北山之巅就发现

这座古城像一簇簇绽放的山茶花
千姿百态着自己的笑靥
千姿百态着一座古城的日新月异的风光

透过这座古城的每一滴水
我就看到每一片绿
茂密和错落有致在这里的湿润的土地
葳蕤的不只是这里的绿
葳蕤是这里土地上发生的生机和斗志
以及土地发出的对幸福解答的旋律

这座古城
是我的故乡
故乡的人，把千年窑火扎拢当火把
用它照亮古城崛起的征程　前方　未来
把幸福梦　中国梦
照得通红通红

大堰河（二等奖）

● 邹伟平

大堰河没有河
大堰河是一个叫作叶荷的小村庄
房子之间穿插着几个平静的水塘
老房子已经不多
他们被新房子包围在了中央

大堰河是个保姆
保姆的善良刻入了诗人的心房
保姆的乳汁孕育了诗人的精神和理想
艾青，这个出生于畈田蒋的诗人
他从《大堰河——我的保姆》出发
他举着《火把》穿过《礁石》勇敢地迎着

海浪
他拥抱《春天》唱着《光的赞歌》
锋芒直指《古罗马大斗技场》
他向黑暗扔去了匕首与投枪
他向光明献出了鲜花与鼓掌

大堰河哺育了诗人
是诗人就要呐喊
是诗人就要歌唱
每一次呐喊都是诗人生命的奔放
每一次歌唱都是诗人灵魂的激荡
到如今
这些激情澎湃的诗歌，像一条缠缠绵绵的
　　小河
汇入了洋洋中华诗歌的长江

大堰河是一条河

是诗人艾青心中的母亲河
无论游子走得多远
母亲始终站在村口
永远在等待中守望

大堰河是一条河
是诗人激情澎湃的生命之河
是八婺传统文化的灿烂星河
大堰河是一条河
是中华诗歌历史中的一条经典之河
是金华人文精神的传承之河

河的这一头起始于叶荷村
河的那一头
伸向了广袤无垠浩森遥远的
　　远方

兰溪，今夜让我把你忘记（二等奖）

● 林海蓓

灵羊岛上，今夜
雨打芭蕉
每一声
都是兰溪的歌鸣

风吹来
点点滴滴的记忆
悬挂在老四合院的窗棂

不远处
波澜起伏的温软
沿着衢江、婺江、兰江
追随前世的英雄、美人
倾尽生命里的如水柔情

温柔的夜　历史已经远去
嘉会堂里壮志绸缪的朱元璋
八卦村诸葛聪慧的后人
绮霞园未谙世事的赵四
安坐在芥子园的李渔
还有供奉在我们身旁的黄大仙……
都在雨中沉寂　却走进后人的梦里

尘世的种种遭遇
如今已那么纯净　那么柔和　那么温暖
像水
被这春夜的雨声淹没
而我，却无法忘掉此时的你

我的故乡（三等奖）

◉ 南 寻

如果说一座城市的脊梁
可以支撑起这片天空,历经千百年
仍然屹立在这土地上
那它一定是指东阳的建筑

卢宅老街,还是那般慈祥
安静在东城喧嚣之内
你说这是在城内,我说这是在城外
从花厅到肃雍堂,不变的是雕梁画栋
从炼钢厂到酿酒坊,已经人去楼空

如果说一座城市,能在时光里长流
那它一定是在不断长大
这是历史的宿命,也是岁月的沉沦

山,是那座山;水,还是那湾水
让人惊喜的是,过去几十年的秃山
有了百灵的鸣音,还有一群不知名的动物
欢腾着,奔跑着,突然之间
山里就有了神仙的传说
还记得那年,你在自家门口种了一棵柿
　　子树
今年,已经高过屋头

那湾水,像极一位亭亭玉立的姑娘
略施粉黛,娇羞妩媚,躲在山里不敢抬头
水底呢,藏着一个秘密,却让人一览无余
你从水里打捞起一个月亮
想把它送给还未回家的孩子

绵延十几里的灯火,此刻显得格外安静
高楼下的光,照亮了晚归的行人
热闹的步行街仿佛置于另一个天地
这座城市仍在不断长大
下一秒,下一分,下一年

许多年来,我目睹了太多变化
已然分不清这是南街还是北街
我也记不起那是东门还是西门
唯一让我释怀的,还是那群戴着红领巾的
　　孩子
认真注视着上空,满怀憧憬
还有那群晨练的老人,始终一副乐天的
　　姿态
笑呵呵地告诉你:这就是东阳

与一条江在源头相遇（三等奖）

● 利　子

我愿意贴着岭干村的小河走
愿意倚在温暖的桥栏上
以手遮阳，数天上的云朵
一朵两朵，无数朵
飘过那里的村屋与弄堂
飘过那里的香樟与清泉
飘过那里的星星点灯与萤火虫
飘过那里遥远又贴近的龙乌尖

我甚至愿意在四月或八月的风中
看河水自东向西，流至西溪
流成亘古万年的婺江
看村头的老宅院
一口永不干枯的老井
它映着谁家女子的容颜
眉梢上挑起的水珠
嘴角上含起的泪珠
注定混合成婺江中经年的一粒玉

白玉兰、银杏、木棉树、花榈木
栀子，和短穗竹
这些河两岸的子子孙孙
它们的倒影，一路接引天光
随河水静静向前流淌
它们急促如脚步踏出的风声

像使者，传递的情愫可以追溯
可以典藏
可以彼此细细抚摸

多想放下行囊
在行云流水的龙乌尖
携一缕袅音及一匝韵脚
把自己披挂成一颗草木心
做它身旁的一棵树
一粒沙，一抔土
一只水鸟，一个小小爬虫
抑或阳光擦碰树叶时
接连响起的那一串细微的声响
看那些水与草之间的小情爱
听它们的小呢喃，小叹息
还有一些轻轻浅浅的小睡眠

甚至多想与心爱的人
栖居于此
我们白天一起在田间劳作
傍晚一起在夕阳下漫步
与一条江在源头里相遇
我已错过前世
不能再错过今生

方　岩(三等奖)

● 海　暇

翠鸟的身上有翱翔的腰牌
飞度拿神旨落巢,驱遣深处
不忘最初的修行。从云端祈雨
消解半山重语,罗汉洞孤静的往事
早已析出经年香火

遇,或不遇,都在蛟龙亭
还苍茫一片清音
沿天门,无限的渴望忍住盛夏呐喊
广慈寺,千年的钟声都有灵通指向

十八曲,坚定的方位童心跃然
涧溪互拥,捧出密林,献出我们的热泪
兑换四季,在悬崖上弹唱

从胡公大帝肃穆的眼视中,经略心神
从最初,到最终
无数次喧嚣或宁静,锤炼一拨声光
等待一个世界,在满足中陶醉
不敢深邃,就像在天桥
抚慰的丘壑,也能闻风起舞

八咏楼：诗的知己，找到最高的座位(三等奖)

● 陈忠龙

一

到婺江去丈量波涛,测一测胸中的气概
八咏楼是最好的比例尺

一座楼,给一条江加高志向
更上一层楼,不必去登鹳雀楼
在八咏楼,八面来风
都是来读风流金华的刻度

二

经过严维、李清照一笔一画的架设
在一个楼登高,更舒畅
吕祖谦、谢翱的平仄继续铺垫,建设

风云都来围观,都来加持
赵孟頫一篇一篇的加高,托物言志
有了更多有高度的对应物

登上去的胡大海、戚继光、李世贤
在行间距里,说出抱负,呼应名句
三军将士,跟着有效吟诵,士气提高了

三

诗的知己,在这里找到了最高的座位
目力所到,青山绿水
尽是《金华志》秀丽、雄壮的目录
往上翻,是宇宙的浩瀚

星星璀璨，是千百年目光的汇聚
向下瞰，是繁华的注释
上下呼应，相看两不厌

南眺婺江九曲蜿蜒，滔滔不尽
北望金华山横亘崎岖，绵绵千里
仰观俯察，照料着金华百里风光，很妩媚

四

一座楼，就是一篇篇诗章的组成
"千古风流八咏楼，江山留与后人愁。
水通南国三千里，气压江城十四州"……
念着，念着
眼光，就亮了，一轮朝阳应声而起
读着，读着
思想开阔了，阳光里的名字闪闪发亮

一座楼，做出了好榜样
无论谁登高的脚步声，与砥砺后辈的掌声
　　排在一起
都会抑扬顿挫

谁的身心，坐落在八咏楼里
对着多娇，提炼境界，都会得江山之助

五

以八咏楼为经纬，放好心灵的坐标
从这里延伸出去的诗行，指向苍穹，把目光
　　抬得陡峭

以"登高"为标题，在八咏楼召集群贤
排版理想，构思未来，而青天够写几行多

义乌人生(三等奖)

● 白瀚水

首先是人间，然后是岁月，父子
坚强的灵魂和植物
在婺州的泥土里成长
乌伤是它的旧名
而新的名字，多了些义气，多了些壮丽
少了一些沉默时流下的泪水
在火车上。在街头巷尾
在更旧的器皿里面
火焰把内心的瓷器烧了一遍又一遍
而它寓意的人生，夯实，坚定
像是在一棵不知名的树上，眺望我的乌鸦

它看着我的时候，就像看着亲人
而温暖总是来自历史
铿锵的铁器
命运这个词太大了，我能反复提及
但我在面对祖辈的时候
总要把一杯酒，还给大地
总要把离去和归来，讲得清清楚楚
最后还是要说到人间
一座药山，用鸡毛换糖的人们
用生活书写不惧风暴，顽强的意志
那些能够拿命来拼的事
都像最初的乌鸦黑羽毛，黑眼睛，叫声响亮

八咏楼怀想(三等奖)

● 风 舞

——"水通南国三千里,气压江城十四州。"

拾级而上,敬仰和虔诚如担两桶水
需要不紧不慢,徐徐行之
怕洇湿了脚下石阶骨化的历史
怕重提一千五百年来的火灾、战乱和风雨
且上楼去,登楼远眺江山万里
双溪蜿蜒,异世同流
南山连屏,遗世独立

神州玉宇千千万,此楼不算高
华夏宝阁无数间,玄畅不为奇
看重檐楼阁,歇山屋顶,翼角起翘,石砌台基
想隆昌元年,东阳太守,倾心监制,巍巍雄峙
每每登楼,念今怀古,思绪万千,放怀作诗
脍炙人口,终成八咏,传为绝唱,声名鹊起

唐始称之八咏楼,元却毁于烟火间
八咏勒碑亦不存,太守旧梦再难寻
任岁月的无形利刃悄悄剔骨去肉
任千年的雷电风雨切削铮铮铁脊
我们偶尔在月朗星稀的夜晚
秉烛可以夜读那些朗朗的诗句

洪武重造宝婺观,废址再起玉皇阁
万历嘉庆复重建,天涯离客慕归心
婺江的水带不走清照的忧怀国恨
武阳的茶烹得起艾青的无限诗情

三条溪流在八婺的怀中汇合成一江丰腴
依稀舟楫蓑笠烟雨空山,定格在乡愁的远处

"落晖映长浦,焕景烛中浔。"
我们坐在婺江的岸边,看灯火万家,商贾云集
一曲道情唱不尽两千年的世故沧桑
一台婺剧重温多姿多彩的古婺风情
金华火腿行走在千家万户,东阳木雕赢得了
　无上荣誉
双龙洞的美名流淌在教科书里

金星婺女两星争华,金华盛誉名传天下
国家级历史文化名城、十佳宜居城市、十佳
　宜游城市
全国科技进步先进城市、全国十佳和谐
　城市……
且邀大海、继光、世贤重登八咏楼检阅
看这一张张金色的名片是否会飞回南朝
易安有灵,太守有知,当感欣慰无比

"南朝四百八十寺,多少楼台烟雨中"
我们像朴素而芬芳的田禾
在先民繁衍生息的水边驻足、向上而生
我想要汲满山中的清泉,浇灌山下的万亩
　良田
我想要登临风雨不摧的楼阁
看悬崖壁立青峰如削,千岩竞秀万木争荣
噫乎!风乎舞玄畅,咏而归

我要把浦江的春夏秋冬酿成酒（三等奖）

● 张克铖

来了，还走吗
广安桥的石板在问我
朝天门的山峰在问我
黄岭古道的竹林在问我
不，我不会走
我要入大畈土著

我要学吴刚的痴情
做一名酿酒师
用你的一半诗意，用我的一半诗心
在你的夜色里酿酒
把浦江的春夏秋冬酿进酒里

一杯太少，一壶不够
我要酿一江酒
凿平陡峭的酒
根治贫穷的酒
驱除阴霾的酒

这酒香飘在上河
飘在大畈，飘满黄堂演
会玩耍的孩子
会饮酒的诗人，会吟诗的月光
醇香的皎洁在壶源江畔朗照

师古人之心，不师古人之法
——谈汉诗基型的承继和创新

● 邱景华

一

长期以来，我们一直在讲要向中国古典诗歌学习，继承古典诗歌传统，但究竟应该学习和继承什么？其实并没有弄明白，多数是在实践中摸索。

有一种长期流行的观点认为：向古典诗歌学习，就是学习和借鉴古典诗歌的形式和艺术；因为古诗所表达的内容，即古人的生活，是属于农业社会，与现代生活完全不同，不能继承；新诗的内容应该以表现新的时代精神和时代经验为主。所以，新诗只能有选择地学习和传承古典诗歌的形式：语言、结构和手法，来表现新的生活。

这种源于社会进化论的流行观点，影响了20世纪几代诗人和读者，多数人是把它作为一个定论和共识而接受。如今，对这种主流观点，已经很少有人去质疑和辨析。所以，当我第一次看到长期在美国耶鲁大学任教的中国台湾籍著名诗人郑愁予，提出要继承古典诗歌的内容时，不免倍感诧异和困惑。

郑愁予说："我常说诗就它的内容而言，从《诗经》开始至今，就没有多大转变，因为它表现的是人类共同的基本状况，如爱情，对生与死的敏感，对自然的接近和抗拒等。人类尽管已由农业社会转为工业社会，但诗所表现的这些基本内容没有改变。"①又说："从《诗经》到'现代诗'，诗的内涵并没有多少改变，因为人性没有改变。从整个人类文化来看，几千年的发展其实也很短，人的情操、性灵，也不曾变成别样的东西……。"②

郑愁予在几次回大陆的访谈中，反复说到的古典诗的内容，概括有两点：一是人的生存状况，二是人性。这两点，二千多年以来，确实没有多大改变。但我们今天讲古典诗歌，常用二元对立的思维模式，简单地把中国诗歌分为：旧诗与新诗，旧诗是反映旧的生活，新诗是反映新的生活。这样，旧诗的内容与新诗的内容就被截然分开，变成对立；而没有看到旧诗内容与新诗内容，除了表层社会和生活方式的改变，还有深层不变的一面：即人性和人的生存状态没有根本改变。换言之，中国人的生存状态和人性，是构成古诗和新诗不可分开的、亘古不变的共同内容。

郑愁予的慧眼还在于，不仅看到了新诗与旧诗内容不变的一面，同时还明确提出新诗的形式必须要变。他说："中国诗两千多年，内容说的是人的状况，这个不会变，但形式上一定要改变。引入白话，西方翻译的文字及其他文化的元素。"又说："从我个人来说，用什么形式来表达那个时代的感情，营造盛唐文化的感情，把那种志向表达出来，但是不能用过去的形式，只能用自己的形式，然后在内容方面来传承古人的精神。所以，我们叫'师古人之心，不师古人之法'。"③

概言之,郑愁予提出的"师古人之心,不师古人之法",提倡在内容上学习古典诗歌表现人性和人类的生存状态;而在形式上,则强调必须变法,必须吸收西方现代诗的手法和其他文化因子,创造个人化的崭新而独特的新诗形式。

郑愁予的上述观点,其实是得益于他的创作实践。或者说是他对自己创作实践的理论概括。1954年发表的名作《错误》,从题材上说,是继承了古典闺怨诗的"基型"。唐代闺怨诗,多写夫君外出经商、游宦、征战,妻子独守闺房的思恋和怨情。《错误》所师法的就是这种闺怨诗基型。但在形式上,郑愁予对闺怨诗的"基型"做了重大的创新:采用西方现代主义诗歌的"戏剧化"手法,把古典闺怨诗原有的女性叙述视角,改为男性的叙述角度,即现代诗的戏剧化叙述者。开篇就是"我打江南走过",由这个男性叙述者,讲述想象中的"闺怨"情境,最后归结于"我不是归人／是个过客……"。

这首诗的戏剧化在于:叙述者"我"与等待中的"闺怨"女子,是什么关系? 是夫妻? 还是情人? 或者只是想象中毫无关系的两个陌生人? 诗中没有明说,而题目的《错误》,更是有意强化这种不确定性和多义性。是什么"错误"? 是浪子过家门而不入的"错误"? 还是"闺怨"中的女子,把陌生人的马蹄声,误以为是夫君归来的"错误"? 诗中始终没有明确,而是有意留下悬念,让读者自己猜想,开拓联想的空间。这样就打破了古典闺怨诗明确的主题和情感,带来了一种现代视角和世事难以猜测的变数,给这首现代诗带来了内涵的不确定性和多义性,使古典闺怨诗的"基型",获得现代内涵,整首诗焕然一新,但又依然有浓郁的汉诗意味。要言之,《错误》在艺术上的巨大成功,支撑和印证了郑愁予所概括的"师古人之心,不师古人之法"观点的正确。

其实,早在郑愁予之前,类似的说法已经出现了。

20世纪30年代,著名诗人林庚就指出:"一个文学作品有三件基本的东西,一是人类根本的情绪,这是亘古不变的;所以我们才会读到佳作时,便觉得与古人同有此心。二是所写到的事物,这也是似变其实未变的。……第三呢,那便是感觉,那便是怎样会叫一种情绪落在某一件事物上,或者说怎样会叫一件事物产生了某种情绪的关键。……这感觉的逐渐演变当然又是随着生活而消长的……至于感觉的进展,却确是人类精神领域的园丁;有了这进展所以才有一代一代不同的诗……"④林庚所说的"人类根本的情绪",就是人性中亘古不变的基本情感;"感觉",则是诗人自己的审美体验,属于形式方面。与废名所言相似:"古今人头上都是一个月亮,古今人对于月亮的观感却并不是一样的观感。'永夜月同孤'正是杜甫,'明月松间照'正是王维,'举杯邀明月,对影成三人'正是李白。这些诗我们读来都很好,但李商隐的'嫦娥无粉黛'又何尝不好呢? 就说不好也是没有办法的,因为那是他对于月亮所引起的感觉与以前不同。"⑤

林庚和废名所说的诗人感觉的变化更新,就是对同一种自然意象,要有不同的感觉和情思。这就是既有承继,比如对月亮意象的表现,但对月的感觉却要因人而异,这就是在承继中创新。

叶嘉莹认为:"《古诗十九诗》所写的感情基本上有三类:离别的感情、失意的感情、忧虑人生无常的感情。我以为,这三类感情都是人生最基本的感情,或者也可以叫作人类感情的'基型'或'共相'"。⑥

概言之,林庚、废名、叶嘉莹,与郑愁予的相同之处,在于强调新诗与旧诗在内容上不变的一面;变的是感觉和形式。

正因为中国人的生存环境没有根本改变,人性中的基本情感没有改变,所以一代又一代的诗人,以他们不同的感觉和形式,表现那些亘古不变的自然意象和基本情感,就形成了古诗中共同的内容,形成重复而永久的题材和主题。比如赠友唱和、送别、游子离愁、生死、爱情、亲情、战争等。其中反复表现的同一种题材类型,同一种主题,也就是郑愁予所说的"基型"。郑愁予认为:中国诗歌从先秦时期一路发展至今,经过不断交汇融合,形成了自己独具特色的基型,传统诗基型大概在唐代至盛唐时期形成。⑦比如,赠答诗、送别诗、山水诗、边塞诗、闺怨诗、怀古诗、咏史诗、咏物诗等;还有思乡的主题,游子离愁的主题,人生苦短的主题等等,构成了古典诗歌传统中内容不变的共同性和连续性。

"基型"包含题材和主题,但又不是等同于一般的、常变的题材和主题,而是亘古不变的人类基本情感;与有的题材只是表现个人的特殊情感,两者之间有天壤之别;其次,"基型"是一代又一代的诗人对同一种题材和主题,在漫长创新中的不断积累的艺术过程,并且还包括与题材和主题相关的形式因素的积累,不断形成相当稳定的汉诗特点。

正是有了表现各种基型的形式因素的积累,才能形成各种基型诗:如送别诗、边塞诗、咏物诗、情诗、闺怨诗、怀古诗、咏史诗等。在这各种基型诗中艺术因素积累的过程中,会逐渐形成各种基本的意象和手法。如送别诗中的折柳意象、落日的意象、送别的场景和依依不舍的情思。在咏物诗中,借物寓意、借物抒情是基本的手法。在边塞诗中,边关、沙场、将士、思乡是基本的意象,并且它的意境是悲壮的,它的美学风格是豪放阳刚的。又如,闺怨诗,总会有怨女独守闺房的场景,和哀怨的情结。这些基型诗各自相似的艺术因素,总是与基型诗的题材和主题融为一体,不可分开,形成了汉诗的艺术特色。

要言之,基型包括题材、主题和形式的连续性,并形成民族诗歌的特性,也就是汉诗的特点(这就是"师古人之心");同时,后代诗人在承继前人的基型时,又必须以自己新的感觉、新的语言、新的形式,予以创新和发展。(这就是"不师古人之法"。)

二

"师古人之心,不师古人之法",郑愁予的提法,比泛泛而谈的继承古典诗歌传统,有很大的进展。假如把它作为一种诗学命题,我们还可以根据百年新诗成功的实践经验,做进一步的讨论。

"师古人之心",虽然强调是对古诗中表现中国人基本生存状态和人性的所谓"基型"的继承,但"基型"虽然是普遍性,当代诗人却必须以个人独特的体验和经验,使基型获得新的生命。或者说,诗的普遍性必须通过诗人的独特性而表现出来。所以,当代诗人一方面要承继汉诗的基型,表现中国人情感的普遍性;另一方面,又必须以自己独特的经验,来表现这种普遍性,才能在承继汉诗基型中再创新,或者说发展基型。如果没有当代诗人独特的人生经验的融入,就只能是简单地模仿旧基型,会不知不觉感染并重复旧诗的腔调和情调。

比如,戴望舒最初创作的《旧锦囊》诗集、辛笛早期写的《珠贝篇》,皆因为作者长期沉浸于古诗词,而不知不觉地染上浓郁的旧诗感伤情绪。又如早年的林庚,虽然强调对中国人基本情感的继承,但他开始新诗格律的实验,所写的齐言诗,主要是在形式上进行试验和创新,在情感上基本是重复古人的。所以,有人说林庚是拿白话写古诗。

但中后期的戴望舒和辛笛,都摆脱了旧诗情调,在承继的基型中融入了个人的独特经验,即所处时代的个人经验。比如,青年辛笛后来到英国爱丁堡留学,所创作"域外篇":一方面表现出浓厚的乡愁、旅途、生死,是汉诗基型的多种题材;另一方面,又具有鲜明的异域特点,有着独特的在异国思乡的个人体验。如《杜鹃花和鸟》，写的是在英国见到杜鹃花而诱发出乡愁。《再见，蓝马店》写的是在英国旅途中的见闻和思绪，融合了当年欧洲战争的时代风云，还有对古诗"鸡声茅店月，人迹板上霜"的化用，都融化在一起。所以，辛笛的海外诗，用在异国他乡的独特体验，来表现具有时代感的乡愁，既继承汉诗的基型，又能更新和再创造，或者说是一种汉诗的现代基型。

再如，徐志摩的《再别康桥》，按题材而言，是一首离别诗，也是汉诗的一种基型。但这首诗独特之处，是融入了个人独特的经验：他在英国康桥留学时，接受了外国浪漫主义的理想和艺术，但回国六年，他的社会理想和对爱情的追求，都在现实中破灭了。当他再次来到康桥，看到康桥依然如仙境般的美好，而自己曾经在此产生的彩虹般的理想却幻灭了，格外的哀伤和痛苦，他就把这种独特的个人体验，融入这首诗中。换言之，他不仅仅是与康桥离别，更重要的是与在康桥所形成的爱情和社会理想告别。其次，在形式上，把浪漫主义的抒情，象征派的隐喻暗示，和汉诗的意象与创造意境的方法，以及新月派对现代格律化的探索和实践，融合创新。换言之，这种多元诗歌传统基础上的综合创造，使这首诗的离别基型，有了新的转型和创新。

何其芳的《预言》诗集，继承了汉诗中的情诗基型，恋爱虽然是一种基本情感，但把女性作为年轻的神来歌颂，在古诗中并不多见。虽然在曹植的诗中，已有洛神，但那是神话中女神。只有经过外国浪漫主义诗歌的影响，经过"五四文化运动"的洗礼，才形成的一种现代人的情感和恋爱观，以及对女性的尊重和赞美。应该说，何其芳深受外国浪漫主义和象征派诗歌的影响，又融入了自己的恋爱经验，表现了新时代青年的情感。所以，《预言》成为新诗著名的情诗集。

为什么卞之琳的新诗中，流传最广的是短诗《断章》？

《断章》也是一首情诗的题材，或者说是属于古诗的情诗基型，所写的也是男女的思恋之情。卞之琳在恋爱中，是以一种"冷血动物"的情感出现，所以他在这首诗的时空的处理上，采用了现代科学相对论作为时空观，突出距离在恋爱中的分离作用，暗示一种理性对情感的节制。换言之，是用现代诗间离的手法，来形成新的时空感，把炙热的恋情，转换成客观的意象和场景。在形式上，又吸收宋词的上下片的结构特点和含蓄隽永的意味，把现代象征的隐喻与古典的暗示融合为一体。用现代科学的时空观，使古老的情诗基型获得新生，并且具有汉诗的特点。

30年代，废名有一个说法：新诗必须是用散文的文字，写诗的内容。其意思与"师古人之心，不师古人之法"是相通的。散文的文字，就是说要用白话（现代口语）来写，摆脱旧诗的文言和句法，也就是"不师古人之法"。所谓"诗的内容"，就是要继承古诗中对人类基本情感的表现，其实就是"师古人之心"。

废名讲诗，就是用这种标准来取舍和判断。所以，他推崇郭沫若的《夕暮》，而不讲《女神》中被誉为"五四"时代精神的有强烈时代感的诗篇。推崇沈尹默的《树》、刘半农的《母亲》（表现的是母爱）。还有林庚《春野与窗》诗集中的《大风之夕》《暮》《沪之雨夜》等，表达人类基本情感的诗作。（林庚的自由诗符合废名的标准，而格律诗的实验，废名则是反对的，说是失败的。）对卞之琳也是如此，废名喜欢他的《寂寞》《道旁》《倦》《车站》等，而不提卞之琳那些现代主义形式的诗，如《距离的组织》《尺八》，废名所讲的是一个让我们多少感到有些意外的诗人卞之琳，而不是当代曾经被推崇为所谓的"现代主义诗歌之父"。而废名所说的这些"师古人之心"的诗，在内容上因为与汉诗一样，都是表现人类的基本情感,所以有一种"古风"。废名对新诗表现时代经验的名作,是不太感兴趣的。

四

前面分析了"师古人之心",不但要承继古诗中对人性和人性生存状态的表现,而且还要融入当代诗人对所处时代的独特经验,这就是"旧中有新"。"不师古人之法",就是说当代诗人要根据题材,创造自己的新形式,同时还要具有汉诗的特点,才是承继旧基型,发展新基型。

乡愁也是汉诗的一个源远流长的重要基型。中国人对乡土和家园的眷恋,外出游子的思乡情结,已经成为中华民族的集体无意识。进入20世纪,因为现代生活交通的便利,乡愁更多地表现为在异国他乡的游子的思恋。比如,30年代在英国爱丁堡留学的辛笛,其名作《杜鹃花和鸟》,写的是在英国见到杜鹃花而诱发出乡愁。

当代写乡愁的一批诗人,多集中在台湾。他们生在大陆,长在大陆,后来才到台湾,因为两岸隔绝,形成一种特别的乡愁。其中最有名的两首,是余光中的《乡愁》、洛夫的《边界望乡》。同样是写乡愁,同样是承继汉诗乡愁的基型;形式上同样是"不师古人之法",但两者在艺术上有重要的差异。

洛夫的《边界望乡》,主要是采用西化的形式,《边界望乡》共有六节,第一节二行,第二节八行,第三节八行,第四节八行,第五节三行,第六节五行,共三十二行。节无定行,行无定字,是一种散文化,完全是新诗的自由体。其形式缺少汉诗的特点,特别是具有汉诗的独创性。余光中的《乡愁》,则是采用具有汉诗特点的形式,其"节的对衬体",是一种现代格律化的重大创新。《乡愁》共四节每节六行,共十六行,字数比《边界望乡》少得多,形式也整齐,是现代诗格律化。从古典汉诗句的对偶,到新诗"节的对衬",是一种巨大的艺术创造。节的对衬,是新诗格式的对称和均齐,虽然每节每行的字数不相等,但节与节每行的字数却对应相等,并且又能根据所写的内容的不同,采用不同的对衬体,即"不定型",一首诗一种对衬体。这样既不会成为豆腐干体的呆板,又能在节的重复中,保持某种现代格律。对称体是百年新诗现代化格律的艰难探索中,所取得的最重要的艺术成就之一。余光中的《乡愁》,是新诗对称体在当代最重要的成果之一。

而《边界望乡》比《乡愁》行数多一倍,字数多好几倍,缺少《乡愁》在艺术上的单纯、集中和浓缩。好诗的标准,就是用最少的字,表达最多的内容。也就是单纯、浓缩和集中,这是好诗的基本标准。

按照基型包括题材、主题和形式的连续性,并且有汉诗的特点,来分析,那么,《边界望乡》只具有乡愁基型的题材和主题,而新形式缺少汉诗特点,所以其乡愁的新基型并不完整。而《乡愁》因为它的新形式,是独创的新诗对衬体,承继和发展了汉诗的形式特点。所以,《乡愁》对汉诗基型的承继和创新,比《边界望乡》完整。

《乡愁》产生了比《边界望乡》更大的影响,因为它触动了中国当代读者的中华民族的民族审美的集体无意识。那种简单地把《乡愁》的广为流传,视为一种不懂得现代诗的大众化水平,是皮相之见。恰恰相反,这是中国当代读者的明智选择,也是新诗经典进行中的一种自觉而必然的历史选择。虽然,《边界望乡》也是一首名作,但其汉诗特点与《乡愁》相比,就逊色多了。

创造具有汉诗特点的新基型,实际上比不具备汉诗特点或很少汉诗特点的新诗创作,更为艰难。基型实际上是包含着内容和形式的多种因素,只有两方面因素的融合,基型才得以形成,才是完整。

新诗诗人创造的新形式,要具有汉诗特点,是非常不易的。只有具备了汉诗的特点,余光中的《乡愁》才会基型完整,读了就会接通基型中汉诗的血脉,使你感觉到诗中所流淌的是汉诗生生不息的艺术生命。所以,新形式的汉诗特点非常重要,正是它使诗中所写的诗人对人性和人类基本情感的独特体验,得以完好地传达出来。名曰"不师古人之法",实则使古老的基型重获新的艺术生命。

从读者的层面看,汉诗的新基型很容易唤起读者阅读的审美期待,那是一种以往汉诗所熟悉的审美体验;同时,又期待基型中能带有新的陌生的审美体验。新诗的基型,必须符合当代读者这两种审美要求,才能获得广泛的流传。强调新诗形式的汉诗特点,就是要使所创造的诗,符合广大读者的民族审美习惯;但不是复古,而是"新中有旧"。

五

抗战爆发后,诗歌表现时代成了主流,或者说成为当代诗歌进程中最大的主要诗潮。(这其中,还有社会进化论思维模式的影响。)像抗战时期艾青、田间的诗歌创作,便相继产生了轰动一时的影响。这也影响了新诗对古典诗歌传统的关系:因为要表现抗战时代的经验,自然会忽视对古典诗歌表现人的基本情感和生存处境的承继,也就是"不师古人之心"。

在抗战时期所写的新诗中,产生影响的还有在西南联大任教的冯至所写的《十四行集》,它并不像卞之琳《慰劳信集》那样,表现抗战的时代经验,而是写抗战时代的个人独特经验。冯至的《十四行集》,融入了中国古典诗歌在自然中感悟人生,冥想生死的基型,把生存于战争时期的杜甫的情操、存在主义的思想相融合。虽然是以欧洲的十四行体为主,但其中的诗句,主要是用现代口语,并表现出简约的汉诗意味,是中西艺术的高度融合。

在我看来,艾青的《北方》诗集,和冯至的《十四行集》,都是杰作。前者是表现抗战时代经验的名篇,后者是表现抗战时代中个人经验的佳构。让我想起美国同时代的两位大师:惠特曼和狄金森。惠特曼是以表现时代经验为主,狄金森则以写个人经验为主,但两人都是大师。(狄金森和冯至的个人经验中,都是对人性和人类生存状态的表现,也就是表现人类基本情感的诗歌基型。)

在延安时期产生的新诗歌,如李季《王贵与李香香》,以及后来阮竞章的《漳河水》等新民歌,都是以表现新时代的经验为主旨,后来又发展为新中国诗歌的主流,是历史的必然。其后蔚为大观的有贺敬之和郭小川的政治抒情诗。当表现新时代经验,成为诗歌压倒一切的主题和题材,对汉诗基型的承继,即"师古人之心"自然销声匿迹了。比如,冯至也不得不去写表现新时代内容的《韩波砍柴》。

值得深思的是,著名诗人蔡其矫和牛汉在前、中期的创作中,都受艾青抗战诗歌和惠特曼《草叶集》的重大影响,以表现时代经验为主旨;而他们到了晚年又都感悟到:诗歌单单表现时代经验,还不够,所以对狄金森的诗歌,也极为推崇。如果我们细加深究,还会看到:上述的反思,其实并不只是蔡其矫和牛汉,而是一批有远见诗人的共识。其实,从20世纪70年代后期开始,有几个大诗人的晚年或后期创作,相继出现了明显的回归汉诗基型的创作倾向。

被誉为中国现代主义诗歌主将的青年穆旦,曾经激烈地反对中国古典诗歌风花雪月的传统。他认为:应该像西方现代诗那样来一个转变,写现代人的城市生活经验。然而,经历了二十多年的人生磨难,接近晚年的穆旦,改变了青年时代少看古典诗歌的习惯,特别喜欢读陶渊明的诗歌。陶诗那种对人生易老的感叹,对人生无常的担忧:"常恐大化至,零落依草木",引起他强烈的共鸣。这其实是古诗"基型"所包含的人类基本情感,与他所处的苦难生存状态相似,引发了他新的感悟。

于是,1976年的穆旦,不仅不再激烈地反对风花雪月传统,而且自己也写春夏秋冬的四季题材,继承古典诗歌在季节转换中感悟人生和生命的"基型"。比如《秋》,写从盛夏的酷热中,好不容易进入秋天的清凉,本想在安宁中享受些许"生"的幸福,但很快"却见严冬已递来它的战书／在这恬静的／秋日的港湾。"季节的更换,暗示着人生的无常和对人祸的恐惧。这种新的感觉,不同于古诗的悲秋,具有特定的苦难时代的悲音。在形式上,则是探索将现代派与浪漫派的表现手法相融合,在秋天的抒情中,内含理性深思。

组诗《冬》,四首诗用四种不同的形式,表现一个总的主题:"人生本来是一个严酷的冬天"。以严冬季节为隐喻,暗示自己的悲剧命运。第一首是将普希金的浪漫句法,与叶芝的现代叠句相融合。第二首是借用现代主义诗歌的"思想知觉化",将意念转化为感觉,用"非诗意的辞句",表现严冬的寒意。第三首,则是用浪漫主义的抒情,显得单薄和直露。第四首,采用现代主义"客观对应物"的手法,以一种北方冬天旅途常见的马车夫短暂休憩的场景,隐喻作者回国后屡遭迫害,欲歌不得、欲安不能,永远在人生的逆境中受苦受难的沉痛和哀伤。

从早期的"不师古人之心",到后期"师古人之心"的转变,是穆旦从自己的悲剧命运中,从自己苦难的生存状态中获得醒悟。我猜想:接近晚年的穆旦,明白了现代诗除了写现代生活外,更应该关注和表现人性中亘古不变的情感。虽然这几首"四季歌"的诗作,形式上都是穆旦自己创造的新形式,但所表现的个人情感已经具有普遍性。这样,穆旦也回归"师古人之心,不师古人之法"的道路。遗憾的是,由于他的早逝,这条道路刚刚开始,就过早地结束了。

另一个也曾被誉为中国现代主义诗歌主将的诗人北岛,其创作道路也出现了与穆旦相似的情形。朦胧诗时期的青年北岛,以写时代经验而著称。他以《回答》《结局或开始——献给遇罗克》等诗,喊出了对所处时代的质疑和抗争,拨动了当年中国最敏感的心弦,引发了强烈而广泛的社会共鸣,为他赢得了声誉和社会影响力。但社会的视角,也把他的早期诗歌简单化了。其实北岛早期诗歌是多元化的,他最早写的是旧体诗词,后来受郭路生影响,开始写新诗,刚开始是写抒情诗而不是政治诗。虽然后来不再写旧体诗词,但汉诗的简洁和凝练的美学精神,影响了北岛的一生。

80年代后期,北岛移居海外,逐渐获得世界性的视野,认识到诗歌只表现时代经验的局限性,所以"悔其少作"——对朦胧诗时期表现时代经验的名作,进行反思。而后出现了对汉诗传统的回归。细读北岛的海外诗,其中最大的变化,就是从早期以表现时代精神和时代经验为主,转变为把个人化的海外漂泊的经验,与古典诗歌相关的"基型"相承接相融合。比如,北岛把他海外漂泊的生存状态,与古诗游子在异乡的别愁离恨相融合。《在天涯》,题目取自马致远的"断肠人在天涯",诗中有"一声凄厉的叫喊／从远古至今"。又如,在海外的北岛和顾城,为什么特别喜爱李煜的词?就是因为李煜亡国被俘后,写了很多在异乡老去的悲痛和哀伤的词,引起了北岛和顾城的强烈共鸣。北岛的《夜巡》《出场》《岁末》《蜡》,表现的是他在国外,从意气风发的青年变为饱经沧桑的中年,同样是在异国他乡老去的题材和主题。《黑色地图》是属于"游子回乡"的"基型"。写父亲病重回国探亲的经历,亲情中融着对故国巨变的情思。

总之,北岛的海外诗,自觉地承继了古典诗歌的几种"基型",深刻地写出了人类的基本情感;而在形式上,吸收西方现代诗的各种手法,创造出具有鲜明汉诗特色和个人特点的新诗形式。也就是说,北岛海外诗也是"师古人之心,不师古人之法"的成功之作。

我想,在海外,以北岛强大的心智和世界性的视野,他是悟到了:表现时代精神和时代经验,虽然非常重要,能引起轰动;但事过境迁,从更大的历史时期看,也不过是社会变化中的小插曲,可能不如表现亘古不变的人性和人的生存状态来得长久。这大概是北岛"悔其少作"的原因吧,所以,他的海外诗才改弦更张,开拓新的艺术境界,并且表现出更多的汉诗特点。

六

在当代老一辈的著名诗人中,蔡其矫在漫长的七十年中,不间断地向中国古典诗歌传统学习。最早是向古典诗歌的形式学习,主要是学习结构章法;写新的绝句和律诗的结构。后来,转为学习古典诗歌的美学精神,最后转为对基型的继承和更新。蔡其矫认为学习的最好办法,就是译诗,把古诗译为新诗。他翻译了一百多首的古典诗词,对汉诗基型有着深入的了解。更难得的是,蔡其矫用现代人的思想和情感,以新的主题,对古典诗歌基型进行更新和创造,发展出具有汉诗特点的现代诗基型。他晚年的自选诗集《蔡其矫诗歌回廊》八卷本,[⑦]就是按照题材分类的,有:大地系列、海洋系列、生态系列、乡土系列、情诗系列、人生系列,这六个系列,其实就是六种新的基型。

自然山水诗(包括花鸟树木),是汉诗的重要基型。蔡其矫也创造了大量自然山水诗;更重要的是从山水诗中发展出海洋诗,创作了大量的海洋诗。从50年代歌颂保卫祖国海疆的水兵开始,不断写海,后来又表现大海的自然美,晚年创作中华民族古代辉煌的海洋历史,写长诗《泉州》《海神》《郑和航海》等,给海洋诗带来了多种新的主题,成为当代最著名的海洋诗人。晚年蔡其矫还在山水诗中融入20世纪的生态环保主题,又发展出自然生态诗,如《神农架问答》《花溪无花》等,其主题都是呼吁环保,对破坏自然生态的批判。《蔡其矫诗歌回廊》之三的《翠鸟》诗集,就是这种自然生态诗的专辑,共收诗一百一十四首,成为山水诗又一种新的基型。

情诗也是汉诗源远流长的基型,蔡其矫不仅翻译了不少晚唐和宋婉约派的诗词,而且成为当代写情诗的名家。他既吸收了古代诗人对女性美的歌吟,融入了外国浪漫主义诗歌的女性观和美学观,把女性作为美的象征,歌颂女性的爱心,并且还赋予女性现代的品格,即希望女性能勇敢地面对人生的风暴,塑造了崭新的"风中玫瑰"的女性系列形象。或者说,给古代情诗的基型,融入了"迎风"的时代情感。乡愁诗,也是汉诗的一个重要基型。归侨诗人蔡其矫从乡愁诗的基型中,发展出乡土诗,写了大量的诗篇。后来又受聂鲁达的影响,对乡土的吟唱,有了新的手法和新的内容。《蔡其矫诗歌回廊》之四的乡土系列《南曲》,就是乡土诗的专辑。汉诗有咏史诗、咏怀诗和怀古诗三种"基型"。蔡其矫把它们融为一体:创造出一种新的基型:"古代文化人物诗"。他就在怀古和咏史的基础上,寻找古代人物与他在精神上的相通之处,借他人写自己,写他晚年的精神境界。如组诗《沿着李白晚年足迹》、组诗《苏东坡南疆诗草》《柳永》《朱熹在武夷山》《李贽》等。

在当代新诗中,还很少看到像蔡其矫这样比较全面地承继和更新汉诗的多种基型。他以新的情感,提炼新的主题,使旧基型变成新基型。多种基型,也带来题材的多样化,蔡其矫晚年诗歌之所以有一种博大精深的气象,原因就在于此。正是这种承继和更新汉诗多种语言基型的艺术创造力,使蔡其矫的诗歌创作取得了卓越的艺术成就,奠定了其作为当代诗歌大家的地位。

总之,从对几位当代诗人的分析中,可以得出这样的结论:"师古人之心,不师古人之法",已经为一批著名诗人的创作实践所证实是正确的,是百年新诗继承中国古典诗歌传统并予以创新的一条成功经验,值得我们重视和更深入地研究。

注释:

① 沈奇:《摆渡:传统与现代——郑愁予访谈录》,《评论与研究》1997年第4期。

② 王伟明:《诗人诗事》,香港诗双月刊出版社1999年版,第284页。

③《台湾著名诗人郑愁予做客新华网谈诗歌文化与国学教育》,《新华网陕西频道》,2009年5月26日。

④ 林庚:《新诗格律与语言的诗化》,经济日报出版社2000年版,第13页。

⑤ 叶嘉莹:《汉魏六朝诗讲录》,河北教育出版社1997年版,第79页。

⑥ 废名:《新诗论稿》,北京大学出版社2008年版,第4页。

⑦《蔡其矫诗歌回廊》(8卷本),海峡文艺出版社2002年版。

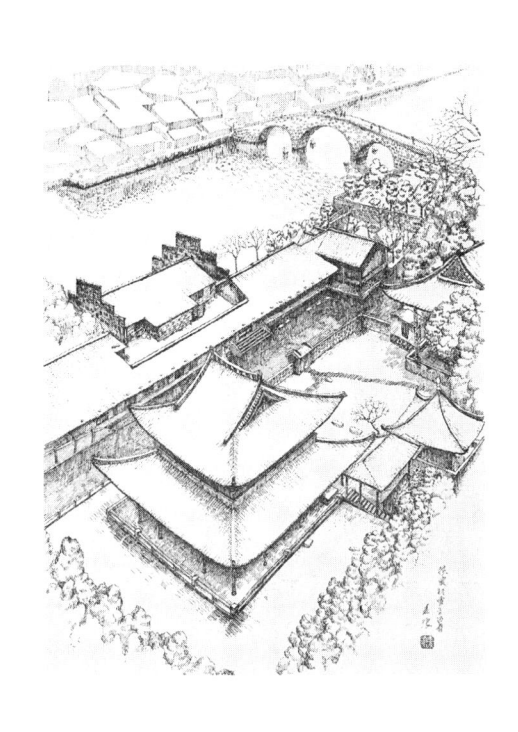

诗性正义与时代景观
——兼论诗歌的现实话语与当代经验

● 霍俊明

> 任何人都不拥有这片风景。在地平线上有一种财产无人可以拥有,除非此人的眼睛可以使所有这些部分整合成一体,这个人就是诗人。
>
> ——爱默生

社会剧变提供了新的时代景观,新媒体和自媒体催生的诗歌现场正在诗歌生态、内部机制和动力体统上发生着震荡。与此相应,有一个疑问正在加深——物化主义、经济利益、消费阅读的支配法则下,诗人应该经由词语建构的世界对谁说话和发声?这与歌德的自传《诗与真》,以及西蒙娜·薇依在1941年夏天所吁求的作家要对时代的种种不幸负责发生了切实的呼应。

毋庸置疑,诗人通过个人化的历史想象力、求真意志和精神词源在写作中重建"当代经验"和"真实感",进而承担文字的"诗性正义"是可能的,也是必要的。任何一个时代都有特殊的诗歌"发生学"机制。而时下在不断强化诗人"现实话语"和"当代经验"的吁求中,在诗人与公共空间的互动上,如何把个人的现实经验转变为整体历史经验,如何通过赋形和变形把个体真实通过语言的途径转化为历史的真实,就成为诗学和社会学的双重命题。实际上,现实见证的急迫性和诗歌修辞的急迫性,几乎是同时到来又具有同等的重要性。

一

"诗与真"或"诗性正义"(poetic justice)在任何时代都在考验着写作者们,尤其是对于莫衷一是、歧见纷呈的当代汉语诗歌而言,这个话题的讨论更有必要性和紧迫性。这也是进入繁乱的诗歌现场和诗人整体性精神情势的必经入口。

诗人有必要通过甄别、判断、调节、校正、指明和见证,来完成涵括了生命经验、时间经验以及社会经验的"诗性正义"。而具体到不同时期的诗歌写作,"诗性正义"因为"当代经验"的变动以及自我能动性,而在不断调整与更新,其话语要素和侧重点会有所不同,比如启蒙、人道主义、人性、社会批判、劝诫向善、精神净化、伦理修正、道德化以及反道德化、非道德化等等。当然就诗歌自身的特性而言,诗人也并非裁判、公诉人、审判员和调解员,"他不像法官那样裁判,而是像阳光倾注到一个无知者的周围"(惠特曼)。

"诗性正义"的理解与写作实践,不仅与当下具体的诗歌现象有关,也与诗歌文体认知的差异性有关。比如诗歌作为审美话语的自足性与作为历史话语的社会性,在很多诗人认知那里是二元对立的(体现为唯美遣兴的"隐逸派"与激烈尖锐的"公知派"),而能够予以融合的则非常罕见。"刺入当代生存经验之圈的诗,是具有巨大综合能力的诗,他不仅可以是纯粹自足的,甚至可以把时代的核心命题最大限度地诗化。"(陈超)诗歌在分歧中仍能取得共识,尤其在社会转型的节点上,有效地介入公共空间和公共理性与维护诗的自足性、独立性并不是冲突的。诗歌能在"少数人的写作"与"多数人的阅读"之间取得有效平衡,但是当下的写作事实却不容乐观。在一个纷纷"向前"的时代如何来一次驻足、凝视和"转身"的自省?在人人争先恐后赶往时代聚光灯的时候,如何在暗处感受幽微的心灵颤动?在人人争相抒写现实的时候,诗人如何能够在那些逸出现实的部分找到瞑违的隐秘之门?在人们力图给出社会答案的时候,那些不可解之物如何成为诗人的精神生活?

诗歌与现实是一种空前复杂的咬合式的互动结构(诗学语言和现实效忠之间的博弈),而非简单的平衡器。当然也存在着类似于卡夫卡所说的"少数文学"的极端的写作状况——所有私人的历史直接等同于政治的公众的历史,所有的文学都变成了"人民的事情"。诗人与现实话语、公共空间和当代经验并不是割裂的,优秀的诗人能够将个人视域和现实纹理以及历史褶皱彼此打开、相互激活——诗歌中的个人性与普世性、时效性与长久性、现实(本事)成分与修辞成分并不能断然分开。诗人沉浸于个人经验和私人生活并不能作为回避现实问题和整体历史情势的借口,因此诗歌中的"公共空间"以及涉及的"现实生活""当代经验"是需要重新厘清和认识的。具体到写作实践,面对公共空间和当代经验,诗歌既可以是"当下"的回音壁和拳击式的对冲,也可以是面向存在和未来之物的"遥指"。从诗歌的功能来说,诗人予以见证也具有必要性,比如米沃什所说的"诗歌是一份擦去原文后重写的羊皮纸文献,如果适当破译,将提供有关其时代的证词",但是那些暂时逸出、疏离了"现实"的诗歌并非不具有重要性。最关键的是诗歌表达的有效性。诗人在现实面前的"转身""沉默"也是一种"介入"的态度,"与其这样搁浅在这个国家的中心/我转身向东,顺流而下。/我的心,害羞的混血儿,在漫游/走向裹着盐的沙石轮廓,/它们向前延伸,进入黑暗"(丽塔·达夫《醒》)。

如果只是从诗人的社会责任、正义良知以及对公共空间、现实生活介入的角度理解"诗性正义",我们都会把杜甫作为表率。与此同时,当下越来越多的诗人正试图重新找回杜甫,把致敬的头颅从西方渐渐转回本土与传统——当然这并非意味着忽视西方诗学资源的重要性。

而当我们必须谈论诗人与现实的关系,我们同样应该注意到杜甫是怎样以诗歌话语的方式抒写了一个属于自己的时代。为什么偏偏是杜甫的作品而非他人的被认为是"诗史",而他的诗歌也被视为对一个历史阶段最具代表性的呈现?比如我们可以追问,同样是在唐朝生活的杜甫同时代的诗人,他们也深处于动荡的社会现实之中,可是为什么他们没有写出杜甫那样的诗歌?难道他们的诗歌与现实没有关系吗?尤其是在明代,杜甫有那么多的追随者、模仿者,但是那些与彼时现实相关的诗文偏偏被时间公正而无情地淘洗掉了。在不同年代,"向杜甫学习""反映现实"的呼吁和提醒并不少见,然而却在伦理化的道德论调中简化了诗人与现实的关系,窄化了诗歌的多样化功能。由此,我们就会发现诗人与现实不是简单的对等关系和直线型呈现,而是要远为复杂、多样。而杜甫的诗歌之所以能够呈现出一个时代景观,关键在于他对社会和世界的认知方式始终是以创造性的诗歌美学(杜甫式的)为前提的。在"迩之事父远之事君"儒家入世思想以及匡时济世的集体心理作用之下,杜甫被认可和赞许的正是体现了自古以来津津乐道的"言志载道"的诗学传统。然而,杜甫的那些"缘情"的诗歌以及逸出了"现实"的诗歌,却在很长的历史时期内被淡化和搁置。所以,我们更多看到的是一个儒家的杜甫、正统的杜甫、政治的杜甫、人民的杜甫、现实的杜甫和沉痛苦吟的杜甫。不可否认,这一"现实"框定下杜甫形象及其"家国情怀""现实主义"的诗歌成就是卓然的,但是杜甫诗歌的传播史和"解诗学"传统也一定程度上忽视或遮蔽了"另一个杜甫"以及远为复杂和深广的诗歌品质——比如杜甫在诗歌语言、体式、修辞上的巨大创造力,各种题材入诗的融合能力,来自时代又超越了时代的普世性。"穷年忧黎元,叹息肠内热""国破山河在,城春草木深""剑外忽传收蓟北,初闻涕泪满衣裳"的杜甫与"好雨知时节,当春乃发生""两个黄鹂鸣翠柳,一行白鹭上青天""黄四娘家花满蹊,千朵万朵压枝低"的杜甫是同一个。

二

当我们一再热议诗歌的社会性、及物性、诗人的责任和现实功能时,一定程度上却忽略了诗歌自身隐秘的构造和自然万有以及精神主体的持续而幽微的震动。更多是习惯了围绕着诗歌的社会功能、政治功效和时代伦理将诗人写作现实作为规定性动作,而故意或不经意地远离了诗歌的核心和诗人的"语言"要义——诗人和作家在语言中创造了一种新的类似于"外语"的语言。只有深入诗歌或安静或紧张的核心,你才能发现诗人在那些可感的事物表象和日常经验背后的深层机制。

无论是"诗性正义""诗性的正义"或者"诗性与正义",其前提都是"诗性"。由此在略显狭隘的层面把"正义"理解为诗人的社会良知以及责任感的话,那么可靠的途径也只有通过词语、修辞、经验和想象所构成的"诗性"以及诗歌的品质和成色,而非单纯凭借伦理道德以及公共现实预先具有的优先权而僭越了本体意义上的"诗"。而就"诗性"与"正义"平行关系而言,"诗性"也并非就被偷换概念成了"纯诗""不介入的诗"的说辞。无论是从"诗言志"与"诗缘情"并行发展的诗歌传统而言,还是从诗人很长时期内作为启蒙者、文化英雄、社会精英和知识分子(尤其是"有机知识分子")的身份而言,尤其是在社会的转折点和巨变期,诗歌都有责任通过美善、道义、法度和良知,对公众、现实和时代发声或表态——当然前提仍然是"诗性"。诗歌起码不是(不全是)道德栅栏的产物。米沃什在谈论波兰诗歌的现实题材时强调"它是个人和历史的独特融合发生的地方,这意味着使整个社群不胜负荷的众多事件,被一位诗人感知到,并使他以最个人的方式受触动。如此一来诗歌便不再是疏离的。"(《废墟与诗歌》)现实必须内化于语言和诗性。无论是从个人生活还是从时代整体性的公共现实而言,一个诗人都不可能做一个完全的旁观者和自言自语者。尽管"目击道存"非常适合评价当下诗人的写作姿态,唯现实马首是瞻的写作者更不在少数,但是真正将目击现场和时代景观内化于写作的诗人有多少呢?而如何将日常生活中的偶然性现场上升为精神事件,则是作家的道义。萧开愚的长诗《内地研究》尽管精神姿态和对社会主题的判断是明确的,比如涉及时代病灶、民生和生态问题,但这几乎是一首拒绝阅读(包括专业读者)的诗——语言文白驳杂又极其晦涩,包括各种领域的陌生词语的组装与焊接。空说无凭,有诗为证,可以读读这首诗的开篇部分——

> 在河南的地壤中埋伏着一台吸尘器。
> 偏南朝代的屈尊台阁和含悲出没,概被吸收。
> 疑点尤是漏洞,将阿谀自觉的幽空探测,漩涡到折光不到的蛇管尽头的纸袋。
> 自从粉红的花生内含平流的黄河,我派遣记性,到乱伦的病毒的渊薮,通

过交叉感染,调查所谓开始。
　　兽性流动和自毁豹变因缘超觉接触,
　　　不为未知而发动,为对已知实行
　　　清扫。

显然从"诗性正义"的角度考量,《内地研究》是一个失败的文本。诗人不能生活在真空里,处理"当代经验"是必然的,但是现实、空间以及当代经验进入诗歌文本的时候,最终呈现出来的是容留性的、复合的经验结构——个人经验、现实经验、当代经验以及诗歌经验的融合互见。诗人应该给我们提供洞悉现实的崭新途径,这是"诗性正义"的题中之义。复杂的当代现实乃至整个时代景观需要的并不是单纯的赞美或简单的批判,而是需要诗人"真实"的声音。

考德威尔忧虑于完全脱离了社会的为个人经验所迫的诗人窘境,"直至最后,诗从当初作为整体社会(如在一个原始部落)中的一种必要职能,变成了现今的少数特选人物的奢侈品。"(《幻象与现实》)而近些年来最重要的诗歌关键词就是社会学批评层面的"介入",甚至倡导介入和及物已经成为可供操作的方向性。20世纪60年代萨特所强调的"现在比任何时候都更需要介入"在当下时代又有了强力回响——尽管萨特从语言的特性认为诗歌不适合介入。无论是写作还是阅读以及评价都不能完全避免社会学和伦理化倾向——对诗人在场和社会责任的要求,对诗歌素材、主题的意识形态化的框定,以及对诗歌为更多人读懂为要义。以上要求有其适用范围和必要性,但是在诗学与社会学的波动和摇摆中,往往是强化了后者而忽视贬抑了前者。由此需要强调诗人处理的公共生活和焦点化现实的前提只能是语言、修辞、技艺和想象力。语言需要刷新,诗歌中的现实也需要刷新。介入、反映或者呈现、表现,都必然涉及主体和相关事物的关系。无论诗人是从阅读、经验和现实出发,还是从冥想、超验和玄学的神秘叩问出发,建立于语言和修辞基础上的精神生活的真实性以及层次性才是可供信赖的。当下的很多诗人在涉及现实和当代经验时立刻变得兴奋莫名,但大体忽略了其潜在的危险。

艾略特曾经将诗歌的声音归为三类:诗人对自己说话或者不针对其他人的说话,诗人对听众说话,用假托的声音或借助戏剧性人物说话。这些声音在任何一个时代都会同时出现,只不过是其中的一种声音会压过其他声音而成为主导性的声源。具体到近年来的诗歌写作,自我言说和对公众说话几乎是等量齐观的。但是当新闻媒体和自媒体以及相应的纸媒报刊参与其中的时候,最终被聚焦和放大并引起广泛注意的并不是那些"个人的声音",而恰恰是对公众说话的声音。也就是当诗歌离开了本体内部面向更广大的读者群和阅读空间的时候,人们对诗歌的疑问也从未削弱过。与时代景观和诗歌的声音相应,当下数量最大、影响最大而争议也最大的正是"现实之诗"和"公共之诗"。而无论是个人现实还是公共生活,都大抵是在一个个空间、地方和区域之间展开。自然风景和时代景观如何与诗人的眼睛和词语发生关联呢?时代景观最终具体落实到城市、乡村、郊区、城乡接合部、工厂、建筑等公共空间和私人空间。建筑和公共空间尤其能够体现时代的伦理和社会实践,即使是那些自然景物"比如树木、石头、水、动物,以及栖居地,都可以被看成是宗教、心理,或者政治比喻中的符号"(W.J.T.米切尔)。"地方""空间"都是存在性体验的结果,"空间""地方"以及附着其上的传统、伦理、秩序都必然对写作发生影响。这形成了一个时代特有的景观和"当代经验"风景学。甚至在特殊的年代公共空间会成为社会与政治的见证,时代通过特殊的空间构成动态或稳定的"景观"。而时代景观以及牵动人们视线和取景角度的动因、机制甚至权力正是需要诗人来发现——当然也包括摄影家、建筑师以及田野考察者和地理勘测者。时代景观(无论是人为景观还是自然风景)显然已经成为一个时代诗人们想象的共同体,尽管个体性格和诗歌风格的差异是明显的。

三

这个时代的诗歌能够提供进一步观照自我精神和社会景观的能力吗?这个时代的诗人具有不同以往的精神生活吗?

当下诗人的精神能力一定程度上需要进行反思,"现在的诗人在精神生活上极不严肃,有如一些风云人物,花花绿绿的猴子,拼命地发诗,争取参加这个那个协会,及早地盼望豢养起声名,邀呼嬉戏,出卖风度,听说译诗就两眼放光,完全倾覆于一个物质与作伪并存的文人世界"(骆一禾)。有那么多疲竭或愤怒的面孔,在他们的诗歌中却没有多少精神深度和思想力量可言。有多少诗人还记得莎士比亚的警告——"没有思想的文字进入不了天堂"。

一定程度上,传统意义上的"抒情诗"在处理极其复杂的当代经验时确实会显得心有余而力不足,"单一的抒情根植于个别的片段,无法表达出时间的伸展"(丽塔·达夫)。但是,一味"反抒情""反意象"的结果是诗歌的口语化(还出现了所谓的"后口语")、叙事性和戏剧化,正在成为段子化的市侩气、脑筋急转弯式的媚俗以及道德感的时代叙事。与此同时,诗人的"公共化声音"又一再借助了"底层""群众""人民""草根""打工""贱民""游民""民生""生态""时代"等"大词",强化了写作者的社会身份、责任感以及诗歌的社会功能,而一定程度上忽视了现实和经验的具体性与差异性。"你知道你现在看见了所有的房屋,即使在19世纪末,它们看上去也都完全一样。然后你认为所有的那些人都出去工作,而他们也都一样。但是,勃朗特告诉你的是,还有那些家庭中的每一个人,都是

不同的,他们每一个人都有一个可以讲述的故事。"(斯蒂芬·布雷耶)无论这个时代的诗人在面对整体的时代景观的时候是专注于特写还是更倾心于近景、中景或远景,无论是写作者们虚构、幻想、记忆还是体验、再现、描述、象征或者阐释,无论是持有自然主义、理想主义、文化保守主义还是怀有现实主义、怀疑主义和激进主义,最终都会在修辞学和主题学上编制成一个时代特有的文学语言符号系统。当然并不是说一个时代的诗歌是整齐划一的,而是从现象学的角度而言,写作者的精神视域和文本征候往往带有时代的特性。

社会景观在当下"制度性素材"堆砌式的"浅层"写作中多少被庸俗化、世俗化和窄化了,词与物的关系缺少发现性,缺失应有的张力与紧张关系,缺乏反视、内视、互看。陌生之物、熟悉之物、发现之物、神秘之物的"内在性"被晦暗、变动和有限所遮蔽,这需要诗人进一步去蔽。在一个媒介如此开放,每个人都争先恐后表达的时候,差异性的诗歌却越来越少——这既关乎修辞,也与整体性的诗人经验、精神生活和想象能力有关。值得肯定的是诗人与日常生活和社会现实之间的紧密关系使得诗歌的现场感、及物性得到提升,但与此同时诗歌过于明显的题材化、伦理化、道德化和新闻化,也使得诗歌的象征和隐喻系统以及相应的思想深度、想象力和诗意提升能力受到挑战。越来越流行的是日常之诗、新闻之诗、时感之诗、物化之诗,而忽视了诗歌的见证要比新闻更可靠。孙文波在20世纪90年代认为诗人应该能够从日常事物中发现诗歌,但是当下的写作者更多是局限于物化时代个人一时一地的所见所感,热衷的是"此刻""及时""当下""感官"和"欣快症",普遍缺乏来自个人又超越个人的超拔能力与普世精神。诗歌正在成为一个个新鲜的碎片,开放时代的局促性写作格局正在形成。

时代景观往往是光明与阴影交叠、圣

洁与龃龉的复杂球体，即使是在很多圣地、圣城也并非存在着完备意义上的"神圣风景"。当时代景观和当代经验被写进诗歌中的时候，本应该也是多层次和多向度的，比如中心空间、内空间、外空间、空间的排列、次序等等。而在同一个空间，不同物体和事物的关系更为复杂，即使是一个物体也同时具有了亮面、阴影和过渡带，同时具备了冷暖色调。而多层次和差异性的空间正对应于同样具有差异性的观察者、描绘者以及相应的抒写类型。我想到雨果的诗句："我们从来只见事物的一面，/另一面是沉浸在可怕的神秘的黑夜里。/人类受到的是果而不知道什么是因，/所见的一切是短促、徒劳与疾逝"。正是从这种直指"地方""空间""景观"的视域出发，一些诗人某种程度上打开了"现实"的多层空间，而一种话语的有效性显然关涉"说什么"和"怎么说"。诗人与现实乃至时代的关系最终只能落实为语言，因为合法性是诗学意义上的，"现实"需要在诗歌文本中第二次降临。这是外在现实内化为"现实感"的过程，而非惯性的社会学伦理学的阅读和指认。即使是同一个生存空间，不同经历的人呈现出来的感受甚至所看见的事物也是不同的。这是诗人的"现实"，一种语言化的、精神化的、想象性的"真实空间"。同样是面对城市化时代的乡村空间，就出现了差异巨大的赞歌、牧歌、挽歌、悲歌。由农耕文化和田园文化的巨变，我想到的是当年老杜甫晚年在《秋兴八首》中的动情而痛彻的诗句——"丛菊两开他日泪，孤舟一系故园心。"在现代性的城市化的去除地方性知识的时代，马尔克斯曾警醒地说出"怀旧总会无视苦难，放大幸福"。而当下的与乡土、乡愁和批判现代性、城市化相关的写作，一方面是赞美的怀旧，另一方面也出现了完全批判化的写作。现实生活中的挫败与语言的胜利并不是对等的。而无论是赞美还是批判，你都有权利进行完全一意孤行的表达和讲述，但是真正的文学显然比这要求更高。与此相应，不容忽视的一个写作事实是当下有很多诗人所处理和呈现的时代景观却过于表层化、现实化和趋同化了。由此，想提请注意的是，诗人的责任不仅在于抒写当下时代之物和日常可见之物，更重要的也是更难做到的，是把已经消逝的和有限易逝性转换成历史性和永恒性。也就是说，诗人更应该具有把可见领域转入不可见领域，在不可见领域中去认识现实的最高秩序的能力。

四

诗人持有一个特殊的取景框，时代景观经由它被放大和聚焦。尤其是新旧时代的转捩点上，在人们纷纷向前的时候，还必须有人通过快速车厢的后视镜看看前一个时代的历史遗留——尽管留下的只是碎片、废墟。新旧现实与相应的体验方式形成的拼贴、错位、共置、混搭必然体现在文本中——混合的、杂交的。这也是写作并不能完全用流行的社会学关键词来涵括的原因。

写作是完成一场场的"精神事件"。由此，写作就是对自我和对旁人的"唤醒"，能够唤醒个体之间各不相同的经验。然而，一个新时代的景观很容易快速掠过旧时代的遗迹。由是，诗人除了要具备观察能力、造型能力和赋形能力之外，更为重要的是变形能力——加深和抵达语言的真实。"变形"所最终形成的是寓言之诗，在现实的和精神性的两个文本的"夹缝"中，更高层级的真实以及启示由此生发。

寓言之诗，是变形的甚至荒诞的镜像折光，而这抵达的正是语言和情感甚至智性的深层真实。正是得力于这种"变形"能力和"寓言"效果，诗人才能够重新让那些不可见之物得以在词语中现身。近期，这方面的代表作是娜夜的《望天》："喝茶 望天/——摇椅里 倾斜向下的我/突然感到仰望点什么的美好//仰望一朵云也是好的

理论批评

在古代/云是农业的大事/在今天的甘肃省定西县以北/仍然是无数个村庄/吃饭的事//而一道闪电/一条彩虹/我在乎它们政治之外的本义//看啊　那只鸟/它多么快/它摆脱悲伤的时间也一定不像人那么长/也不像某段历史那么长//它侧过了风雨/在辽阔的夕光里//而那复杂的风云天象/让我在仰望时祈祷:/一个时代的到来会纠正上一个时代的错误"。在自然风景和时代景观面前,诗人首先是一个凝视者。而凝视状态在一个加速度的交通网和城市化时代面前变得愈益艰难,茫然、错乱和倏忽的眼神正在取代以往作家们凝视的眼睛。在娜夜的这首诗中,同时出现了农业景观、自然景观、现实景观和历史景观,是诗人的眼睛把这些单独的不连贯的部分整合为一个整体,它们互现并彼此激活。这些空间景观的并置、交错最终呈现的是经由诗人个体主体性和现实感以及个人化的历史想象力所凝聚成的精神风景。客观、中性意义上的时代景观,经过诗人的重组、过滤、变形而具有了提升能力和综合性品质。显然,娜夜的《望天》是一首具有明显的当代经验和介入性的诗,但又是完备意义上的个人的发现和语言再造。这提醒同时代的写作者们,时代景观以及具体的空间、物象都只是诗歌表达的一个媒介,最重要的在于选取的角度和选定的事物是否能成为时代和个人的"深度意象",从而投射出整个时代的神经和人们的精神面影。

由对时代景观的处理和呈现方式的有效性,还必然注意到另一个同样重要的问题,即写作者对景观和空间的态度,比如认同、赞颂、否定、批判、沉默、不偏不倚。诗人通过时代景观中的"视觉引导物",投射出内心情感的潮汐、时代的晴雨表以及身份认同或者身份焦虑。这让人们思考的是现实中的焦虑、分裂、挫败感、道德丧乱、精神离乱和丰富的痛苦与写作之间的内在性关系,以及这些精神性的体验是否在文本世界中得以最为充分和完备地体现。社会转捩以及写作语境的变动,改变了语言与世界、诗人与社会的关系。从写作者来说,词与物的关联发生了倒置,这甚至是前所未有的——词曾高于物,如今是物取代了词,所以写作的无力感、虚弱、尴尬和分裂成为普遍现象。这种词语无力感或语言的危机如何能够被拯救,就成了显豁的写作难题。

> 塔楼,树,弱音的太阳
> 构成一片霾中风景
> 鸟还在奋力飞着
> 亲人们翻检旧时物件
> 记忆弯曲,长长的隧道后
> 故国有另一个早晨
> 如果一切未走向毁灭,我想
> 我就要重塑传统和山河

这些诗句出自赵野近期的《霾中风景》。诗歌既是幽微的心灵世界的复杂呈现,也是时代和社会主潮的揭示。诗人对现实尤其是社会焦点问题和公共事件的关注,从未像今天这样强烈而直接。这一定程度上与媒体开放度有关,每天揭开的是新奇性和不可思议的生活现场。而对生存问题的揭示,对生态环境的忧虑,对民生问题的反思,正印证了当下最为流行的话——"雾霾时代诗人何为"。诗歌中的"生态写作"正在深化,尤其是涌现的大量"雾霾诗"都体现了诗人"介入现实"的努力。实际上这是"生活""现实"必然在诗中的显影和折射——"健身器材的木椅上/坐着两个老人/老到没了性别/眯细着眼睛/暖洋洋/晒着霾中的太阳/霾还很年轻/老人已老了很久/不认识霾/向来,他们听凭太阳/不能直视的太阳和斜太阳/黑太阳/橘子太阳和典狱长太阳/向来/他们眯着眼睛/他们心系太阳/似乎,唯如此/才拥有最后的/一丝光线的尊严"(宇向《老且霾》)。

时代景观如此复杂,而诗人如何延展、拓宽甚或再造一个语言化的现实,是一个重要工程。尤其是在当下"日常之诗"泛滥的情势下，一个诗人如何在日常的面前转到背后去看另一个迥异的空间，才显得如此重要。作为诗人，必须正视自我认识和体验的有限性和局限性。所以，写作中所处理的事物和现实并不是外加的，而是作为生活方式和精神方式的多种方式的对应，尤其是从空间伦理和社会景观来考察一个诗人的时候更是如此。在分层和多样化的时代景观面前，诗人应该具有"刚刚生长出来的耳朵"的能力。即使是在黑夜里，对于那些一闪而过事物的轻微声响，他也能及时监测。在细节甚至更为宏阔的现实面前，诗歌同样应该拓展诗的表现范围，而不是受到现实题材和社会主题的限囿。刚刚去世的杰出诗人沃尔科特在《白鹭》一诗中做出了最好的表率。即使看起来是"物象诗"，但实际上却具有更为宽阔的指涉空间和多层次的"诗性正义"。由此，我想到了王家新一首诗中迅速跳跃不见的"兔子"："黎明/一只在海滩上静静伫立的小野兔/像是在沉思/听见有人来,/还侧身向我打量了一下/然后一纵身/消失在身后的草甸中//那两只机敏的大耳朵/那黑眼睛/那灰褐色的一跃//真对不起/看来它的一生/不只是忙于搬运食粮/它也有从黑暗的庄稼地里出来/眺望黎明的第一道光线的时候"（《黎明时分的诗》）。一个时代、一个空间的观察者必须有足够的耐心和足够优异的视力，以凝视的状态"保存细节"。这一细节和个人行动能够在瞬间打通整体性的时代景观以及精神大势。

尤其要格外留意那些一闪而逝再也不出现的事物，以便维持细节与个人的及物性关联。这样的话，人和一棵植物的命运在诗歌那里并没有本质的区别，而是具有同样的"诗性"，而这回复到了真正意义上的"诗性正义"，"人和树面对面站着，各自都带有始初的力量，没有任何关联：两者都没有过去，而谁的未来会更好，则胜负难料，两者机会均等。"（布罗茨基《文明的孩子》）

诗人拓展现实和时代景观的具体方式，就是历史的个人化、空间的景观化、现实的寓言化和主题的细节化。写作者不能再单纯依赖现实经验，因为不仅现实经验有一天会枯竭，而且现实经验自身已经变得不可靠。尤其是新媒体和自媒体的交互性使得当前诗人的感受方式趋同、感受能力降低。而当下对"诗人与现实""诗歌与生活"问题的热度不减的争议，使得写作者对"现实""现实感"的理解发生分歧。日常现实和诗歌中的现实是两回事，诗人所理解的现实也是多层面的，任何执于一端的"现实"都会导致偏狭或道德化的可能。当我们不断谈论与社会景观、现实空间、当代经验相应的诗性正义的时候，我们还要清醒地意识到汉语诗歌的问题并非个案，而是带有世界性和普遍性。从时代景观和本土空间出发，我们会发现还有一个更为广阔更为复杂的全球性的空间结构和时代景观。这都需要诗人以诗歌特有的方式，去完成或进一步拓展"诗性正义"的边界。

理论批评

论闻一多的抒情境界探求

● 骆寒超

闻一多一生的新诗创作就数量而言算不得多,却也编过五本集子。《真我集》,收他1920-1921年间的初试之作十五首,由他自己编定,以手稿本保存下来。其中四首后来被他编入《红烛》,其余的在他生前从未发表过。唯其初试,也就难免稚拙,后来闻一多诗的研究者极少谈及。《屠龙集》,是朱湘那篇《闻君一多的诗》中透露出来的。朱湘就以这本集子为评说对象来谈闻一多新诗的创作得失,从文中所引的诗例看,这本集子中的大多数是《红烛》中作品,其中还包括《红烛》出版后的一些散诗,所以可看成是个汇编本,但它未见出版,难窥全貌,也只得不谈。《红烛》,是闻一多正式出版的第一本诗集,1923年9月由上海泰东图书局印行。《死水》是闻一多正式出版的第二本诗集,1928年1月由新月书店印行。在《红烛》出版后《死水》问世前,闻一多还写了不少抒发爱国激情的诗,在《清华生活》《小说月报》《现代评论》《大江季刊》《晨报副刊》等上面发表,但在他生前从未结集出版,后人搜集到十四首,编成一集"辑诗",题名《大江》,成了一本追认性的闻一多新诗集。

本文就以《红烛》《大江》《死水》这三部诗集为主再综合一些重要佚诗,分四个方面来对闻一多的抒情境界探求做一番考察。这四个方面是:美即是真的礼赞、青春心态的抒唱、家国情怀的讴歌和世俗生态的咏叹。

一、美即是真的礼赞

闻一多刚开始写新诗时,是个唯美主义的信徒。

唯美主义作为一股创作思潮,哲学上具有主观唯心主义倾向,认为外部世界的存在依赖于人的主观思想,客观事物只是个人的心灵的产物,感觉被绝对化,主观感觉决定一切,于是也就有了"灵魂给予世界一切""世界由想象力创造出来""自然在人脑子里获得生命"等等说法,从而使这一类审美追求者为自己的追求确立了一个"除了自身无其他目的"的美学认识,获得了一个"为艺术而艺术"的信条。而从这个信条出发,也就派生出三个体现唯美主义思潮的核心见解:一、唯美主义不偏浪漫主义的灵性,也不偏古典主义的物性,而体现为在灵肉结合并让诗人在这场结合中把视线从外部的物质世界转向内部的精神世界,使事物幻象化成一个新的世界,来暗示主体的思想感情;二、唯美主义因而认为艺术就是一个追求快乐的天地,英国唯美主义理论家佩特就提出要抓住每一刹那的感觉去追求艺术的纯美,从而提倡官能上的美感,特别是完美的艺术形式带来的感官享受;因此他们又提出一个主张:"形式就是一切",标榜形式美,王尔德就说:"真正的艺术家不是从感觉到形式,而是从形式到想象和激情",并认为:"艺术只有一条最高的法则,即形式的或者和谐的。"这三个见解就奠定了唯美主义的基础。

值得提一提西方唯美主义思潮的先驱性人物，他就是致力于让浪漫主义与古典主义最完美地结合起来的、追求"艺术的纯美"者——英国诗人济慈。济慈大力标榜想象，认为想象"能创造本质的美"，想象在他看来就是真实，一个诗人就是要实现真美合一的"艺术的纯美"创造。立足于此，他就提出一个"美即真真即美"的口号。为了实现这个口号，获得这种纯美，济慈进一步认为：必须超越道德、利害和得失——这就成了唯美主义提倡的"为艺术而艺术"的基因。"艺术的纯美"还使济慈成了出色的感觉主义者，成了能够敏锐地把握到大自然的纯美的一条感觉器官。所以他提倡"客体感受力"，做着这样的追求：以自己强力感受自然景色和精确描绘事物外貌并使其与想象接通的灵性才能，使客体幻象化而作本体象征的意象抒情。正是这种才能促使济慈把现实生活中的事象提高到了真正美的高度，从而使他感受到这也是对"真"的把握。如是从"一件美好的事物"中他把握到真美合一之举也就"永远是一种快乐"，而他则成了这种"快乐"的追求者。这种种，也就导致济慈成了唯美主义思潮得以形成的核心基因。

闻一多初期的新诗创作确是受了西方唯美主义思潮——特别是这股思潮的先驱者济慈的诗美观的影响的。对此，我们且分几个方面来谈谈。

首先，西方唯美主义思潮影响了闻一多，使他确立起一个"为艺术而艺术"的观念。有关这方面，在他给亲友们的信中多有所谈到，1923年3月他在给闻家驷的信中曾坦率地自称"我们是主张纯艺术主义者"；1922年10月10日写给吴景超、梁实秋的信中谈及清华文学社有一个统一的文学观念时，不无几分不安地说："老实讲起来，我们的'艺术为艺术'的主张，何尝能代表文学社全体呢？"更有意思的是，他的一些诗在社会上有了广泛的影响后，他不愿承认自己有为时代而歌的价值追求意向。在1923年3月10日写给梁实秋的信中这样说："我的诗若能有所补益于人类，那是我的无心的动作了（因为我主张是纯艺术的艺术）。"由此可见他神往于"为艺术而艺术"的唯美主义观念，是执着得有点虔诚的。

其次，闻一多受唯美主义影响，张扬感觉主义，提倡艺术要在追求官能刺激中去把握快乐的原则。和人谈诗，他多次提出要重视感觉追求，而他在这方面的追求又偏于视觉。在他看来，视觉的独特美质主要表现在两个方面：一个是客观事物的整体和谐。早在1923年3月17日写给梁实秋的信中他这样说："宇宙底一切的美——事理的美、情绪的美、艺术的美，都在其各部分间和谐之关系，而不单在其每一部分底充实。"因此他一心想让自己的诗具有和谐构图的精致。1922年10月30日他致吴景超、梁实秋的信中说："现在我心里又有了一个大计划，这便是一首大诗，拟名称为《黄色Symphony》，在这里我想写一篇秋景，纯粹写景。——换言之，我要用文字画一幅画。"这里活现着他追求视觉艺术的"野心"。另一个方面是这"野心"也表现在他对色彩觉的特殊追求。1922年12月1日他致梁实秋的信中说自己读了美国意象派诗人佛莱契的诗后，"唤醒了我的色彩的感觉"，并说自己"现在正作一首诗，名《秋林》（实系《秋色》）"。还说这是篇"色彩的研究"的诗。该诗中说自己在芝加哥公园欣赏了那里的秋色后便"溺爱上""他的色彩"了。其实何止是溺爱，正是这种视觉美——特别是对色彩觉的官能享受后，还引起了他对生活的无比快乐。就在这封信里他说读了"设色的妙手"佛莱契的诗后竟让"快乐烧焦了我的心脏"。在《快乐》一诗中写到他面对"批起五光十色的绣裳"一般充满"生机"的花林，顿生"快乐"的激情，以致这样抒唱："快乐跟我的/灵魂接了吻，我的世界/已变成天堂，/住满了柔艳的安琪儿。"唯美主义者主张抓住感觉的刹那,并在刹那中感受官能美的这个快乐原则,毕现了出来。

第三、闻一多受唯美主义影响也体现在灵肉结合的艺术审美上。这方面首先是在1922年9月24日他写给吴景超的信中谈及的认为诗人必须把诗境拉入尘境,然后这样说:"人是肉体与灵魂两者合并而成的。"这话显然出自唯美主义中一个重要支派——拉菲尔前派兄弟会的主张。但在那封信里闻一多并没有展开来说说灵肉结合,直到六年后的1928年,他才写了一篇《先拉飞主义》,详细地谈了谈自己对艺术中灵肉结合的认识。该义充分论述了先拉飞派对提倡"美即真真即美"的诗人济慈传统所作继承与发展的情况,并以灵肉结合为逻辑起点展开三个方面具有层层递进意义的言说,认为先拉飞派主张让灵肉调和的追求移植到绘画中后,获得了一个后果:鉴于绘画是视觉范围的艺术官能享受,因了求灵肉调和而使这种官能享受升华为灵境的享受了,于是"肉体美"(实指肉性美)也就成了"灵魂美"的一个"佐证",即所谓"内在精神的美德的一种外在的有形的符号",而随之济慈提倡"美即是真真即美",也就使"灵"与"肉"有了新的定位:灵性是"真"而肉性是"美",灵性成了向灵性转化的肉性,亦即"真"是向真转化的"美";肉性成了向肉性转化的灵性,亦即"美"是向"美"转化的"真"。这一场由先拉飞派提供出来的灵肉结合主张,也就深深影响了闻一多,使他对"真"与"美"的关系有了种辩证认识。

第四、唯美主义也使闻一多确立起一个形式至尊的观念。这位诗人重视诗的形式在百年新诗中是出了名的,他甚至为此而有过一些偏激言辞,传为诗坛佳话,如:"恐怕越有魄力的作家,越是要戴着脚镣跳舞,才跳得痛快,跳得好。只有不会跳舞的才怪脚镣碍事,只有不会作诗的才感到格律的缚束!"这够偏激的了,但偏激得好,因为确实是那么一回事。在《评本学年〈周刊〉里的新诗》中闻一多还说:"美的灵魂若不附丽于美的形体,便失去他的美了。"在《泰果尔批评》中他说:"我不能相信没有形式的东西还能存在,我更不能明了若没有形式艺术怎能存在。"类似这样的话他已谈得够多,表明这方面他受唯美主义影响特别深。

第五、闻一多同历来的唯美主义信奉者一样,深受过该思潮的先驱者济慈的影响。在1922年12月26日写给梁实秋的信中就这样说:"我想我们主张以美为艺术之核心定不能不崇拜东方之义山,西方之济慈了。"在抒情长诗《秋色》里。他赞叹芝加哥公园里的秋色时,写下这样的诗句"我要借义山、济慈的诗/唱着你的色彩"来赞美两位唯美主义的先驱。在《艺术的忠臣》一诗中,他更是倾注心力赞美济慈是"艺术的忠臣",说"在艺术之王的龙衮上,/只有济慈一个人/是群龙拱抱的一颗火珠,/光芒赛过一切的珠子",因为"只有你一个人"才提出"美即是真真即美",所以诗篇到结束处,闻一多这样赞美这位"艺术的忠臣":

啊,"鞠躬尽瘁,死而后已":
真个做了艺术的殉身者!
忠烈的亡魂啊!
你的名字没写在水上,
但铸在圣朝底宝鼎上了!

这不只是对济慈怀有强烈情感的问题,更反映着这位唯美主义的先驱者对闻一多影响的深刻。

就这样闻一多怀着这样一些唯美主义的观念登上了新诗坛,开始了他对"美即是真真即美"的礼赞,而他的第一本诗集《红烛》中颇多诗篇就参与了这场礼赞的。

这场礼赞对闻一多来说有个鲜明的目标,即他要展示出凭客体感受力来把握住审美对象那种本体美的特征。在向这个目标作探求中,他还首先用不少诗篇抒写了美的真实存在。令人颇生奇异感的是闻一多诗中的这个美的真实存在，不是世俗目光中的那种姹紫嫣红、国色天香，而是通过他的主观想象而使客体获得和谐的幻象化形态，具有本体象征功能的真实存在。说白了，也就是前面已引用过的那句唯美主义追求者的话："内在的精神的美德的一种外在的有形的符号。"也可以说是在追求灵肉调和中肉性成了向肉性转化的灵性之美。为此，在闻一多初期的新诗中颇留下了一些值得后人来玩味之作，我指的是收在《红烛》中的《雪》《春之末章》《西窗》等。

《雪》《春之末章》都是抓住本体的细部作幻象化，来使肉性（物性）的美升华为灵魂的真的。在《雪》中，"夜散下"的雪花被拟喻成"天花"，由"天花"织成的"一件大氅"裹起了"憔悴的世界"，也把"鱼鳞似的屋顶"埋起了。这里自有一种健康的想象之美被感发出来。但这只是"玩"本体中的一个细部表现。随即又写：雪花埋不住烟囱："啊！缕缕蜿蜒的青烟啊！/仿佛是诗人向上的灵魂，/穿透自身的躯壳：直向天堂迈往。"又让"白氅"盖住"森林"，让与严寒搏斗的众生看到了一幅白布，于是都"欢声喊道：和平到了，奋斗成功了！/这不是冬投降的白旗吗？"这两个细部的幻象化表现一样是美的，不过又是对前两个细部描写之美的超越，它们感兴出来的乐观向上的精神气概，使诗人对雪之"美"的表现升华为"真"的领悟了，即由季节运行律决定的生命的冬一定会被生命的"春"所取代。于是这也就体现出《雪》中雪的本体美的特质：美是向美转化的真。《春之末章》的细部表现更多一些：有的在枝头被风推搡而索性随风翩然远飞的蛱蝶，其美已被提升为一种大哲的达观：不息地在湖中仰面上望的荷钱则被提升为是向上帝默祷早日开花结果；至于轻狂的杨花则被拟喻为让雨丝柔柔地牵住了，而一片"酽绿"中露出一角的"小红桥"在得意中"红得快叫出来了时"，骑在石栏上垂钓的"小孩儿相应

和着也传来了"清脆的笑声，像"坍塌了一座琉璃宝塔……"这种种美也被提升为万类生态的大和谐，让美升华为真了。妙的是这个文本的客体幻象化表现到最后，闻一多竟还推出这么一个诗节：

> 绿纱窗里筛出的琴声，
> 又是画家脑子里经营着的
> 一帧美人春睡图：
> 细熨的柔情，娇羞的倦致，
> 这般如此，忽即忽离，
> 啊！迷魂的律吕啊！

这可是在"琴声"这个意象上叠加了一个美人春睡的意象，具有复调性的拟喻幻化表现，让暮春的本体美通过诸细部结合而成的幻化作用感性地升华为一种和谐境界，亦即客体存在美通过想象作用而升华为万类生态更处于大和谐的真。暮春是美的，这种美是向美转化的真。因此《春之末章》中"春"之美是一场立体化展开。

《西岸》是闻一多公开发表的第一首诗，同诗集《红烛》中多数诗篇一样，散漫、拖沓，显得稚拙。不过它有个特点，比常被闻一多新诗研究者看好的那些诗如《美与爱》《二月庐》《爱之神》《红荷之魂》等要讲究点构思，能在对抒情对象作整体幻象化把握的基础上，展开本体象征表现。展现在这个文本中的是"我"立在一条"大河""东岸"遥望若隐若现的"西岸"而引发出来的一段心理活动。这"东岸"的河岸上不断有波澜翻腾，袭来："卷走了多少的痛苦，/淘尽了多少的欢欣"，社会的"虚荣"，世俗的"金钱的买卖"，像一层层江潮，"前潮刷走，后潮又挟回"了，而"我"是一个逃出人世的"纷纠的樊笼"者，终于清醒地想到"一道河，有东岸，/岂有没个西岸底"，而这个"黑暗恰是那/西岸底光明底影子"。于是在想象的鼓动下，放眼看去，仿佛西岸也有雾——同东岸一样，不过"雾缝里又筛出些/丝丝的金光洒在河身上"。但后来

"我"明白了,那不是西岸,而是大河中的一个小岛,岛上也同东岸一样,"鸳鸯睡了",众生也全都昏睡得"一片凄凉"。不过,虽然如此,"我"还是相信西岸是存在的,并且凭想象"我"还深信西岸不会死睡,不会凄凉,定会有阳光朗照的亮丽美。当然,"我"也意识到这还不是对西岸实实在在的把握,要抵达实际的存在境界还须"搭个桥,穿过岛,走着过"——如同全诗结尾处所说的那样。这样一来,想象中的客体进一步幻象化了,"美"也就升华为顿悟的"真"了。所以这首诗因了取"大河"为逻辑起点而作推延式展开的巧妙构思,让人有深远的意蕴可以品味。可以这样说:这首长诗以颇具宏观审美气概的本体象征来表现美升华为真的诗歌境界——这样的诗歌境界使接受者对美是向美转化的真有比上述所论及的例诗更深邃的本体象征把握。对于《西岸》来说,结尾处那两行,即"却总都怕说得:搭个桥/穿过岛,走着过!为什么?"是有深意的,除了表明"美即是真"有一个核心课题必须解决:美不能停留在幻象中,得搭桥,穿岛,在艰难的跋涉中求实存,也为诗人闻一多透露一个信息:"艺术的纯美"即已在"美即是真真即美"的认识上得以定位,那也就非得让自己在这创作实践中具现不可。基于这一认识,他也就在这场美即是真的巡礼中,为自己对唯美主义的神往推出了两支大曲:

一支是《李白之死》;

另一支是《剑匣》。

长诗《李白之死》是让一场实存的真作幻象化表现以求美一场的抒情活动,也是闻一多新诗创作中展示唯美主义倾向最成功的文本。诗写的是李白醉中投水捉月而溺亡的传说。这个千百年来广为人知的传说中包含着诸多载于史籍的、有关李白生活真实的事件,如命高力士脱靴,追随永王东巡而落得晚年流放夜郎,等等,至于最后投水捉月的事虽没有事实根据,却也并不悖于生活逻辑,且还合于性格逻辑。唯其如此,才使这首诗的构思是立足于生活真实这个逻辑起点的,能促使主体凭超常的客体感受力而展开艺术直觉活动,让直觉的主观能动作用使生活的真实幻象化成了"艺术的纯美"。当然,这场生活的真实的幻象表现须随直觉才得以成为生活存在,对此,闻一多的做法是分步走。第一步是细致描述醉中人直觉心理中客体幻象化的真实,并且绝不放弃寻机会对美作直接赞叹。如写到李白醉中见"月出皎兮"的情景——那一大串物象、事物连接在一起的客体极细致又极传神的描述,这样写:"……那黑树梢头,/渐渐有一层薄光将天幕烘透,/几朵铅灰云彩一层层都被烘黄,/忽地有一个琥珀盘轻轻浮上,/(却又像没动似的)他越浮得高,/越缩得越小;颜色越褪淡了,直到/后来,竟变成银子样的白的亮/——于是全世界都浴着伊的晶光。/簇簇的花影也次第分明起来,/悄悄爬到人脚下偎着,总躲不开——/像个小狮子狗儿睡醒了摇摇耳朵,/又移到主人身边懒洋洋地睡着。/诗人自身的影子,细长得可怕的一条,/竟拖到五步外的栏杆上坐起来了。/从叶缝里筛过来的银光跳荡,/啃着环子的兽面蠢似一朵缩菌,/也鼓着嘴儿笑了,但总笑不出声音。/桌上一切的器皿,接受复又反射/那闪灼的光芒,又好像日下的盔甲。"客体经这一番由主体直觉引领而展开的细致描述,显然不自禁也成为幻象化的真实了。而诗人也不放过机会而对美作了直接的赞叹:"'啊,美呀!'他/叹道:清寥的美!莹澈的美!/宇宙为你而存吗?宇宙为你而在?"这一片幻象表现据此当可明白乃来自对客体作极细致的描述,而且不失时机地直接抒情也的确把大千世界的美质都来自"月出皎兮"这一宇宙本体之真做了点明。第二步是肆意铺陈醉中人直觉感受所得的那些生活实存幻象,而且同样不失时机地对"真"做了赞叹。如写到醉中人李白举杯邀月以销万古愁绪，竟以他与月对话的形式对这一客体直觉感受所激活的想象、联想作了大面积的铺陈——如同诗中点化的："这"便烧得他那幻象的轮子急转"起来，文本中就用了这几诗行："于是他又讲，月儿，若不是你和他/手指着酒壶。若不是你们的爱护/我这生活可不还要痛苦？啊，可爱的酒！自然赐给伊的骄子——/诗人的恩俸！啊，神奇的射愁底弓矢！开启琼宫底管钥！琼宫开了：/那里有鸣泉漱石，玲鳞怪羽，仙花逸条；/又有琼瑶的轩馆同金碧的台榭；/还有吹不满旗的灵风推着云车，满载霓裳缥缈，彩佩玲珑的仙娥，/给人们颂送着他驰魂宕魄的天乐。/啊！是一个绮丽的蓬莱底世界，/被一层银色的梦轻轻地锁着在！"这里单是酒带给人美好的幻象就铺陈了一大堆，是自然赐给的骄子，射愁的弓矢，开启琼宫的钥匙，而琼宫一经开启，则有鸣泉漱石、仙花逸条、轩馆台榭、霓裳彩佩的仙娥、驰魂宕魄的天乐，还有梦，甚至还把李商隐的诗句"尽日灵风不满旗"也拉了进来，真是琳琅满目，怪不得主体通过醉中人之口，把"酒"直接抒唱为"是一个绮丽的蓬莱世界"。这些各自独立的客体组合成一个实际存在，也就成了恍兮惚兮的客体——

> 他翻身跳下池去了，便向伊一抱，
> 伊已不见了，他更惊慌地叫着，
> 却不知道自己也叫不出声了！
> 他挣扎着向上猛踊，再昂头一望，
> 又见圆圆的月儿还平安地贴在天上。
> 他的力已尽了，气已竭了，他要笑，
> 笑不出了，只想道："我已救伊上天了！"

这场表现即合于自然生态，也合于生活逻辑，更合于醉中人特定心理，的确让人叫绝。在这里真与幻得到了最好的交融，在这里，有人性的真切，也有神性的幻美。这个文本的成功可要归功于它的艺术构思。

可以这样说：对写作诗集《红烛》时很不讲究构思的闻一多而言，《李白之死》简直是个奇迹。而从唯美主义的角度来看，这个文本对"艺术的纯美"追求，也成了百年新诗中的典范之举。

从美即是真的巡礼出发来看，《李白之死》如果说是一场对美的寻求，那么《剑匣》可以说是对美的创造了。

提到《剑匣》，不由人想起闻一多收进《红烛》的另一首诗：《时间的教训》。这首诗是用戏剧化来写的。戏剧化对追求意境的抒情诗来说，并不是一条好的表现途径。不过《时间的教训》的戏剧化倒是有点意趣的。该诗写"我"一早醒来听到"肥饱的鹑声"从"稻林里撞挤出来——来到我的心房酿蜜"，使"我"与"万物的蜜心"融成一团快乐，也使"我"向时间祈祷能"赐我无尽期"这样的快乐，却使"时间"生了气，让骑着快马一样奔腾的"骑者"——壁钟发出钟声的吼叫："尽可多多创造快乐去填满时间；/哪可活活缚着时间来陪着快乐？"这话凸显的就是人须在生命之流中不断创造"快乐"。这"快乐"从唯美主义的角度而言，就是美；从唯美主义信徒——诗人闻一多的角度而言，就是"艺术的纯美"。而《剑匣》就是闻一多在不断地创造"艺术的纯美"中一场特大的"艺术纯美"创造。但闻一多要创造出怎么一种"艺术的纯美"来呢？《时间的教训》没有能表明，这事儿就整个儿落在抒情长诗《剑匣》上了。有研究者认为"《美与爱》这样的诗表现着闻一多作为诗人的才华"，这是很讲不过去的，真正的才华在《李白之死》，尤其在《剑匣》上。《剑匣》写一员盖世骁将在"生命的大激战"中败退下来后退守一座绝岛，也决定退出人世的纷争。在经过一段不无几分困惑的闲散生活后，下决心将自己那把佩剑的剑匣来修葺一番。为此，他从山间、海边采集来一些珍宝，一件件按梦中的蓝图雕镂成微缩的奇景异物，镶嵌在剑匣上，欲把它装饰得光怪陆离、美艳无比。在度过了一串忘了年月的工匠生活后,他修葺剑匣终于告成,使剑匣成为精美的艺术品。然后抽出剑来,"洗净他上面的血痕",用龙涎香薰尽"一切腥膻的记忆",再送进这匣里,"唱着温柔的歌儿,/催他快在这艺术之宫中酣睡",而这位退隐的盖世骁将面对这自己创造的精美艺术品,也竟有"昏死在他的光彩里"的幻感,酣睡在剑匣里的渴望。于是:

> 哦,我看到肺脏忘了呼吸,
> 血液忘了流驰
> 看到眼睛忘了看了,
> 哦!我自杀了!
> 我用自制的剑匣自杀了!
> 哦哦!我的大功告成了!

由此看来,修葺剑匣是建造艺术之宫的隐喻,剑匣是对"艺术的纯美"的象征。值得指出:象征艺术之宫的剑匣由一件件通过美的创造而求得的珍品镶嵌而成,表明所谓的"修葺"其实是一场为美而艺术——具言之为艺术而艺术的追求。唯其如此也才使这个艺术之宫的"剑匣"成了专为供奉超功利的纯美而设的神圣之所,进入剑匣的剑也已不再是用来残害生灵、破坏和谐的兵器,如同诗中所凸显的那些诗句,即:"哦,我的兵器只要韬藏/我的兵器只要酣睡。/我的兵器不要斩芟奸横,/我知道奸横是僵冷的顽石一堆;/我的兵器也不要割着愁苦,/我知道愁苦是割不断的流水。"这的确够超功利了。但"剑"在"剑匣"——艺术之宫里"韬藏""酣睡"其实就是超功利世界的长眠。这同败退"绝岛"的盖世骁将"我"超越名利纷争是一样的。于是"我"也就沉湎于自己这场"艺术的纯美创造",用自制的剑匣自杀了。全诗以"哦哦!我的大功告成了"一句作结。这"大功告成"其实就是指闻一多神往超功利的人生境界终于通过他对纯美化的剑匣创造所呈示出的本体象征追求,终于大功告成了。所以

《剑匣》很合于本体象征要求,它是最和谐自然的一场"美"升华为"真",因此也是集唯美主义大成之作。

闻一多就这样通过《西岸》《春之末章》等对美的辩证性实质作了诗性展示,通过《李白之死》对美的探寻作了抒唱,通过《剑匣》对美的创造作了表现,为他"美即是真真即美"的信条做了一番巡礼。平心而论,他这种为美而艺术(亦即为艺术而艺术)的唯美主义追求,同他主张把诗境拉入尘境的创作精神是不一致的。却也有必要注意到一点:这种唯美主义追求是被20世纪20年代初期他所处的丑恶社会、纷乱现实所逼出来的。这些超越世俗、神往自然、沉湎于"艺术的纯美"之作,自有不屑于同流合污的人生操守作为美的内质埋着。

二、青春心态的抒唱

其实对闻一多来说,为美而艺术只是他新诗创作初期写《红烛》中那些诗时的现象。这批诗固然表明了他要超然于污浊世界,不屑于同流合污,却也起了一点忘忧剂的作用,因为他毕竟生活在一个列强加速瓜分中国而国内又处在军阀混战,民不聊生的时代,他痛苦啊!可是艺术的幻美其实只是麻醉品,能麻醉痛苦于一时,药效过后依旧是身处丑恶世界而无出路可走的处境,唯美何尝能真正忘忧。于是处在青春年月的诗人不能不在人生之旅中有此行该向何方的无所适从。这使闻一多进一步产生了对迷惘的青春心态的抒唱。

这种青春心态首先表现为漂泊之哀。

在《红烛·青春篇》一辑中有《青春》一诗,且作为该辑的打头篇,似乎欲用来表明他对自己的青春怀有美好前景的心态。诗中说青春的来临使他幻感到自己"神秘的生命"之"翡翠的芽儿"已"在绿嫩的树皮里膨胀着"快要抽出来了,于是他激情地这样唱:"诗人呵!揩干你的冰泪,/快预备着你的歌儿,/也赞美你的苏生吧!"可事与愿

违,更生后的他并没有成为一只"唱着歌的"鸟儿在蓝天下快乐地歌唱,自由地飞翔,却成了"流囚""孤雁",成了人生路上无可皈依的游子。在《我是一个流囚》中,他借同去美国留学的清华同窗卢默生的婚姻、爱情遭遇做了一场"夫子自道式"郁闷心境的发泄:在国内时有了一场无爱的包办婚姻,成为有妇之夫、有子之父,而到了国外,在那个"不是恋人也都熏染成了恋人"的环境中,卢生有了爱的觉醒,更有了情的无奈,于是也就"作了情感牺牲!""他疯了"! 受此事件的刺激,闻一多回观自身,同病相怜而写下了《我是一个流囚》,从卢生的遭遇里看到了自己,从而明白:"我是快乐底罪人,/幸福之宫里逐出的流囚。"从而无奈地叹道:"走吧! 再走上那没尽头的黑道吧!"但"我"又明白自己"受伤太厉害",所以:

> 我的步子渐渐迟重了,
> 我的鲜红的生命,
> 渐渐染了脚下的枯草!

把自己看成是个被幸福放逐的流囚,使他在情爱人生的这个课题上引发出一股强烈的孤独思绪。而这种孤独思绪是有浸润性的,加之青年闻一多正浪迹到远离故土的新大陆。这种孤独思绪的浸润性使他进一步把自己看成是人生道上一个游子的角色。《晴朝》一诗就被这种浓重的游子之哀氛围着。诗抒写了闻一多在初到美国时某一个"晴朝"的情景。这首诗采用极冷静客观的笔调,一个个如实而空茫的镜头次第推了出来:街心徜徉的烟云掩映着一排"朱楼"的梦境,栗色轿车停在绿荫里一动不动,黑人的芟草机阵阵芟草声和渐渐远去,"和平布满了大自然"和人人心头,可是在"我"的心内,却是"一种和平的悲哀";地球平稳地转着,众生都在向太阳笑,虽然"我也想笑",但是"泪珠儿却先流出来了",这是为什么呢? 是因为"白日"虽可以照遍"朱楼",但

> 永远照不进的是——
> 游子底漆黑的心窝坎

如此平实的笔调却展现出诗人内心多少涌动着的情绪——一种漂泊世上的浪客近似宿命的哀感。

当然青年闻一多抒唱漂泊之哀感最有代表性的还是抒情长诗《孤雁》和《太阳吟》。这两首诗都说得上是漂泊者的肺腑之言。大致说来这种漂泊之哀的抒唱从三个方面展开。首先一个方面是都抒写了漂泊生涯的不安定以及由此激起的哀感。在百年中国新诗史上抒写漂泊几乎已成了热门话题。在这一代诗人笔下,漂泊可分为两类:生活的漂泊和心灵的漂泊。这两类又被诗人们表现为对立统一,以致有漂泊中的安定感和安定中的漂泊感之分,诗人中还有这两类兼备的,艾青就是如此,他的漂泊中的安定感体现为一种波希米亚性格,他的《画者的行吟》就动情的抒唱了这种性格,并说:"如今啊/我也是个Bohemien了!"这是一种美的哀感。艾青也有安定中的漂泊感,他的一首小诗《无题》就表现得十分深沉:"有时我也挑灯独立,/爱和夜守住沉默,听风声狂啸于屋外,/怀想一些远行人。"这里有哀感中的美感,但闻一多却始终抒写着漂泊中的不安定。这种方面的抒写则又总是通向漂泊之哀的。《孤雁》中这样说:"流落的孤禽啊! /到底飞往哪里去呢? /那太平洋底彼岸,可知道究竟有些什么?"《太阳吟》中说:"太阳啊,奔波不息的太阳/你也好像无家可归似的呢。/啊,你我的身世一样的不堪设想。"漂泊者对自己漂泊的处境和前景显得多么茫然不安,从中透露出来的漂泊之哀又是多么浓重。其次一个方面是他们都借对故人故土的怀念来烘托漂泊之哀。《孤雁》中,主体以对故人故土强烈思念之心向自己呼唤:"归来吧,失路的游魂! /归来参加你的伴

侣,/补足他们的阵列,/他们正引着颈望你呢。"还说"归来浮游在温暖的港湾里","归来徘徊在浪舐的平沙上"。《太阳吟》中说:"太阳啊,楼角新升的太阳!/不是刚从我们东方来的吗?/我的家乡此刻可都依然无恙?"这些都是从血泪中喷泻出来的诗句,而怀故人、故土愈强烈,也就愈衬托出主体处境之孤独和漂泊之哀感的深重。第三个方面是他们都凸显出一种强烈的情绪,以早日回归来结束不安定的生活,消除深心中的漂泊之哀。《孤雁》中有这种心境对自我的呼唤:"归来偃卧在霜染的芦林里,/那里有校猎的西风,/将茸毛似的芦花,/铺就了你的床褥/来温暖起你的甜梦。"还诅咒此刻自己正在漂泊着的异域是"苍鹰的领土","苍鹰"以"锐利的指爪"撕破自然的面目,"建筑起财力的窠巢",是一个"教你飞来不知方向","息去又没地藏身"的地方,以此来衬托自己非回归不可。《太阳吟》中有这样的抒情:"太阳啊——神速的金乌——太阳!/让我骑着你每日绕行地球一周/也便能天天望见一次家乡!"同时也说这块异域他的心灵已无法接受:"太阳啊,这不像是我的山川,太阳!/这里的风云另带着一般颜色,/这里鸟儿唱的调子格外凄凉。"以这种诗句喻示自己非回归不可。总之这两首诗都表达了青年闻一多离开故土、浪迹新大陆时强烈的孤独心情以及由此延伸出来的深沉的漂泊之哀。

这里附带谈一谈对《太阳吟》的认识。不少研究闻一多诗歌的著述中,一谈到诗人的爱国主义抒唱,就拿《太阳吟》为代表作。说这个文本有爱国主义抒情是确实的,无可非议;说他是此类抒情的代表作,却未必。从文本的构思路子和意象整体组合所显示的审美指向看,《太阳吟》无疑是一场漂泊之哀的抒唱,或者说《太阳吟》的主题是表达诗人的漂泊之哀,至于抒发的爱国主义精神从文本构筑的全局来看,起的是一种烘托孤独感、强化漂泊之哀的作用。闻一多自有其全面展示爱国主义之作,这一点下面还要论及,但代表作不是《太阳吟》。

闻一多青春心态的又一个表现是苍茫之叹。

论及苍茫之叹还得提及《孤雁》。在人生之旅中这只"孤雁"曾经对自己的前程做了这样的抒唱:"流落的孤雁啊,/到底飞往哪里去呢?"这个自我诘问表现出来的是对自己的前程茫然无所措的情态,这正是此处要谈的苍茫之叹。青春岁月,智慧初开但经验不足,对人生此行何处的选择往往上下求索而又难以决断,所生的苍茫感往往最多。闻一多也不例外。在1922年夏秋之交时分,闻一多离开清华园赴美留学,这一处境对别人而言也许踌躇满志,闻一多的心里却一片前程未卜的苍茫。在太平洋舟中他连写两首诗,寄寓自己这种心情。《太平洋舟中见一明星》写自己在茫茫大洋的船上看见天上一颗明星初现,忍不住有一缕出位之思袭来。天海中的明星是孤独的,大洋中的航船也是孤独的,而航船中的自己更是孤独的,天海苍苍,太平洋茫茫,"我是既苍苍,又茫茫的",于是诗人有了人生之旅苍茫之叹:

生活呀!苍茫的生活呀!
也是波涛险阻的大海哟!
是情人底眼泪的波涛,
是壮士底血液的波涛。

这样的"波涛"的确会引发人苍茫之叹。于是诗人祈求这一"明星"能是"生命之海中的灯塔",照着自己再"不要让我碰了礁滩!/不要许我越了航线",而自己的一生呢?看来只能这样做苍茫之叹了:"我自要加进我的一勺温泪,/教这泪海更咸;/我自要倾出我的一腔热血,/教这血涛更鲜!"这苍茫感是辽远的,叹声是够深沉的。这种意绪也反映在同时期写的《寄怀实秋》一诗中。诗以主体在舟船中秉烛夜读时海风吹

熄烛光而余烬化一缕轻烟起兴,说这缕烟"左顾右盼,/不知往哪里去好",从而发出苍茫之叹:

啊,解体的灵魂哟
失路底悲哀哟!

而喟叹之余,他寄寓远方的友人:在这中夜时分"不要灭了你的纱灯",好"借给我"来"点燃我的残烛""为我照出一条道路",此中流露出来的人生之旅苍茫未卜是更说得具体了。

在这里我想特别提一提一首为闻一多诗歌研究所忽略的小诗《小溪》。它有六行,是这样的:

铅灰色的树影
是一长篇恶梦,
横压在昏睡着的
小溪底胸膛上。
小溪挣扎着,挣扎着……
似乎毫无一点影响。

这是一首拟喻化小诗,很有意境美,把诗人面对自己的前景苍苍茫茫的压抑心境围绕"小溪"而展开的一个意象组合体,感性地拟喻出来了。

但闻一多毕竟不是精神世界灰颓的人,而是一个怀有乐观向上的人生信念者,所以他的青春心态中更唱响了进击之歌。

一般评论闻一多新诗,对作为诗集《红烛》序诗的《红烛》评价甚高,其实作为一首诗,它的稚拙的浅显的比喻、直白的抒情、凌乱无机的构思,决定了它的艺术价值不高。不过作为闻一多对人生在世的精神操守的宣告,是可取的。我们注意到他把李商隐那个"蜡炬成灰泪始干"的原创意象化了开来,用以譬比自己的人生态度,把生命的"脂膏"从青春年代起就"不息地流向人间/培出慰藉的花儿,/结成快乐的果实",并进一层对"蜡炬成灰泪始干"做了这样的发挥:"红烛啊!/既制了,便烧着!烧吧!烧吧!/烧破世人底梦,/烧沸世人底血——/也救出他们的灵魂,/也揭破他们的监狱!"这话中殉道者的精神自是极高洁可取的。闻一多还有一种不断作生命探索的品格也已在他初期的诗中反映出来。有一首叫《玄思》的诗,很可玩味。诗中说自己的"荒凉的脑子"常会在黄昏的沉默里进出些"古怪的思想",好像在黄昏的古寺前那座尘封雨渍的钟楼里会飞出一阵非禽非鸟的小怪物蝙蝠。于是诗人展开了联想,这样唱道:

同野心的蝙蝠一样
我的思想不肯只爬在地上,
却老在天空里兜圈子,
圆的,扁的,种种的圈子。

在这里,闻一多显然无意地向我们告白:他不愿做一个爬行主义者,只想凌空扑腾、振翅飞翔,作大胆的智慧探索。总之,无论是殉道而献身,或者飞跃而探索,都是生命不安于庸常而勇于进击的大智大勇者精神境界的体现,而超拔的生存信念也就在闻一多青春的心里有了智慧的确立——我们读到了《烂果》一诗。这首诗竟是对一个"烂果"作了抒唱。说被虫咬烂了的一个果子,丢弃在青苔上,以致烂穿了核甲——烂破了"监牢"了。难道这样烂下去这"果子"的生命就完了吗?不!诗篇接着推出了如下惊人的三行:

我的幽闭的灵魂
便穿着豆绿的背心,
笑眯眯地要跳出来了!

好一个"笑眯眯地要跳出来了",读至此精神不禁为之一振,毁灭旧我而重创新我是早期新诗的重要主题,郭沫若的《凤凰涅槃》成了这方面的代表作,《烂果》可说是承袭了《凤凰涅槃》的。

而这也就成了闻一多青春心态唱响的进击之歌的主旋律：生生不息的最高音阶。

三、家国情怀的讴歌

闻一多的家国情怀日益高涨不始自清华学子时期，而是在远离故土、留学美国，受尽一个弱势民族的屈辱而刺激出来的。他是《红烛》编订后立即转向这类感受的抒写的。在一段相当集中的时段内向诗坛奉献出了一批质量相当高的爱国主义诗篇。这完全是出之于自觉的写作行为。1923年3月25日他写给闻家驷的信中谈自己写成两首抒情长诗——《园内》和《长城下的哀歌》以后的打算时，不无几分兴奋地说："我将乘此多作些爱国思乡的诗，这种作品若出于至性至情，价值甚高，恐怕比那些无病呻吟的情诗又高些。"值得指出：这种家国情怀不仅写作行为极自觉，并且爱国主义生活感受也极自觉。在1923年9月24日写给吴景超的信中，他就《晴朝》《太阳吟》二诗的感受真实问题这样说："我想你读完这两首诗，当不至于误会以为我想的是狭义的'家'，不是！我想的是中国的山川、中国的草木、中国的鸟兽、中国的屋宇——中国的人。"正是这种双重直觉，使闻一多这场家国情怀的讴歌，既全面又能作递进式深化。也就是说：这一场讴歌是从爱我中华的抒情到愁我中华的抒情进而再到再造中华的抒情——如此层层递进的家国情怀的讴歌。

先看爱我中华的抒情。

说到爱我中华的抒情，我们得先来谈谈1925年盛夏闻一多结束在美留学三年的生活而回国时所写的三首诗：《大暑》《故乡》和《回来了》，它们合在一起可看成是一个"乡归"组诗，这个"组诗"充分地体现了他对故土那份深厚情感。《大暑》抒写了他即将回国时的心情，开头一节就这样写：

今天是大暑节，我要回家了。
今天的日历他劝我回家了。
他说家乡的大暑节，
是斑鸠唤雨的时候，
大暑到了，湖上飘满紫鸡头。
大暑正是我回家的时候。

全作就是由类似这样的诗节组合而成的。从这一节也可以见出：这首诗显露着孩子似的天真的喜悦。诗中回忆到大暑节在家乡是"斑鸠唤雨"，"湖上飘满紫鸡头"的时候，可见这首抒发快乐心情的诗是建立在对故土美好的记忆上的。《回来了》是年轻诗人刚踏上故土、认定这不是做梦确实已回到祖国的最初一刻悲喜交集的抒写：可不是吗？你终于见到心里不知温习过多少遍、从儿时起就已熟的情景：青山绿水，云如鹤翔，千樯林立，风起麦浪，而"打盹的雀儿钉在牛背上"……这使诗人忍不住这样唱道："祖国啊！今天我分外爱你……风呀你莫吹，浪呀你莫涌，/让我镇定一会儿，镇定一会儿；/我的心儿他如此在怔忡！"这里的第三行用了叠句来表达自己当时神昏目眩失去理智的激动神态，自是十分真切的。《故乡》是特别能感动人的。虽然这个文本采用戏剧化构成，问与答之间的关联并不那么缜密有机，特别是"问"者导引作用不显著，使"答"者的主体对内在意蕴提升的方向不明。但读者已顾不到这些，因为文本，几乎全是由一个蒙太奇镜头组长接而成。促人感兴也促人玩味。正是这些蒙太奇镜头的一个个展示，使接受者的我们竟被主体那句"要赶紧回家去"拽住了，只想跟着主体走，和他一道去看看"白波"是否还荡漾在"望天湖"中，"卵浮卵的秧鸡"是否还是"在秧林里"，还有"神山上的白云一分钟里变几次，/可还有燕儿飞到人家堂上来报喜"。跟着他还要去听一听家门外"水车"的歌吟，去了解一下还有没有在黄昏里湖岸上兔儿觅食狗竟不去追的这种事，甚至跟着他去调查一下如今的"菱角还长几根刺","藕里还有几根丝","坟山上添了几块新碑石"。他使我们也懂得了"游子的心里风霜剥蚀的残碑"会"溰漫了家乡的字迹"。对家乡的这种念想真是多么的细腻入微。而正是这种对家乡十分具体的念想,也就使闻一多十分自然而真切地提升为悲壮的家国情怀,并使他发出了爱我中华的虔诚讴歌。这种由爱我家乡提升为爱我中华的抒情,使闻一多进一步写出了《我是中国人》《祈祷》《爱国的心》《忆菊》等作。其中《我是中国人》全方位地讴歌了祖国,把中华民族置于世界民族之林中来展开讴歌的,颇有宏观抒情的壮阔气势,如这一节:

　　我的种族是一条大河,
　　我们流下了昆仑山坡,
　　我们流过了亚洲大陆,
　　我们流出了优美的风俗。

这就是把历史、地理和文化综合成一体来做讴歌的。可惜这首诗堆砌过多,写得太杂,总想面面俱到,结果拖沓松垮。后来闻一多把这首长达十六节的诗删除十二节,只选其中与中华文化有关的四节,按新格律体的要求进行调整,改名为《祈祷》,专从文化的角度出发做了爱我中华的抒唱,后来收入《死水》,成了赞美文化中国的佳作。如这样的诗节:"请告诉我谁是中国人,/谁的心里有尧舜的心,/谁的血是荆轲聂政的血,/谁是神农黄帝的遗孽。"几十年来一直被传诵。可惜这一场改削调整,使讴歌爱我中华的壮阔气势颇受影响。倒是仅只八行的《爱国的心》,一气贯通。该诗第一节写"我"心中有一幅叶形五彩旗在"自然摇摆",鲜丽无比;第二节作了爱我中华的精神提升:

　　这心腹里海棠叶形,
　　是中华版图的缩本,
　　谁能偷去伊的版图?
　　谁能偷得去我的心?

　　这样写就构思有机匀称了。要是把第三行调整为"谁能偷得去这版图",那诗的格调也显得更高亢些了。

　　值得提一提的是:闻一多的爱我中华之作,大多出于对中华文化的深厚情感,甚至可以说这一方面的家国情怀,大多是文化情结的本能显示。上面提及《我是中国人》一诗后来被他改成《祈祷》,把一段面面俱到的爱国主义抒情转为对文化中国的讴歌,就说明了这一点。《忆菊——重阳前一日作》也可证实这种倾向。在这首诗中他赞美秋菊,说它是东方的名花,具有高超的品格、逸雅的魂,突然之间转向了家国情怀,这样唱:

　　习习的秋风啊,吹着,吹着
　　我要赞美我祖国底花!
　　我要赞美我如花的祖国!

这不正是出于文化情结来对爱我中华作抒唱吗?

　　闻一多对祖国的情感是复杂的,可说既爱又怨,爱者,上面已论及,那么怨又为何呢?国力不强,国势日衰,饱受列强欺凌。还有一个因此牵连出来的原因:弱势民族的子民国外留学,受人歧视,又逼他进一步有怨我中华的情绪滋生。这迫使他含着热泪写下了《七子之歌》《洗衣歌》等作。《七子之歌》中为七块被列强割让而去的土地——澳门、香港、台湾、威海卫、广州湾、九龙、旅顺、大连各赋一诗,代它们唱出失去祖国的悲愤之情。出于这样一个构思意图的组诗,在百年新诗中可说是绝无仅有的。该组诗前有小序,表明诗人作它的意图是"以抒其孤苦亡告眷怀祖国之哀忱,亦以励国人之奋兴云尔"。这两个目的可说是达到了的。全作一地一歌,共七歌,每歌都七行,前四行回顾该地被割让的历史及一直以来遭受的屈辱,倒还一般;后三行直抒不忘祖国母亲、哀怨地呼求回归情绪就十分强烈。如《澳门》中的这三行这样写：

三百年来梦寐不忘的生母啊！
请叫儿的乳名，叫我一声"澳门"！
母亲，我要回来，母亲！

这最后一行每一首歌都相同，凸显着"我要回来"的主旋律，这一声声呼求，情真意切，令人凄然动容，也真实地反映着诗人心里那一股怨我中华的情绪是多么深沉。《洗衣歌》前面也有小序："洗衣是美国华侨最普通的职业，因此留学生常常被人问道：'你爸爸是洗衣裳的吗？'"诗人有感于此类侮辱，以怨愤交集的心情写了这首诗："我洗得净悲哀的湿手帕，/我洗得白罪恶的黑汗衣，/你们家里一切脏的东西，/交给我洗，交给我洗。"也作实话反问："你说洗衣的买卖太下贱，/肯下贱的只有唐人不成？/耶稣的爸爸做木匠出身，/你信不信？你信不信？"最后做了这样的直接抒情："年来年去一滴思乡的泪，/半夜三更一盏洗衣的灯……/下贱不下贱你们不要管，/看哪里不干净哪里不平，/问支那人，问支那人。"这是个特殊的诗节：前两行是对华工艰辛生涯满含深情的直接抒情；第三行显示出在屈辱面前华工挺直精神腰杆的尊严；第四、第五行则大有隐意：总有一天以"支那人"为首的华工会来收拾这个肮脏、不平的世界。所以这首诗不仅写了怨我中华的心情，也表现了一个弱势民族的尊严和自强不息。

如同上面所论及的，闻一多的家国情怀大多是一种文化情结的本能体现。爱我中华的重心如此，怨我中华的重心也在这方面。他更担心也更怨的是文化中国的衰落。在1925年3月至梁实秋的信中他就这样说过："我国前途之危险不独政治、经济有被人征服之虑，且有文化被征服之祸患。文化之征服甚于他方面之征服百千倍之。杜渐防微之责，舍我辈其谁堪任之！"可见他对文化中国的衰落怨虽怨，但捍卫之意是当仁能不让的。这方面集中反映在《长城下的哀歌》一诗中。

《长城下的哀歌》是一首抒情长诗。闻一多在1923年2月18日致梁实秋的信中曾这样谈到这首诗："我所作的诗名《长城下之哀歌》。这是我哀恸已逝的东方文化的热泪之结晶。诗长数千言，乃系一诗人碰死于长城之前的歌词。"说具体明白点也就是：闻一多借一个诗人在长城下哭文化中国的日益衰落、国将不国的危险已步步逼近之后，决定撞长城而死的一段情节，来抒发自己心头郁结着的一股怨我中华之情。全作以"长城"为中心意象，分五个方面展开抒写。第一个方面抒写了长城作为中华文明的文化符号身份。诗的开头两节就说长城是"五千年文化的纪念碑"。第二个方面是抒写了"长城"一直卫护着"皇帝的子孙"，高枕无忧地度着春秋岁月，让他们在"绣屏"后面的"华堂上宴饮""高咏""拉住了时间放怀酣睡"，以致"睡锈了我们的筋骨"、"忘了我们的理想"，当"盗贼"爬过"围屏"闯入，"我们只得投降"。第三方面写爬过长城"围屏"的旧的"盗贼"反被中华文明所熏陶而成了这个民族大家庭的成员了，但今日的"盗贼"不同，他们是轰开了长城的城门蜂拥而进，长驱而入，扑灭了"我们的日月"，"捣毁了我们的乾坤"，泯灭了我们的传统文化生趣，以致使我们"俯首"于"西欧底海狮""北美底苍隼"，纷纷"在上国之前请命"。若问这是"新的中华"吗？回答只能是：不！是"假的中华哟"！第四方面是对长城文化所做的反思：认为"事到如今"，我们不得不对"神灵的祖宗"所筑起的这条长城，造成闭关锁国的祸害做出反思，认为这使得我们"把城内文化的种子关起了，/不许他们自由飘播到城外，/早些将礼义底花儿开遍四邻，/如今反教野蛮底荆棘侵进城来"。这使今日的炎黄子孙不得不哭。"哭着那不可思议的命运"，"哭着我们中华的庄严灿烂,/也将永远永远地烟消云散"。最后一个方面抒写了抒情主人公预见文化中国的毁灭而决定殉身。诗中说:"我"终于有了超越庸常的大悲哀:"啊,不料中华最末次的兴亡,/皇帝子孙最彻底的堕落,/毕竟呀实现于此日今时,/毕竟在我自己的眼前经过",从而发出"神州啊,你竟陆沉了吗"的绝望之声。随之前诗篇推出了临终的绝唱:

> 长城啊!让我把你也来撞倒,
> 你我都是赘疣,有些什么难舍?
> 哦,悲壮的角声,送葬的角声,——
> 画角啊!不要哀伤,也不要诅骂!
> 我来自虚无,还向虚无归去,
> 这堕落的假中华不是我的家!

这一场绝唱就把以"长城"为标识的中华文明走向毁灭的预感推向了极致,也最大幅度地做了怨我中华的抒情。可以说在百年新诗中,《长城下的哀歌》作为长城文化的抒唱,其规模之大文化反思之深刻以及情绪之激越,是迄今为止未见有超越的,大概只有六十余年后女诗人张烨的抒情长诗《隐显在长城上的面孔》尚可以与之并提。

第三,闻一多这种家园情怀的讴歌更表现为再造中华的抒唱。

闻一多是一个民族责任感十分强烈的诗人,振兴邦国,谁来担当,他大有当仁不让之态。因此,他固然以诗表达尽怨我中华之心,但再造中华之歌也是他唱得最响。《醒呀》一诗先拿汉、满、蒙、回、藏五大民族分头担当抒情主人公在"东方已经白了"时分,分头向自己族的首领——"熟睡的神狮"发出"醒呀"的呼声,如蒙古族之魂这样呼唤:"我有大漠供你的驰骤,/我有西套作你的庖厨,/醒呀!伟大的可汗,醒呀!"然后在中华大家庭中五族共和,合成一体,发出"祷词"来"攻破睡乡的城",向"威严的大王"呼唤:

> 醒呀!请扯破了梦魇的网罗。
> 神州给虎豹豺狼糟蹋了。
> 醒了吧!醒了吧!威武的神狮!
> 听我们在五色旗下哀号。

这一声声呼唤"睡狮"醒来之声竟显得如此急切,是事出有因的,在该诗发表时后附有跋,说此作系出于五卅惨案的激愤而写,原拟在留美学生所办的《大江》上发表,鉴于该刊出版还得等些日子,所以先给《现代评论》发了,"希望他们可以在同胞中激起一些敌忾,把激昂的民族变得更加激昂"。这一举动值得品味。俗语云:国之兴,民气为先。这场使民气鼓动起来的"醒呀"呼唤,正是闻一多再造中华抒唱的先声。先声固然夺人,但后声也可以成为警世之言。这也就使我们想起闻一多由美国回来后所写后来收入《死水》集中的格律诗《一句话》。这首诗可以说是《醒呀》一诗中呼唤睡狮醒来的回声:中华民族定会有觉醒的一天。全作有一个中心意象:"火山的缄默",至于"点得着火似的"一句话,则是由"火山的沉默"到"忍不住沉默"时说出来的,它像"青天里一个霹雳/爆一声:'咱们的中国!'"如此说寓意是明白的:不要以为中国总是沉默着任让人来欺凌的,他总有一天会有一个大觉醒:中国是"咱们的中国"。当然闻一多当年这样认识还是模糊的,还不可能意识到中国共产党领导的革命力量会来再造中华,使中国人民挺身而对这个世界的殖民势力"爆一声:'咱们的中国!'"他还是把希望寄托在受过"五四"文化启蒙、有民主意识觉醒的那一代知识者身上,而这特别强烈地体现在抒情长诗《园内》中。可以这样说,《园内》是闻一多抒唱再造中国的代表作。

《园内》是闻一多为母校清华大学建校十二周年应《清华生活》编辑吴景超之约,于1923年3月在美国写成的,发表在当年4月出版的《清华生活》"清华十二周年纪念号"上,长达300余行,是闻一多所作新

理论批评

诗中最长的一首。写成此诗,闻一多自己颇为得意。在诗还在写作中的1923年3月6日致梁实秋的信中,他就这样说:"我先通知你,请你向总编辑先生疏通疏通,把《增刊》底最前的十页纸留给我如何?我还要印大字,十页也许不够呢?!现在不过约略地讲罢了!换言之,这首诗可作《周刊》增刊的题词。"十一天后闻一多给吴景超、梁实秋的信中说:"《园内》的大功告成了……两年前要写写不出的情绪如今都吐尽了,痛快极了!痛快极了!"同年3月25日致闻家䮸的信中也不无自得地说:"《园内》恐怕是新诗中第一首长诗。"还说:"我近来的作风有些变更……你将来读《园内》时,便可见出……渐趋雄浑、沉劲……"。这些都可见出闻一多自己钟爱这首诗。

的确,《园内》可看成是新诗中的精品之作。

这首长诗如同闻一多在1923年3月6日写给梁实秋的信中所说的,可分为三章,即"第一章园内之昨日","第二章园内之今日","第三章园内之明日"。其中第二章"园内之今日"又分成四节:"第一节晨曦","第二节夕阳","第三节凉夜","第四节深更"。对这个结构,闻一多自己有个说法。在1923年3月17日写给吴景超、梁实秋的信中这样说:"这首诗的局势你们可以看出是一首律诗的放大,第三四节晨曦夕阳为一联,第五六节凉夜深更为一联,再加上前后的四节共为八节,正合律诗的八句。中间四节实是园内生活之正体。"这倒是很合乎文本实际的。如果说律诗那种构成体现为起承转合的运思,那么这个文本也吻合于这条思路,所以对《园内》的分析不妨以每两节为一个单元,以起承转合为视角来对其真实世界的构成做部分和整体的考察。

这首诗对清华大学成长壮大的精神性过程作了诗化表现,堪称诗史性的校史。其中的第一章(即"一""二"两节)是一个单元,作为一场历史叙事的开始。清华是在火烧圆明园成废墟的一角——清华园上建造起来的,所以"昨日"这里是一片残破景象:"金黄釉的琉璃瓦/是条死龙的残鳞败甲",大理石、汉白玉的"阶墀""龟坏""栏柱"夭折,"纵横地卧在蓬蒿丛中",一切都"沉闷""阴霾"和"悲酸"。后来,这里建造起了清华大学,"活泼泼的少年,/摩肩接踵地挤进园来了","灵芝"生满园内,使得"一切只是希望,一切只是努力"。所以一、二节——作为"起"这个单元具有引领全诗审美趋向的意味。第三、四是一个单元,是对历史叙事开始后的承续,即"承"。这个单元抒写了晨曦和夕阳中的清华园。"三"写晨曦中。在这里,诗人以"曙光烘醒了东方"这个意象来喻示"明晰的思想"对"少年"们的"浸渐"。这片烘醒东方的曙色即太阳的"金光",意指现代世界思潮。于是说"金光描在高楼顶的旗杆上"也"吻在少年的桃腮上",使他像遥望驾车西幸而生"无限的敬仰",让这种"信仰"来"充满了他那蒙稚的心灵";也像面对"严师"背诵"他的生命的课本",展示了晨曦中的少年"自强不息"的精神。"四"写夕阳中的清华园,展现园内的清华学子精神意识的成长。在这里太阳被说成有赤血般的光,其隐喻如同"赤潮",是隐示现代世界的先进思想,而"少年"人这随着"赤血膨胀了夕阳的宇宙"的壮美趋势,也让"赤血膨胀了""少年的血管",使他们全有了"赤铜铸的筋骨,/赤铜铸的精神"。这可是展示了他们在接受了新思潮而成长起来的情况。所以这第二单元的三、四节是承续了上一单元写朝气蓬勃的"少年"占领了清华园,也让清华园以向世界开放的格局提供给"少年"——清华学子以新思潮的洗礼。第五、六节作为第三个单元,却猛地来了一个转舵,第五节是这场转舵的开始,也就是使"少年"们受了新思潮洗礼后拉开了认识的帷幕,有了灵魂的骚动。宁静以致远,闻一多因此把这一节写清华园生活的背景置于"凉夜"。在月色如水、鲛人夜歌的情境中,让"少年"们智慧开窍:有了对生命玄秘的隐忧,对人生之旅的思索,更有了对社会现实的审视。诚如诗中所设问的:是"为了茫茫的大千宇宙/为了滔滔的洪水猛兽。/为了闸不住的情绪之流,/还是抛不下锚的生命之舟"?总之是已有觉醒的先兆了。于是,也就推向了第六节:"少年"有了全面觉醒,奋起而对社会现实作的抗争,有了平静的"园内"生活的大转舵:悲壮的号角在黑暗里狂吹起来,而

> 锐利的角声在空中咬着,
> 咬破了黑暗底魔术,
> 咬破了少年底美梦,
> 少年们揎开美梦,跳起榻床,
> 少年们已和黑暗宣战了。

这就是象征轰轰烈烈的"五四"是"五四"运动,唤回了"曙光","新生命又来了":他们就是这一批"活泼泼的少年","凭着希望"要来再造出希望。本文在以第七、第八节合成的第四个单元则进入"起承转"之后的"合",来推宕出一个终极命题了:这批少年——清华学子,"又在园内不断地努力",在为再造中华而奋斗了。据此,闻一多在第七节中,把清华园说成是"东方华胄的学府","世界文化的盟坛",甚至是蓬莱仙境。第八节则进一步抒写了这仙境里人人在为再造中华而努力学习,强健自己,而"水木清华"也正默默地"赐给他们灵魂,赐给他们精神",那就是:

> 万人要为四千年底文化
> 与强权霸术决一雌雄!

这表明,闻一多把再造中华定位在再造炎黄子孙代代相传的中华文化上。

上面提及:闻一多在给自己的弟弟闻家驷的信中,对《园内》这首长诗说过一句:"《园内》恐怕是新诗中的第一首长诗。"这虽是诗人的自我评价,难免有自我夸张之嫌狭,但在我看来是很确切的。

因为这不仅是闻一多抒唱再造中华的集大成之作,也是他讴歌家园情怀的集大成之作。

四、世俗生态的咏叹

闻一多有一个诗歌审美观念,如前面已提及的,把诗境拉入到尘境中去。这个说法可以从两个方面去理解:一个方面是诗境要借尘境来表现,另一个方面是诗境要借尘境来感发。闻一多的诗歌审美中这两种理解其实都有。在写作诗集《红烛》时他入世尚浅,对尘境还未有全面深入的了解,多少怀有点猎奇心理去看世俗,所以写诗采取的态度是合乎尘境中的事儿,以此来为他表现心头闪过的诗境服务。在1923年3月25日致闻家驷的信中,闻一多把诗境看成是精神,把尘境看成是肉体,然后说:"……肉体是方法,精神是目的。达到一种目的必须一种方法,但方法的价值是在其能用以达到目的的。若无目的,还要方法何用呢?"这话也就意味着:尘境提供的种种世俗生态撼动心灵,使他感受到种种诗情诗境,使他发现尘境原来就是能激发诗境——精神内容的诗料。正是这一新觉识,才促成闻一多创作诗集《死水》时,转向写世俗的事了。正是这些世俗事儿,为诗境供给了一批浸透着血泪的人生咏叹之作,同时这也表明:闻一多已从一个浪漫的歌者转为严谨的现实主义诗人了。

这场世俗生态的咏叹,闻一多是通过污浊世界的揭示、苦难现实的表现和生之无奈的沉吟这三个方面来展开的。

闻一多揭示污浊世界之作大多着目于中国社会现实。这里值得拉远一点来谈一谈那一代在海外留学的知识者的一种心理状态。他们往往对祖邦怀有一种梦幻般美好的想象和深深的怀念,但返回故土后,和祖国的现实一经接触,往往会因了想象和现实的差距太大而生幻灭感,郭沫若是这

方面的一个典型。1921年4月,留学日本的郭沫若返回上海,船进黄浦江时,就激动地写下了这样的诗句:"平和之乡哟,/我的父母之邦,/岸草那么青翠,/流水这般嫩黄。"但进了上海,一番游走后,又忍不住写了《上海印象》,对这块光怪陆离的身生之地"眼儿泪流","心儿作呕",发出"我从梦中惊醒了,/幻灭的悲哀哟!"闻一多的情况也一样。如前面已提及,他1925年盛夏快要结束美国的留学生活返回祖国前夕,就已激动得不得了,把满腔对祖邦的美好想象寄之中原大地:望山湖边的一草一木,但等定居下来作真实的观察,他又忽然有了新的"发现"而幻灭顿生:"我来了!我喊一声,迸着血泪:/'这不是我的中华,不对!不对!'"从而在《发现》一诗里进一步有了这样的言辞:

  我来了,不知道是一场空喜!
  我会见的是噩梦,哪里是你!
  那是恐怖,是噩梦挂着悬崖!
  那不是你!那不是我的心爱!

为什么说"那不是你"呢?原来他发现这片真实的故土是个污浊的世界,而不是原先想象中的那样的。随后他又写了《死水》,更深入地揭示了这片污浊世界。《死水》的中心意象是"绝望的死水",以一沟扔着剩菜残羹、破铜烂铁而发酵起来的种种死水腐化形象来象征中国社会的一片污浊。闻一多在诗中发挥了善于精雕细描的本领,极尽铺陈之能事,又采取正题反述的表现策略来做夸张的显示。如:"让死水酵成一沟绿酒,/漂满了珍珠似的白沫,/小珠们笑声变成大珠,/又被偷酒的花蚊咬破。//那么一沟绝望的死水,/也就夸得上几分鲜明。/如果青蛙耐不住寂寞,/又算死水叫出了歌声。"这真是何其腐恶而不堪入目的景象!诗的最后说:

  这是一沟绝望的死水,
  这里断不是美的所在,
  不如让给丑恶来开垦,
  看他造出个什么世界。

这样的结尾是很可玩味的。朱自清在为《闻一多全集》所作的序言中说:"这不是'恶之花'的赞颂,而是索性让'丑恶'早些'恶贯满盈','绝望'里才有希望。"我以为这个阐释是合乎形象构成的真实的:让"丑恶"索性恶贯满盈,"绝望"后才会有希望出现。这是看得很准的,使人不禁想起闻一多另一首上面已提及过的《烂果》:果核烂透了,新生命才"穿着豆绿的背心/笑眯眯地要跳出来了"。闻一多冷眼旁观污浊世界可并不绝望。

  闻一多在揭示污浊世界的抒写中值得珍视的一点是他并不停留于揭示社会污浊的现象上,还深入到对人的精神污浊作揭示。《你指着太阳起誓》在这方面特别值得玩味。这首诗表现了这个世界中一类玩世不恭者的人生态度,诗里的抒情主人公就属于这种人:他从不相信爱他者的信誓旦旦。为什么会这样?原来他自己就是个情感关系中不诚恳的人。他只图刹那的刺激,一时的满足:"爱,你知道我只有一口气的贪图,/快来箍紧我的心,快!啊,你走,你走……"这可是玩弄感情后就让"走人"的传神表现。以己之心去看待他人那种"海枯石烂""永久"之类的誓言,当然要"笑得死我"。而既然以己度人,也就决不会相信他人的真诚、贞洁,因此他会肯定地说:"我早算就了你那一手","'永久'早许给了别人,秕糠是我的份","别人得的才是你的菁华——不坏的千春!"这个人生舞台上的情爱玩家,可真把精神世界的污浊玩到家了。从抒情主人公玩世不恭的语气来看,他对世俗一片污浊实在是看透了的。看透之深甚至使创作主体的诗人也对自己的灵魂也不自禁怀疑起来。在《口供》一诗中说自己虽然爱的是"白石的坚贞",粮食也只是"一壶苦茶",好像淡泊自守,人格

高洁,但实际上并不全是那么回事,诗的结尾一段竟来了一个逆折,凸出了这么两行:

可是还有一个我,你怕不怕?——
苍蝇似的思想,垃圾堆里爬。

这种自我定位无疑反映着闻一多对世俗社会精神污浊无处不在看得太透了。唯其如此,也才使他产生了一股厌世情绪,以致写下了《也许》一诗,对墓窟生涯、幽冥世界神往起来,说墓中人还可以叫"夜莺不要咳嗽","蛙不要号,蝙蝠不要飞","撑一伞松荫"庇护自己,还设想墓中人在这样高洁而不显污浊的境界中才会有如下那样的心情:"也许你听这蚯蚓翻泥,/听这小草的根须吸水,/也许你听这般的音乐,/比那咒骂的人声更美。"这些抒写作为闻一多追求唯美主义的残迹,其颓废倾向当然不足为训,却倒也反映着诗人对污浊世界强烈的反拨情绪。

闻一多这一类世俗生态的咏叹是深深的。

再看他对苦难现实的表现。

闻一多也像鲁迅一样有一颗"心事浩茫连广宇"之心,总是怀着悲天悯人的情绪不时在关怀着广大人民的苦难现实生活。还是在美国留学时的1923年3月,在给家人的信中他就强烈地表达了这种"连广宇"的浩茫心事:

……昨接八哥来函称接家书,腊初曾得大雪,春收可救百分之一二,诚大不幸中之幸也。乡间此时情形如何?人心慌乱到什么程度?望略示远人,借释悬念。凶年兵燹,频乘存臻,乡民将何以为生啊!不知人心是怨天呢,还是怨人?天灾诚无法可救,至于人祸,若在欧美,这辈封狐长蛇,早被砍作百块了!

从这段话中可以见出他对"乡民"在天灾人祸中的苦难生活多么关切又多么殷忧。也正是这种关切与殷忧,使他写了不少篇表现苦难现实的诗。《荒村》是这方面的代表作。这首诗写临潼关一带因军阀混战而引起一场现实灾难:沿公路两旁的村庄里,农民纷纷弃家逃走,美丽的田园变成荒无人烟的世界。在这片世界里,蛤蟆蹲在甑上,水瓢里开出了白莲,门框里嵌着棺材,窗棂里镶着石块,蜘蛛的绳桥从东屋往西屋牵,猪在大路上游走,鸡鸭往猪窝里钻;天黑了,岗上的牛羊没见有牧人来接它们下去;秧针这样尖,鸟声像露珠样圆,泥墙边玫瑰花开得正艳,却诱不来一个人影在村巷里走……在对失了人踪的现代原始蛮荒地作了大面积铺陈表现后,文本还特别地写了众生怀魔幻状的心灵活动,象征性地凸显了天地共感、众生同愁的苦难现实生活惨景,然后笔锋一转,发出"快去告诉他们"回来的祈求:

叫他们回来,叫他们回来,
这景象是多么古怪多么惨!
天呀,这样的村庄留不住他们,
这样一个桃源,瞧不见人影。

这冥冥之中发出的祈求,是诗人控诉兵灾人祸的血泪心声,如果说《荒村》是以农村生活为题材来表现苦难现实的,那么《罪过》《飞毛腿》是以城市生活为题材来做这方面的表现的。《罪过》写一个靠做小买卖糊口的老人一早出城贩来一挑水果准备回城去卖,但路上走得不小心让"老头儿和担子摔一跤,/满地是白杏儿红樱桃",以致压坏了水果卖不出去,回头一家人怎么吃饭"这件事反映挣扎在生命线上的底层人民的辛酸。《飞毛腿》写了一个人力车夫之死。写得客观冷静,但使人深感血泪之悲,总之这些诗都通过小人物的遭遇来对苦难现实作真实反映,袒露了闻一多悲天悯人的真情实感。

闻一多这种世俗生态咏叹,除了关注外在的实际,尤其关注内在的精神。正像他在对污浊世界作揭示中特别着目于对精神污浊作揭示，也特别着目于去表现心灵中的苦难现实。《什么梦？》就是这样一首诗。它所表现的苦难，不是生存实际中的，而是心灵生活中的。这首诗写的是一个少妇，情郎远走而孤身守护着摇篮中他俩的孩子，听到寒天上有雁唳掉落而不见有雁传书来，她向空茫的苍穹发出"人啊，人啊"的长叹，也茫然地问着："你在哪里？在哪里叫着我？"当黄昏拥着恐怖向她进逼，她又向苍穹发出"天啊，天啊"的长叹，对自己的生存发出了怀疑："这到底，到底是什么意义？"而当面对漫漫远夜，想及迢迢前程后，她犹豫着，犹豫着，终于向心头的烦闷宣布："我将永远，永远结束了你！"于是她就准备走向决绝人世的路。诗篇到此这样写：

> 决断写在她脸上，——决断的从
> 　容，……
> 忽然摇篮里哇的一阵警钟，
> "儿啊，儿啊"她哭了，
> "我做的是什么是什么梦！"

为现实计，她只有死；为孩子计，她又只能苟活。这种强烈的矛盾所体现出来的精神折磨，反映出更强烈的生存无奈。

闻一多作生之无奈的沉吟，在他世俗生态咏叹的主题系统中更具有切身体会的特色。对此我想首先来谈谈《春光》。这首诗写主体在大好春光中的一场遭遇：当"我"怀着季节复苏的心情欣喜地欣赏着"春光"从一张张的绿叶上爬过，幻感着艳阳光中"仿佛有一群天使"在展翅飞翔时，"忽地深巷里迸出了一声清籁，/可怜可怜我这瞎子，老爷太太"。这似乎有点儿煞风景，但这正是诗人生之无奈的真切体验。在大家放眼欣赏姹紫嫣红的遍地春色时，突然冒出个"瞎子"来，要大家可怜可怜他，这是生活穷困求人布施吗？也许是，但典型环境中的典型情绪决定着这更有可能

是"瞎子"向这个生存世界讨点儿光明，分享一点儿"春光"。所以我以为这首短诗不是一般意义上的现实主义之作，而是一首本体象征诗，隐示着诗人心目中那个意念，即春光和春光中的幻美境界，在这个现实世界里是求不到的。所以这首诗是闻一多对生之无奈所作的一场宿命的沉吟，也可以把它看成这类抒情的序曲。

《静夜》中生之无奈的沉吟，是对《春光》的抒情思路的承袭，却也更有立足于现实层面的发挥。它既写了自己居身于有"古书的纸香一阵阵的袭来"的室内"尺方的和平"，又写了存在于墙外的现实社会中层出不穷的天灾人祸。这一墙之隔两种生态畸形地并存带给世人以不安、痛苦与无奈。这是为什么？是因为闻一多毕竟是一个有良心的正直的知识分子。他的不安在于这"四墙"始终"隔不断战争的喧嚣"和"各种惨剧在生活的磨子下"发生所传出的惨叫；他的痛苦在于自己有一颗"心事浩茫连广宇"的心，他的无奈在于自己面对"寡妇孤儿抖颤的身影"，"战壕里的痉挛，疯人咬着病榻"而无能为力。因此，他有了一个诗人的内心自责："最好是让这口里塞满了沙泥，/如果它只会唱着个人的休戚"，唯其如此，也才使他向自己身边这个有着"浑圆的和平"的静夜发出抗议：

> 幸福！我如今不能受你的私贿，
> 我的世界不在这尺方的墙内。
> 听！又一阵炮声，死神在咆哮，
> 静夜！你如何能禁止我的心跳？

这是把自己真正摆入进去的抒唱，是有体温的现实主义佳作。和《红烛》时期所作《初夏一夜底印象——一九二二年五月直奉战争时》那种抽象化的、变形得做作而又抒唱得总让人有隔一层之感的作风比一比，大有两片艺术天地之感。

生之无奈能表现得特别真切而深沉

的，无疑属于主体自身的那种体验。以本体象征写成的《大鼓师》就具有闻一多自身在人生之旅中获得的真切、深沉体验。这个文本也说得上是闻一多所写的新诗中的代表作。我们说这是首本体象征诗，是因为这首诗渗透着他自己的身世之憾。我们都知道闻一多早在清华求学时就由家庭做主而成婚，有妇之夫的身份使他断绝了爱情上的浪漫念头。在1923年1月21日写给梁实秋的信中他就隐约谈及了自己在这方面的心情，说"浪漫'性'我诚有的，浪漫'力'却不是我有的"。又说："我的将来，我的将来，我真怕见到你哟！实秋，不消说得你是比我幸福的。便连沫若，他有安娜夫人，也比我幸福些……哦！我不愿再讲到女人了啊！实秋啊，我只好痛苦！"但当他赴美不久得知妻已怀孕，初为人父又使他激动不已，在极短的时间里写下了四十二首以《红豆》为总题的组诗献给妻子：作为"赎罪的菲礼"，要"跪着奉献给你"来补过。同时也说："我们"都是弱者，既结合在一起，就让"我们"把"酸得像梅子一般"的红豆，"细嚼着止止我们的渴"。这些言辞透露出来的生之无奈显得复杂而令人玩味。所有这些都埋在《大鼓师》一诗中。这首诗写浪迹天涯、唱遍"形形色色"英雄美人故事的"大鼓师"，"蹑着芒鞋，踏入了家村"后，妻子向他要"我们自己的那支歌"，使他"真说不出的心慌"，无以为对。于是他丢了大鼓换成三弦来弹唱，可是"歌儿早已化作泪儿流了"。他只得叹一声："让我只在静默中赞美你，/可是总想不出什么歌儿来唱。"为什么会这样呢？是因为"我们"原是"刀斧削出的连理枝"。不过"这姿势一点也没有扭"。既然如此那就接受吧，这场"连理"。所以"你不要多心，我也不要问，/山泉到了井底，还往哪里流？/我知道你永远起不了波澜，/我要你永远给我

润着歌喉。"一切都只能这样，存在就是合理，那就相濡以沫下去。假如"你拒绝了我，我的船坞"，那么"我战着风涛，日暮归来"，"谁是我的家，谁是我的归宿"。所以说，到头来"大鼓师"在家庭爱情生活中是这样的：

我们委实没有歌好唱，我们
　既不是儿女，又不是英雄！

这些都隐示着《大鼓师》确是闻一多自我的写照，这里有安定中的无奈，有无奈中的安定。

而这一场生之无奈的抒写，也就把世俗生态感受的真味全沉吟出来了。

闻一多新诗创作的数量不算多，但现存的作品所提供的诗歌境界是多彩的。对美即是真的巡礼和青春心态的抒唱，大多是出现在清华求学期间，多梦年华，悠游自得，难免有唯美主义追求倾向，但内中对美的创造的神往和人生进击精神的高歌已预示着一种可能：他的诗歌境界会从飘忽的浪漫主义转向坚实的现实主义。留学美国和留学归来，经历种种人生拼搏，阅历增长了，也提升了他把握诗歌真实世界的能力，使他写出一大批讴歌爱国情怀和咏叹世俗生态之作，诗歌境界获得了惊人的提升，使《大江》和《死水》中的诗显出了浪漫主义的激情和现实主义的冷峻双向交流、融为一体的特色。这样一种新颖的诗歌境界特色，在成长期的新诗坛显然是一道耀眼的风景，使他和郭沫若、冯至一起，为中国新诗未来的诗歌境界开拓出了一条基础坚实之路。

2019年8月20日下午3时半写毕于杭州文二西路银座公寓

浅谈董培伦爱情诗几种形象表现技巧

● 陈虚炎

诗歌需要言之有情,更需要有"物"。没有"物"的情,犹如空中楼阁,海上烟渺。董培伦因为明白了爱情诗写作并不是单单抒发爱之情,还要有爱之人、爱之物、爱之行、爱之思,如此才能将爱情诗的形象饱满起来,使意象长出飞腾的羽翼,最终飞临爱情与诗意的彼岸。

以下我们就来研讨一下董培伦究竟是如何塑造独特鲜明之爱情形象的。

一、直抒胸臆,以情动人

尽管现代诗意象不可或缺,但也得明白,意象入诗也不是万能的。诗歌的创作与表达是"迅捷"的艺术,有时为了捕捉仅仅一刹间的灵感,诗人就直抒胸臆,"发泄"情感。事实上,这也是诗歌最原始的形式。先民初创的诗歌主要就是靠直抒胸臆。只是古人后来意识到,直抒胸臆的表达有时会有"言不尽意"的缺憾,于是找到了"立象尽意"的补救方式。

直抒胸臆的表达方式,新诗中也常见。尤其是斗志昂扬的革命诗,而在饱含爱意的爱情诗中,直抒胸臆更是作为一种传统的艺术手法,被广泛运用。

董培伦明白,爱情诗尽管需要意象,但就其本质来说,意象并非绝对的主体。爱情诗绝对的主体是要"以情动人",其爱情诗之所以有吸引力,也得益于他在"直抒胸臆"上的造诣。如《有你在》:

你以春天的媚眼迷醉了我
你以蜜罐的芳唇甜蜜了我
你以苗条的形体伴随着我
你以俊美的光彩照耀着我
你以似水的柔情温存着我
你以过人的智慧聪明着我

有你在我更爱这脚下的土地
有你在我更爱这多彩的生活
有你在我敢搏击狂暴的风浪
有你在我能踏平前路的坎坷
有你在我便拥有一个大千世界
有你在我是笑口常开的弥勒佛

诗歌前六句是赞美恋人之美。尽管诗人只是从媚眼、芳唇、形体、光彩、柔情、智慧六个方面展示,但在节奏有力的排列句下,诗人所感受到的那种强烈的迷醉之情似乎也感染到读者,错觉将此六项美的因素,几乎覆盖和代替了恋人外在与内在的"全部的美";此后六句是那种美对诗人所造成的"激励",激励越强,也就意味美的震撼越深。

再比如《燃烧》一诗:

你柔情似水般轻轻一吻
吻亮我胸中暗淡的火苗
泅游过九江八河之后
心火依然轰轰烈烈燃烧

我愿烧成一缕长风
盛夏时为你徐徐吹送
我愿烧成一盆炭火

隆冬里为你暖暖烘烤

我愿烧成一片朝霞
黎明时映衬你的美艳
我愿烧成一团云烟
夜幕降临时将你缭绕

相较上一首,该诗直抒胸臆方面稍显含蓄。诗人将愿望直言于肺腑,无论长风的"助燃",还是朝霞的"引燃",最终都是在表达心火之燃烧。而点燃爱情心火的,是"你柔情似水般轻轻一吻",于是爱情誓言紧衔其后"泅游过九江八河之后/心火依然轰轰烈烈燃烧"。是完全没有意象吗?不,直抒胸臆并不意味取消了意象表达,只是这种意象的呈现更为直接,更为主观。换句话说,只是取消了暗示或隐喻,而借用更为明快直接的明喻来代替,比如长风、炭火、朝霞、云烟。这些都是心火的喻体,而心火本身则是爱情之火的借代。自然,理论上"心火"可推断为暗喻,然而将"燃烧心头的爱情之火"简称为"心火"并不会造成太朦胧或晦涩的效果,对于这种爱情诗中常见的象征词,就如同一些公共意象般,是显而易见的。如此,尽管名曰"暗",实际也就不暗了。由此可见,直抒胸臆也不过是相对而言"露骨"或"直白",半直接或间接抒发胸臆,也是有的。只是我们要注意到一点,无论直抒胸臆的程度如何,意象的融入也是必然,只是相对以象尽意的诗歌,其意象具象化的深浅有所差别罢了。

或许有人会问:不借助意象,直抒胸臆的诗,又何来意境呢?

王国维曾说:"境非独谓景物也。喜怒哀乐,亦人心中之一境界。"他认为,只要诗歌写出了真感情,就可以称之为有境界。这当然也可作诗歌"意境"另一种理解与诠释。直抒胸臆的诗,即是主观抒情的诗,是较意象入诗更为本色的,也更催动人心的诗歌。只要诗歌是诗人发自肺腑的真情告白或演绎,对于"直抒胸臆无意境"的长期

误解一定会不攻自破,因为打动人心,不正是诗歌境界的体现吗?

二、对比和反差

如果我们仔细分辨《错过的花季》一诗,或许还能得到一种塑形的表达技法,那就是对比与反差。常言道,鲜花需要绿叶衬。小说(及诗歌)中的人物形象,也常借用相互对比的手法,来增强彼此的个性(差别性)。

《唱给昙花的歌》借用对昙花的描绘,表达出诗人对昙花一现爱情的遗憾。

错把秋风当春风
误把秋月当春阳
已是百果成熟季节
你才吐露芬芳

你的倩影在风中瑟缩
你的艳丽在月下傲霜
我真想溶入夜的屏幕
为你搭个温暖的篷帐

但当我从梦里醒来
你又过早地凋零
数得清地上的落英
数不清心中的惆怅

细细斟酌,这首诗中全是比较:秋风与春风比较,秋月与春阳比较,花期的比较,昙花在风中与在月下的"姿态"比较,梦里与梦醒后的比较,地上落英与惆怅心情的比较。是啊,当我们在观摩、定义或描绘某一事物时,其实我们都是将此物与彼物相比较!从哲学上讲——没有比较,就没有认知。人类的一切认知都是先从比较开始:先从形态、外貌、重量等物理属性,再到数量、功能、好处,从而引发爱憎、得失、美丑等感情差别……换句话说,比较产生差别心,而差别心正是人类区别世间万象

的一面以"自我"为前提的镜子。

当然，诗歌中"比较与反差"的运用，并非是需要贯穿通篇主题，更常见的是，诗人在表现自我矛盾心理或心理落差时，在诗歌局部的运用。比如《一颗心像悬在空中七上八下》中最后几句："我一再提醒自己要克制情感/对你不能太热也不能太冷/太热了，我怕跌入爱河不能自拔/太冷了，怕你舍我而去难见踪影"，通过冷热态度所引发结果的比较，得出都不可取的结论；《爱你爱你用我整个生命》中"未嫁时你是站在天空看陆地/出嫁后你是站在陆地看天空/我来世间一无所有，你的爱让我成为拥有整个世界的富翁"，出嫁时和出嫁后的"你"的视角反差，以及爱情来临前后我的财富变化，都是对比手法的运用。

总之，爱情中之酸甜苦辣的矛盾心曲，爱人间的形象差距，恋爱中彼此产生的情绪变化，诗歌象征元素以及所构造的意象间关联，爱情观中许多辩证主题，等等，都需要通过对比来捕获和强化。从董培伦这些诗歌中，我们可以看出，诗人非常善于观察和比较，具有较强的辩证思维。

三、情感的深化

我们读董特（董培伦笔名）的诗歌，第一感觉就是饱含激情。笔者一直以为，浓重的情感是他抒情诗的一大特色，除此之外，意象精巧、哲思隽永也是他诗歌的特色。但浓重情感必然放在第一位，因为这是他创作的原力，表现出他对诗歌的独到理解。诗人在表达情感时，往往有种爆发性，并且，他刻意将这种爆发压抑，造成一种"隐忍的含蓄"。读者在品味董特爱情诗时，首先一定会被他那激情澎湃的情感张力所打动，继而被其中精心构建的意象所震撼，最后折服于诗人爱情观之独到见解。

诗人中后期的诗歌，有意识地避免单纯的、奔泻如瀑的自白式抒情，而是寻求更有效地表现情感的方式和技巧。我们不能认为由技巧弥补的情感是虚假的，它只是借用某种表达形式而被放大了而已。情感还是那个情感，就像火焰在放大镜下被放大的虚像，与真实火焰的形状和比例都是一样的，只是"被阅读"的效果更震撼了，仅此而已。其中笔者大约整理了三种方式，以此阐释诗人深化情感的技巧。

（一）细腻的心理描写

小说是很注重描写心理的，有些是通过直接心理活动，而更多是运用行为中细节处理，将不易表达的心理间接表现出来。诗歌亦是如此。诗人董培伦就极擅长摸索恋人间的心理活动，通过行为的细节处理，将这种细腻心理表现出来，从而达到深化情感的效果。最典型的有《沉默的约会》，大量描绘了初恋男女幽会的微妙心理，其中最有意思的一段：

> 望着你翻阅书本的手指，
> 我真想变一只火红的蜻蜓，
> 作一次暴雨来临前的点水，
> 在你如水的手背上急速滑行——

说白了，这就是一个具有诗意的小小的性幻想。

这里，诗人通过构建意象，委婉地表达了本不太好表达的想法：透露出初恋心理中"肌肤相亲"的渴望。如果直白去陈述，不仅尴尬，而且诗意尽失。"火红的蜻蜓"显然是喻指手指，只是这色彩中还包含了火热或燥热的含义，同样隐含心理元素。整个心理活动，通过一个臆想的意象，完美地将诗人那种焦灼、羞怯、渴望却又怕被发现的心情表达出来，同时也达到塑造人物形象的作用。

还有《海岛送别》中一段："凝视你站在舷边的脚尖/却不敢仰望你含泪的眼睛/我怕碰落那两行忧伤/灌满我心房脚步都沉重"，不敢仰望恋人的眼睛，这里倒不是羞怯之意，而是怕加重彼此离别的伤感。凝视脚尖,不敢仰望,应该说此类描写,在董特的离别诗中较为常见,属于"常规操作"。诗人在这些诗歌中一般都比较侧重心理描写,以渲染离别的忧伤和沉重的气氛。类似的还有,《新婚》组诗之十五《我的心仿佛被撕去一半》中:"站在送你登车的月台上/我提醒自己'有泪不轻弹'/目光缠绕着沉默的车轮/尽量回避你探出窗口的莲脸/我怕相望会碰落心中的忧伤/无端开启难以关闭的泪泉",以及《因为我背负无法偿还的相思债》中:"当我伸手刚要触到锃亮的门环/手指烧灼一样迅疾收缩回来/我不忍心打破你甜蜜的梦境/让离别的忧伤再次撞击你的心怀",这几段都是同类型的,通过行为细节的描写来表现细腻的心理活动。

如果说上面几首诗所表现的心理相对直白,那么《我真想化作一缕月光》中一段就表达了诗人隐含的心理:"调皮的星星偷窥我们的秘密/一个劲朝我们挤眉弄眼/小河的波浪多么饶舌/把我们的私语传向遥远",乍看下,此段似乎只是诗人对环境构造的情趣生动的爱情意象,并非传达心理活动,其实不然。星星和小河的波浪,这里都做了拟人处理,我们完全可以把它们当作正幽会月下的恋人的旁观者——星星偷窥秘密,还挤眉弄眼;而波浪呢,多么饶舌,传播私语。说诗人有一定主观厌恶情绪在里头,应不过分,其实这也非常符合恋爱的情况,谁喜欢电灯泡围在身旁,把"黑暗中的爱之隐秘"照得通亮呢?当然,这种主观只是现实爱情的推测,而在诗歌中,最为增添情趣。

这种形式的诗歌,在董特作品中比比皆是。作此例,只是让读者了解,诗人在写诗中,时刻会流露或表达心理活动,有些是直白的,有些是映射的,有些是潜在的,甚至还有些是现实对创作的残余影响。而这些心理能反映情绪、深化情感,最终,情绪则又成为捕捉人物形象的线索,对形象塑造起到至关重要的作用。

(二)"程度"的刻画

如果精准的心理描写只是给出情感的"定位",那么定位后还需要有一定程度的解说,如此才能进一步激发读者的共鸣。还有环境的渲染,气氛烘托,性格的烈与柔、冷与热等等,其实都是对"程度"的刻画。

以《野马》为例:

无边的夜色像无边的草原
滚滚夜风是我痛苦的思念
思念像一匹脱缰的野马
奔腾呼啸把大地震撼
长长的鬃毛滴一身汗水
坚韧的铁掌就要磨穿
我问什么时候才能停歇
它说直到追求实现那天

我们都知道该诗想要表达痛苦的思念之情。那么思念是什么?首先需要定义:思念像一匹脱缰的野马。这种思念的性质怎样?是痛苦的。如滚滚夜风,无边无际,也就是无限的痛苦。可光说无限的痛苦,太抽象了,具体痛苦的程度又如何?——奔腾呼啸把大地震撼。思念有多久远?——"长长的鬃毛滴一身汗水/坚韧的铁掌就要磨穿"。如何使思念停止?直到追求实现那天。所有这些加起来,才将"思念有多强烈"完整刻画出来,应该说这首诗相当典型。

《太空之吻》中关于"守候时间"的刻画有两段:"迢遥复迢遥的间距/多么漫长复漫长的华年/宇宙人熬白了堂堂须眉/地球人瘦削了丽质红颜"与"苍茫地球沧海过桑田过/沧海桑田在时序中循环/浩渺宇宙诞生过毁灭过/诞生毁灭在空阔里繁衍",试想,没有这两段对"等候之苦"的程度刻画,也不做任何铺垫,又如何令读者体会到要来一次"太空之吻"有多难?如果这是一场轻而易举的聚首,一次轻描淡写的"吻别",那么这场爱情又谈何凄美,最后

"千年于一瞬"的抉择又从何而来呢?《击岸浪》会给出答案:"只为你的回眸一笑/汪洋中我等了千年/有片陆地化成沧海/有片波涛变成桑田/我美发覆盖的头颅/也变成白皑皑雪山",同样的铺垫,同样对"等候"程度的渲染。诗人明白一个道理:等候时长=等候之苦=爱之深重。只有充分表现和刻画了外在,才能挖掘出内在的所有。

《寻求》首段这样描写:"我像走在流沙凝固的大漠/承受太阳从高空掷下的炭火/渗血的双唇寻一滴甘露的滋润/焦灼的目光觅一片翠绿的滑落",将诗人对爱情"干渴"的程度,通过巧妙的意象传达出来,至于"凝固的大漠""掷下的炭火""渗血的双唇""焦灼的目光"这一系列描写,都是为了刻画干渴之程度。为何寻求?干渴之甚也!

(三)反其道而行之

还有一种比较特殊的表达方式,类似于说反语,也能起到加深情感的效用。

《你不来胜过你的来》就是较为典型的例子。为了表达"等待即爱"的观点,诗人反其道而行之,把渴望见面的念头强行压抑,哪怕产生幻听、幻视,他仍然坚持"你不来胜过你的来"。尽管得出的观点不能说错,但多少有些自欺欺人的色彩。这其实是自我脑补的畸变心理:因为现实太令人压抑,且不能改变(无论你是否希望她来,多么希望她来,她都来不了,等待是必然的),那就只能改变自己的思想(观念),或用幻想来迎合这种无法逃避的现实。然而,从本质上讲,诗人还是在逃避,他只是给自己穿上了皇帝的新衣。

都说爱之深,责之切。有时怨念的表达,其实更突出某种关爱和重视。《爱神丘比特》就通过对怨念的抒发,而表达出相反的意图。

诅咒爱神丘比特

他握一柄恼人的弓箭
偷偷地朝我们瞄准
躲在谁也看不见的角落

当我们的目光轻轻相撞
他便朝我们致命地一击
使我们同时堕入爱河

爱河宽阔无边深不可测
仰泳蛙泳我们都不会
只有沉入没人抢救的旋涡

诅咒爱神丘比特

正所谓,没有爱,哪来恨呢?"堕入爱河"本来是非常美妙的一件事,而在诗人笔下,却似乎成为"危险之事"。连"仰泳蛙泳我们都不会"这么写实的素材都用上了,简直刻意要把爱河和一般河流混为一谈,有点黑色幽默的风味。可谁都知道,爱河是淹不死人的。相反,"堕"得越深,则越幸福。诗人故意反其道而行之,把幸福描绘成危险,那么,越危险也就意味着越幸福。他是真的在诅咒丘比特吗?答案已不言自明。

以上所讨论的,也不过是董特众多技巧中较为明显的运用,因篇幅所限,只能点到为止。这些都不过是表现主题、深化情感的外在技巧。事实上,任何主题都有个中心(或重点)。要抓住这个中心,将所有可表现和衬托中心的,像蚕丝一层层包裹住,紧紧缠绕它。诗人正是懂得这个道理,才能以不变应万变。的确,通过这些技巧,我们可以达到增强诗歌情感及力量的目的,但需要明确的是,最厚重的情感永远来自内心深处的呐喊,那是最原始的心灵呼唤,也是创作永恒不竭的激情之源。

灵魂的门，虚掩着
——法籍华裔诗人张如凌诗歌分享会后记

● 张云兰

12月7日下午，冬日暖阳透过窗棂洒入保俶塔下的纯真年代书吧，在此正热烈举行法籍华裔诗人张如凌诗歌分享会《灵魂的门，虚掩着》。从浪漫的巴黎塞纳河边，女诗人张如凌重新游走回祖国的西子湖畔，让诗意跨越时间和空间，与文坛前辈、朗诵家和诗歌爱好者等百余位，共度了一段充满诗意的美好时光。

张如凌自南京师范大学毕业后，刻苦攻读了斯坦福大学和巴黎大学的比较文学博士学位，多年浸淫于中西方诗歌研究和比较。工作后她驰骋商界，曾作为法国建筑大师保罗·安德鲁团队的艺术顾问参与了北京国家大剧院、上海浦东国际机场、上海大剧院、广州体育馆等众多重要建设项目。凭借对中法经济文化交流所做的卓越贡献，张如凌两次荣膺法国国家功勋骑士勋章和法国国家功勋军官勋章，但在内心深处，她更希望自己是一名纯粹的诗人。与生俱来的敏感、异乡漂泊的乡愁、个性中的勤勉和对诗歌永不消退的热爱，激励她在工作之余写下《中国红》《法国蓝》《红蓝如凌》和《灵魂的门，虚掩着》等中、英、法文诗集。

此次诗歌分享会由《星河》诗刊和纯真年代书吧主办，文学评论家骆寒超教授、上海世纪出版集团原总裁陈昕先生、爱情诗人董培伦先生、诗人王自亮教授、诗歌评论家子张教授和诗人余刚作嘉宾，应邀演绎诗歌的朗诵家有上海市朗诵协会会长陆澄、杭州市朗诵协会会长金波、浙江省朗诵协会副会长雷鸣、浙江省朗诵协会常务理事段铁、声音学堂堂主梅子、西子朗诵团团长石国杰、全民悦读全国最美声音朗诵公益大使碧涛等。分享会由浙江文艺评论家郑晓林主持。

"我亲爱的如凌，细读你的法文诗稿，我如此渴望能驾驭中国文字……读你的诗稿，感悟诗歌在视觉与幻觉间游走，就如云彩引领着一辆名为孤独的马车浪游……"陆澄低沉而富有磁性的嗓音缓缓读出的，正是诺贝尔文学奖提名诗人阿多尼斯特为张如凌法文诗集《灵魂的门，虚掩着》所作的序言。之后，诗人张如凌本人用中法文双语朗读了充满思乡愁绪的诗歌《感受》，开启了这一场听觉的盛筵。在沪杭两地朗诵家们的精彩演绎下，张如凌诗行中的思念、叩问和畅想被淋漓尽致地展现给了满座听众，激起阵阵掌声。

之后的诗歌赏析环节同样精彩纷呈。"那匹走失的汗血宝马的'马'，即如凌不断追寻的乡愁"，主持人郑晓林以"马"的意象抛砖引玉，文学评论家们各抒己见，从意象、立意、语言等各方面对张如凌的诗歌进行了深入剖析。

作为张如凌多年好友以及她《中国红》《法国蓝》和《红蓝如凌》三本诗集的出版人，上海世纪出版集团原总裁陈昕向听众们介绍了张如凌从诗人到企业家再到中法文化交流的民间大使，之后又回归诗歌的历程。他认为张如凌的诗歌除了情感,还展现了诗人对生命的思考和对灵魂的追问。"近作新诗中,又有着诗人人生之旅的某种升华,读出她对生命归宿的疑惑和对终极价值的仰望。"

著名的文学评论家骆寒超教授强调了诗歌中的"复调性",因为张如凌的生活具有独特的双重性,赋予她成长的中华之根和现实幸福家庭的法国之根,组成了她文化性格的特点,即乡愁的复调性。这种乡愁既是地理、文化的乡愁,更是生命之愁。远古呼唤和现代时空高度的交叉,地球相对时空与宇宙的绝对时空的交叉,表达了人类大同的情怀和壮阔的情愫。

浙江工商大学教授、诗人王自亮盛赞张如凌诗句的建筑美感,有很大的音乐性、画面感、排列方式中又有着有意无意的建筑美、错落美、汉语诗歌的音韵之美。他评价张如凌在两种文化边缘行走,举轻若重,很多宏大主题隐藏在貌似直白的语言之下。"一颗多愁善感的诗心,是一位诗人与生俱来的智慧。"分享会上,爱情诗人董培伦称赞张如凌的敏感诗性,心灵对万事万物都有诗意的发现;还有诗歌中对《诗经》《楚辞》的汲取和运用,一唱三叹的错综重叠拨动读者的心弦。教授、诗歌评论家子张则从旅法作家诗人与中国现代文学的渊源谈起,通过怀乡的乡愁和不同语言的运用来感受张如凌诗歌内在的文化的(包括生命的)精神内核。诗人余刚评价张如凌的诗歌语言自然、作品融合包容性强,看似平淡,实则诗歌背后的情感喷薄,有着独特的诗歌魅力。他盛赞今天的诗歌分享会为延续诗歌事业种下了美好的种子。

诗歌分享会持续了近三小时,暮色早已笼罩宝石山,而沉浸在诗意世界中的诗友们仍意犹未尽。我们期待张如凌这位既有东方襟怀,又有西方情韵的女诗人笔耕不辍,写下更多优美动人的诗歌!